华文世界第一本大格局经济小说

肯恩斯城邦

KEN EN SI CHENG BANG

跨越时空的情侣，以爱为本，以经济学知识为矛，以城邦政治谋略为盾，携手拯救王国于危难之中！

林睿奇 Richie Lin 著

穿越时空的经济学之旅

SPM
南方出版传媒
广东经济出版社
·广州·

图书在版编目（CIP）数据

肯恩斯城邦：穿越时空的经济学之旅／林睿奇著．—广州：广东经济出版社，2015．12
ISBN 978－7－5454－4264－9

Ⅰ．①肯…　Ⅱ．①林…　Ⅲ．①长篇小说－中国－当代　Ⅳ．①I247．5

中国版本图书馆 CIP 数据核字(2015)第 261276 号

本书经由厦门凌零图书策划有限公司代理，经台湾城邦文化事业股份有限公司经济新潮社授权，同意由广东经济出版社有限公司出版中文简体字版本，仅限中国大陆地区发行。非经书面同意，不得以任何形式任意重制、转载。著作权合同登记号：19－2015－131

出 版 人：姚丹林
责任编辑：陈念庄　黄　炘
责任技编：许伟斌
封面设计：李康道

出版发行	广东经济出版社（广州市环市东路水荫路 11 号 11～12 楼）
经销	全国新华书店
印刷	佛山市浩文彩色印刷有限公司（南海狮山科技工业园 A 区兴旺路）
开本	730 毫米×1020 毫米　1/16
印张	13　1 插页
字数	356 000 字
版次	2015 年 12 月第 1 版
印次	2015 年 12 月第 1 次
印数	1～5 000 册
书号	ISBN 978－7－5454－4264－9
定价	45．00 元

如发现印装质量问题，影响阅读，请与承印厂联系调换。
发行部地址：广州市环市东路水荫路 11 号 11 楼
电话：（020）38306055　37601950　邮政编码：510075
邮购地址：广州市环市东路水荫路 11 号 11 楼
电话：（020）37601950　营销网址：**http：//www．gebook．com**
广东经济出版社新浪官方微博：**http：//e．weibo．com/gebook**
广东经济出版社常年法律顾问：何剑桥律师

推荐序

魔法·穿越·经济学

林睿奇写了一本书，写的是一本小说。当我知道时，非常兴奋，知道是一本经济学小说后，我更加兴奋。这本小说的风格很特殊，字里行间都能看出作者对经济学知识的透彻理解。

《肯恩斯城邦》是一个“穿越”的故事。一位“梅林苑大学”的学生受邀到另一个世界，帮助“肯恩斯”拟定政策、解决经济问题。这位大学高材生得以回顾自“经济大萧条”之后，也就是凯因斯时代以来，经济学因应问题而经历的发展，让肯恩斯各城邦成为他应用与验证经济理论的好机会。

大学生为了印证理论而愿意穿越到另一个世界，这可能吗？书里提供了一个比高薪更好的诱因——美女牌。我发现，作者在写作时，除了用心解释金融危机、货币政策的知识外，对于男女主角情窦初开的微妙情愫也写得格外生动。

“穿越”的故事通常被归类为“科幻”（Science Fiction），如果情节脱离科学知识太远，可以算成另一种“奇幻”（Fantasy）小说类型。“穿越”的方式因为有“黑洞”，好像可以让故事人物不遵守任何科学理论，小说的幻想成分不受限制。《肯恩斯城邦》却是另一类的“科幻”，谁说只有自然科学才是科学？在我看来，这是一本经济学的科幻小说。

《肯恩斯城邦》里的人可以如奇幻小说中驾驭奇异禽默、穿梭时空，可是居民的行为诱因、经济活动与我们的世界大致相同，小说中关于经济问题的分析完全可以应用经济学的知识。一般来说，科幻小说中的另一个世界，不管如何想象，自然物质都必须符合或者延伸自地球上已知的物理知识，却极少顾及个人或社会行为是否符合社会科学的知识。《肯恩斯城邦》则相当准确地秉持了经济学的科学知识，进而发挥想象，可以说是少数另类的“科幻”小说。

也许对许多人而言，经济学更像魔法。学校里的经济学所假设的个人行为未必一定符合每个人的经验，推理与验证时借用大量抽象工具，像是数学模型、统计分析都让外人感觉难以亲近。其实，自然科学有时也如魔法，很难理解，可是并不妨碍科幻小说与电影的蓬勃发展。“肯恩斯”并不大，是一个展现经济学的好地方，也许读者可以从中学到“魔法”的施展。

书中的经济学来自“梅林苑”，单从名称来看也很像是魔法学校。我很希望我所任教的学校和经济学系可以如书中的“梅林苑”一样，教育出许多学生，冒险穿越到另一世界，发挥所学的知识，说服王公大臣，施展经世济民的抱负。不过，这毕竟是小说，在学校里任教超过了 20 年，我知道现实还差很远。虽然如此，我相信，想象带领方向，这本经济学的科幻小说给了我一种全新的想象。

刘瑞华

清华大学经济学系教授兼系主任

作者序

冒险中学经济　生命中求改变

将经济学与阅读兴趣相结合是我就读经济系以来，一直想催眠自己做到的事。然而，五花八门的理论学派和艰涩难懂的数学公式，却常让我从被催眠的状态中吓醒。经过多年的学习和在私人银行工作的经验，我慢慢学会了如何用浅显的语言来讲解经济学。

2008 年的金融海啸不仅为世界带来了巨变，更挑起了人们对于了解经济和金融危机的渴望。坊间也因应局势的变化，出版了不少讲解经济的书籍。回想起过去痛苦的学习历程，我不禁起心动念，着手撰写一本经济学小说，冀望读者能在奇幻的国度和惊涛骇浪的冒险之中，充满乐趣地理解经济学和金融危机的发生始末。在这样的念头驱使之下，《肯恩斯城邦》的故事逐渐在我的脑海中成形。肯恩斯这个名字是取自于英国经济学家凯因斯的谐音，但我并非信奉凯因斯学派，只是有感于金融海啸以来，多国政府采用凯因斯的理论，积极地运用财政政策来刺激经济，而民众对于政府干预市场的作为似乎也习以为常。在书中的国度内，我复制了金融海啸的发生，也倾向采用现实中面对金融海啸的做法，所以，便将这个国度命名为“肯恩斯王国”。但由于王国在书中呈现分裂的状态，每个城市都是拥有主权或行使自治的城邦，因此，将书名定为《肯恩斯城邦》。

“经济学小说——快乐学经济学的新趋势！”我引用出版社总编辑林博华先生之前出版经济学小说中的序文。希望学生以及对经济有兴趣的读者，在阅读的同时了解经济、爱上经济，进而更深入地学习经济，拥有独立思考和判断政策良窳的能力。也希望借由此书，让工作繁忙的读者轻松地复习与了解经济学和金融危机，并对自己的投资理财有所帮助。当然，我最期盼的是每位读者都能享受这趟经济学的冒险之旅，一起陪同故事的主人翁游历这个奇幻的国度！

目 录

肯恩斯
城邦
北境市
天阙城
西瓦尔都
天籁村
东摩沙都
南帝城
Nord
Sud
Est
Ovest

第一回

缘起默林苑

“啊!”一声女子的尖叫出现在默林苑大学一间教授的研究室中。

这一天是2010年2月24日，希腊的工会正在进行罢工示威，抗议政府的紧缩开支计划。邻近那间研究室的周围，师生们正透过各种传播媒体看着一幅幅暴力的画面，而天空中也传来一阵阵不规则的雷声，掩盖了这声不寻常的尖叫。

“没事了！我们已经到达默林苑了!”一个冒险家打扮的男子扶着一位身材纤细的女孩坐在椅子上。

女孩称谢后，张着一双大眼睛，好奇地打量着四周。

“凯因斯学派和货币学派没有孰优孰劣之分，执政者需视当时的时空背景来选择适合的理论。”凌逸在默林苑大学的辩论赛中做出结辩，现场响起如雷的掌声。

凌逸身材高大、面貌俊俏，前额的刘海几乎贴齐眉毛，笑起来有种憨憨的感觉。赛后颁发个人奖状，凌逸因为思路清晰、辩才无碍，得到了最佳辩士奖，他的风采受到不少在场女生的鼓噪欢迎。反观搭档的队友，在辩论中却支支吾吾、不知所云，而主办的辩论社还戏谑地为他设立了一个最有风度奖。当队友上台领奖时，台下的观众都不禁噗哧一笑。凌逸庆幸自己没有拿到这个奖项，因为在辩论赛中拿到最有风度奖，就好比一名士兵在战场激烈厮杀后，获颁一枚最有爱心的奖章，那种窘状可想而知。这时，一双美丽的大眼睛从台下望着凌逸，闪烁着慧诘的光芒，似乎看穿了他心中的想法。凌逸不自觉地多看了这个女生几眼，内心产生了一种异样的感觉。

在辩论赛结束之后，凌逸步行前往教室。此时的默林苑正值暖春，风景如画，花儿迎风摇曳，分外妖娆。置身在这个环境之中，令人产生一种难以言喻的慵懒。在默林苑大学经济系就读三年多以来，凌逸一直很享受校园里舒适的氛围，但偶尔会有几阵强风迎面吹来，似乎在提醒他不要沉溺于这个世外桃源，应该要有经世济民的胸怀。

经济学和经济学家常是人们揶揄的对象。凌逸想起有一次和别校女生联谊，一群人在火锅店里大快朵颐，正当酒酣耳热、谈论风花雪月之际，不知哪个不识相的女生突然问他："经济学是在学什么的？"凌逸机械式地回答着："经济学是在研究如何在有限的条件下，将资源做最有效率的运用。"当时火锅店的气氛瞬间凝结，一些人的筷子悬在半空中，不知是否要将食物送入口中。"这位同学的火星话讲得不错，最近才刚登陆地球吧！"那一晚，凌逸被嘲笑了好一阵子。不过，这件事给了他一个启示，那就是政府在推动经济政策，和民众沟通的时候，要先学好经济学的地球话，免得给人一种外星人要毁灭地球的感觉。

凌逸抵达了位在半山腰的教室，同学们稀稀落落地走了进来。教授已经站在讲台上，面露不耐的神情，但大家却不怎么在意教授的感受，因为所有的目光都投向他身旁盘着秀发的美女。凌逸认出这个女生，她那双出现在辩论赛上的美丽大眼睛，让人难以忘怀。女生看到凌逸，也给了他一个问候的眼神。

"这学期的作业比较特别，我要各位用中文系萨尔森教授所写的一本书来做些经济分析。这本书的书名叫《城邦游记》。"教授不等同学们坐定，就急着讲述作业的内容。"我和萨教授认识好多年了。他在几个月前休完假之后，便开始着手于这本书的创作。我上周和他谈到书的内容，觉得他的想象力十分丰富，竟然可以把一个名为肯恩斯的国度凭空想象出来，并且写得如此生动。他向我提到，经济学不是他的专长，所以在书中有关经济的部分，只能用简单的描述来表达，但如果能有些经济分析放在书的附注，应该会很有趣。于是，我灵机一动，在这本书付梓之前，把这件事当做各位同学的作业。”教授口沫横飞地说着，但多数同学还是把目光停留在他身旁的女生身上，没有心思理会教授卖弄他的小聪明。

“我身旁的这位女孩子叫做师倩，她是萨教授的学生，是萨教授请来帮我忙的。”教授似乎知道同学们只想认识师倩，识趣地赶紧做介绍。“接下来，请她介绍《城邦游记》中有关肯恩斯的背景。”

“各位同学好，我简单地做个介绍。”师倩一开口，教室里马上变得朝气蓬勃，每个男生都彷佛从石化状态中复活了。“肯恩斯是由各种不同地形所构成的国度，原本为肯恩斯王国所统治。为了顺应复杂的地形，特别发展出几种交通工具，像是船舰、玻璃车、小恐龙和翼手龙，等等。原本强盛的王国，在和边境蛮族经过几次大战之后，国力逐渐衰弱。老国王在国家出现分裂危机之际，生了一场重病，因而无法处理朝政事务，只好将王位传给新国王。新国王登基不久后，老国王就因病过世了。野心家们趁机发动独立，而新国王在肯恩斯所统治的范围就只剩下天阙城一座城市。之后，各个城市的运作就像是独立的国家一般，形成城邦的模式，所以，萨老师便把这本游记取名为《城邦游记》，内容是记录近年来肯恩斯王国的兴衰，同时描述各个城邦内的奇特景色、经济难题和阴谋传闻，以及介绍肯恩斯的知名人物。”师倩讲到这里，顿了一下。刹那间，凌逸好像感受到她内心的哀愁，似乎在为王国的衰败而心痛。“请各位同学在下课之后，跟我到中文系办公室拿这本书的初稿。如果各位对书的内容有任何问题的话，我会在下一堂课到这里为大家解答。”

凌逸拿了书之后，师倩朝他望了一眼，好像有话要说，但这段眼神的交会，很快就被后面挤进来的同学给冲散了。凌逸拿着书，漫步于校园之中，回想着师倩在课堂上所做的介绍。他觉得这个女生年纪虽小，但谈起书中的内容，却有种忧国忧民的惆怅，煞是有趣，因而对这本书充满了好奇。走到校园内的大湖边，凌逸随意地找了一个位子坐下，便开始翻阅《城邦游记》。在书中，萨尔森以第一人称描述在肯恩斯城邦的所见所闻，内容果然生动，彷佛是他个人真实的游记。

“这么急着看这本书，是不是想找些问题来为难我啊？”凌逸的背后传来师倩娇滴滴的声音。

“我怎么有种被你跟踪的感觉。”凌逸回过头，笑着对师倩说。

“人生何处不相逢嘛！”

“姑娘所言甚是，小生所思迂腐，不知姑娘有何指教？”

“太深奥了，听不懂！”师倩嫣然一笑。

“你不是中文系的吗？”

“是呀，可是我主修白话文，嘻嘻！”

“不好意思，常常有人觉得我不是在讲正常的语言。”

“不会啊！我很欣赏你在辩论赛的表现，逻辑严谨，口才流利。这几天的辩论，我可是从头听到尾喔！”

“想不到我竟然有个忠实的支持者。唉！可惜我们的团队没能拿到冠军。”

“这不能怪你，谁叫你的队友太有风度了，被对手攻击都不加以反驳。”

“他一向对人很有礼貌，只是没想到上了辩论台，还是这么有礼貌！”

两人想到当时的景象，不由地相视一笑。

“为什么你会想来看辩论赛呢？”

“因为我对经济一窍不通，想要多了解，所以才会去听有关经济的讨论。对了！我想问你，你在结辩中提到，实行经济政策的时候，要视当时的时空背景来选择适合的理论。难道没有一种经济理论，可以解决所有的经济问题吗？”

“经济理论往往是因当时的经济背景而产生的。你想想看，在古希腊罗马时代，由于有许多奴隶，所以不需要计算工资和工时。另外，由于生产技术落后，重大建设需要投入大量人力，所以就不会产生失业的问题。在这种背景之下，很难产生工资及就业方面的理论。经济学中有个法则，叫做赛伊法则，这是用一位法国经济学家的名字来命名的。在十八世纪初，还没有大规模生产力的情况下，这位经济学家提出了供给能够创造其本身需求的观点。简单来说，就是只要有生产，便会有相对应的需求。在一个经济体之中，总供给等于总需求，生产过剩是不会发生的。在那个年代，赛伊法则是思想的主流，所有的经济现象都依照这个法则来运行，没有人能提出有力的反驳。但是在1930年发生美国经济大萧条之后，出现了生产过剩，有效需求不足的情形。当时，信奉古典学派的经济学家认为，还是可以运用既有的理论，透过价格的调整来解决问题。但是，事后证明，由英国经济学家凯因斯所提出的理论，也就是运用财政扩张的手段来提高总需求，才是当时经济问题的解药。所以，很难有一种经济理论是可以解决所有经济问题的，一切还得看当时的时空背景。”凌逸看着师倩若有所思的神情，继续说，“记得有一次，我很认真地回答一个人随口问我的问题，在长篇大论之后，那个人的灵魂已经飞到九霄云外了。要我帮你招魂吗？”

“你说什么古希腊罗马时代？什么的？”师倩楞了好一会儿才说。

“小姐，那是我最开头所讲的话，你的灵魂未免也太快出窍了吧？”

“骗你的，我有很认真在听！”师倩露出顽皮的表情。“再问你一个问题，用很简单的方式讲一下经济学到底是在研究什么呢？”

除了过去在火锅店的回答之外，凌逸回想起在刚考进默林苑经济系的时候，得到了一个申请奖学金的机会。面试官是两个经济学家，而第一个问题就是问经济学是在研究什么。凌逸想了一想后，直觉式地回答：“经济学是研究如何经世济民！”突然间，两个面试官好像听到世界上最好笑的笑话似的，笑到人仰马翻。一个面试官边笑边提问：“照你这样的逻辑，企业是为了服务大众而成立的吗？”另一个面试官笑出眼泪地说：“不不不！这位同学的意思是说，我们经济学者的任务是要普渡众生。阿弥陀佛！善哉善哉！”两个人像唱双簧般一搭一唱，让凌逸对于自己的这项认知发窘，感到无地自容。

“要换我帮你招魂吗?”师倩望着发呆中的凌逸。

“不好意思，有点恍神，只是在想怎么回答你比较好。”

“没关系！今天时候不早了，你以后可以慢慢教我吗?我对经济学很有兴趣，最近又常常听到古典学派这个名词，想要多了解一下。”

“没问题，什么时候?”

“现在时机未到，以后再说。”师倩给了凌逸一个神秘的微笑。“对了！我这里有一本比较新的《城邦游记》和你交换，你那本有点破旧了。大恩不言谢，我就找机会让你教我经济学吧！拜拜！”

真是个率直又让人难以捉摸的女孩！凌逸微笑地望着师倩渐渐远去的背影，而此时的太阳正悄悄地从湖的另一边潜入水中。凌逸拿起《城邦游记》往宿舍的方向前进。宁静的夜晚，身旁的室友早已趴睡在杂乱的桌面上，凌逸则躺卧在睡床上，翻阅着《城邦游记》，让自己徜徉在萨尔森的文学世界之中。

……走进了昔日肯恩斯王国的中心——天阙城。繁华与没落，骄傲与叹息，千万种情绪为这座城市洗涤出一抹尽在不言中的色彩。天然的原始背景，错杂地画上几栋如同巴洛克式的建筑。人在书画中！我的心不由地为眼前的美景感到悸动。忽然间，一阵极大的脚步声在我脑后轰轰作响，三两只小恐龙瞬间从我身旁呼啸而过。正当我好奇张望之际，天空中竟然出现了几只大型的翼手龙。凝神远望，看到这些恐龙身上都载着身穿长袍的男男女女，我想这就是他们的交通工具吧！透过在恐龙身上的精密仪器来操控，似乎比一切高科技的交通工具都更方便。来到睽违已久的天阙城，一切像是熟悉，却又感到陌生。看着城中央，气象恢弘的城堡彷佛静静地望着我的到来。虽然在肯恩斯闯荡多年，被人尊称为大冒险家，但在收到公主的邀约之时，我仍然感到忐忑不安，不知道有什么重要的任务要委托我……

凌逸抬起头来，突然看到窗外出现一座城堡。定神一看，才发觉似乎是错觉所产生的影像。读着手中的书，他边看边想象着天阙城的风貌与人物。

……天阙城中流传着一项阴谋。国王的胞弟——黎尔图公爵，由于不满父亲没将王位传授给他，自国王登基以来，不断地在朝野结党营私，壮大自己的权势。在肯恩斯王国分裂之初，天阙城的经济情况原本并不差，但在黎尔图一派的抵制之下，许多经济政策都难以顺利推行，也错过了一些解决经济恶化的契机。传言甚至直指，拥护黎尔图的势力正在协助他制造经济和金融危机，并准备在情势混乱之际，登高一呼来发动政变，推翻国王的王位……

凌逸感到眼皮渐渐重了，但这本书实在让人不忍释卷。另外，凌逸想到了师倩俏皮的模样，不由地想从书中多发掘些问题来为难她，所以就继续读了下去。

……公主皱了一下眉头，蒙着面纱的脸只露出一双大眼睛，让人感觉不出她真实的情绪。她叹了一口气，向我讲述天阙城的经济困境。连年高涨的通货膨胀，让民间的生产和消费秩序大乱，人们难以对未来有所规划。王室所掌控的政府财政拮据，为了应付开支而印制更多的钞票，但却导致通货膨胀更加严重。国王为了严峻的经济形势而担忧，另一方面，以黎尔图公爵为首的政治势力逐渐壮大，更令他感到坐立难安。

"你可以帮助我吗?"公主常常不自觉地重复着这句话。为了家族和人民，公主少了份年轻女孩该有的无忧无虑，多了份忧国忧民的情怀。我想我已经明白她找我的用意了！低头沉思了许久，我回想着这几年来周游列国的经历，回想着所见所闻的奇人异事，似乎没有一个适合的人选来帮助公主。突然之间，一个有趣的念头闪进了我的脑海，让我不由地微微一笑，而公主似乎看懂了我脸上的笑容。

"你可以帮助我吗?"凌逸感觉到周围出现了这个若有似无的声音。接着，在睡意侵袭之下，他朦朦胧胧地听到自己说了声："好!"

在睡梦中，凌逸感到像是身陷流沙似的，身体不停地下沉。突然间，全部的流沙一下子消失不见，让凌逸误以为自己掉入了无底深渊中，惊吓到起身睁开双眼，只见眼前富丽堂皇，用雕梁画栋来形容，一点都不过分。正当诧异之际，一个穿着粉色长袍的女孩走了进来，大大的双眼，带着甜美的笑容，向凌逸挥了挥手。

第二回

相逢天阙城

“师倩?”凌逸望着女孩，脸上充满了一连串的问号。

“欢迎你来到肯恩斯王国，这里是天阙城的城堡。要不要一起吃个早餐啊?”师倩带着俏皮的语气说着。她穿着简单的粉色系长袍，除了手链之外，未穿戴其他首饰，但秀丽的脸庞，带着微微浮现的酒窝，外加一头充满灵气的长发，像极了在仙境中才可以见到的仙子。

“这是不是什么整人的把戏啊?”凌逸偷偷捏了自己的臂膀一下，确定不是身在梦中。

“不好意思，用这种方式请你来帮忙。因为如果我直接邀请你到天阙城，你应该会觉得我的脑袋有问题吧!《城邦游记》这本书，其实不是萨老师凭空杜撰的，他就是书中的大冒险家。很久之前，萨老师看了一本提到肯恩斯的书，因为和书中的人物产生了感应式的连接，而由你们的世界来到了肯恩斯。”师倩顿了一下。“由于天阙城的通货膨胀率连年升高，经济越变越差，我们实在没有办法解决，所以才想到请他来帮忙。但萨老师自认不懂经济，于是，建议我们派人跟他到默林苑寻找适合的人才。之后，萨老师留给我一本关于默林苑的著作，告诉了我有关启动书中连接的窍门。接着，他拿出了那本带他来到肯恩斯的书，一转眼便消失在我的眼前。我随即翻阅萨老师给我的书，并读着他所特别提到的内容。突然，在书中见到萨老师的名字，并在昏昏沉沉之中听到他叫我的名字，在响应他的呼唤之后，一睁开眼就见到了他。往后的一段时间，他就带着我认识默林苑的经济学者，并参与校园中有关经济的研讨会，让我从中物色适合的人来帮助天阙城。”

“所以那个人就是我啰?”凌逸半信半疑地问着。

“是的！不仅要懂经济，更重要的是能够感应到我们的世界。我第一次见到你，就觉得你可以，就像萨老师当初见到我一样。”

师倩见凌逸仍然一副不敢置信的模样，于是推开落地窗，走到阳台并向他招招手。凌逸走近师倩的身旁，望着如同萨尔森书中所描绘的景象。突然，一只载着人的翼手龙缓缓地飞过凌逸的眼前，这才不由得他不信。

“咦！难道你就是萨教授见到的公主吗?”

“不，我是女巫。”师倩笑着说。“不要急，等一会儿就带你去见漂亮的公主。”

“这个地方，连女巫都这么美了，公主一定不得了，赶快带我去!”凌逸装出一副猴急的模样，把师倩逗得咯咯笑。

师倩带着凌逸穿过一条长长的回廊，眼前出现一块像是竞技场的空地。空地上的两端各是一名手持长枪且全副武装的骑士，骑乘在穿戴简易盔甲的小恐龙身上，盔甲的材质看似坚固又似轻盈。两方正面奔驰对决，像是中古世纪的骑士在练武决斗一般。凌逸忍不住伫足观看，一时间看傻了眼。师倩陪着他在场边看了一会儿，接着边走边和凌逸讲述天阙城的情形，走到了一间厅堂的窗边，一阵争吵声让两人停下了脚步。

“大哥，你如果不听我的话，我就没办法帮你和其他大臣沟通了，你好好想一想吧!”一个留着两撇小胡子的中年男子脸色不悦地走出厅门，而厅内只见两男一女无奈地摇了摇头。

“他是黎尔图公爵，国王的亲弟弟。”师倩略显愤懑地指着走出厅外的中年男子，低声对凌逸说道：“走吧！请随我到厅内会见我们的国王、公主和财政大臣。”

“他是凌逸，是我从大冒险家的国度中请来帮助我们的人。”师倩将凌逸介绍给厅内的三个人。

一阵寒暄，相互打量。从第一印象来判断，凌逸觉得国王仪态庄严，内心仁慈，应该是位好国王。而公主的话不多，虽然蒙着面纱，但看得出应该是个美人胚子。财政大臣何司曼，年纪看起来三十多岁，浓眉大眼、气宇轩昂，说起话来条理分明，但对如何处理经济问题似乎不太拿手。

“师倩是小女的秘书，这次她很勇敢地为我们到另一个国度去寻人。”国王带着赞赏的眼神望着师倩。“相信她已经向凌先生说明了天阙城所面临的困境，不知先生是否愿意帮忙？有没有什么办法？”

“我很愿意试试看！来到这里之前，师倩已经将天阙城的情形和我说过了。我的建议是积极地以经济数据来作为管控经济的工具，这样应该是最科学，也是最有成效的方法。而首先就是要建立一些统计数字来追踪，其中最主要的有三项。第一项是国内生产毛额，也就是 GDP。GDP 的数字代表国内总所得或商品及服务的总支出。我们可以用此数字来比较每季和每年的经济是成长或衰退。GDP 是由民间消费、投资、政府支出及净出口所组成的。不知道天阙城是否有这些数据呢？”

“司曼，我们有没有这些统计数据？”国王朝站在身旁的财政大臣望了一望。

“国王陛下，我们有这些组成的数据，但是并不完整，所以需要一些时间，才能整合出凌先生所说的 GDP，进而编制出每季及每年度的数据。”

“好的，凌先生，请你继续说下去。”

“再来，第二项是要统计民间消费的物价指数，就是消费者物价指数。目的是衡量一般的物价水平，而且要逐季和逐年计算并做比较，同时藉此算出实质的 GDP，来作为了解实质经济增长的依据，以免被物价的高低误导了经济增长的计算。第三项是失业率，代表想找工作而找不到工作的人占总劳动人口的比率，而经济政策的目标就是要降低失业率，进而达到所谓充分就业的情形，也就是让想找工作的人都有工作做。在得到这三个主要的统计数据及其他辅助数据后，我们就要探讨经济政策的内容和实施方法，目标是在降低失业率及稳定物价的条件下，朝实质 GDP 增长而努力。”

“司曼，你等一下和凌先生讨论他所需要的数据。”国王微微笑了一下。“凌先生，虽然我不全明白你所说的内容，但我觉得方向与逻辑上似乎是正确的。另外，我想知道，在分析数据和决定采用何种政策之后，大约要多久才能让经济恢复正常？”

“一般来说，经济政策实行的效果需要一段较长的时间才能看出成效，而且当中要参考数据并适时调整。最后还要评估是否有副作用，以便事先稍做预防。”

“可以举个例子来解释吗？”

“好的。举例来说，经济成长呈现放缓或衰退时，通常消费者物价指数也会呈现减缓下降的趋势。在这种情形下，政府通常就会用调降指标利率的方式来引导民间利率下降，营造宽松的货币环境，但降息对经济刺激的效果，通常要一段较长的时间才能显现出来。在这段时间内，政府要随时检视数据及客观环境，并预测之后的状况，看是否需要继续降息。如果没有适当的评估，降息过了头而营造出过度宽松的低利率环境，则会造成过度投资及资产的泡沫化，进而引发严重的通货膨胀。所以，很难说要多久才能让经济恢复正常。”

“唉！你举的例子似乎就是天阙城的情形。”国王深深地叹了一口气。“不瞒你说，我们的时间很紧迫。凌先生过来的时候，应该有看到我那怒气冲冲的弟弟——黎尔图公爵。我和他常常因为立场不合而争吵，大臣们在明在暗也分作两派。近年来，经济形势不佳，以他为首的一派常常违背我的命令，并在民间酝酿要我退位的声音。唉！我实在不知道我还有多少时间可以用了。”

公主在旁握住了国王的手，何司曼默默地低着头，而师倩则眼眶泛红，眼角的泪水就像随时要溢出来似的。

“大家别难过，悲伤无助于未来。至少我们现在知道该怎么进行了。”国王振作了一下精神。“凌先生，麻烦你先走一趟天籁村。这个村庄最近也遭逢了经济困境，希望你能过去帮他们解决问题。同时我会引导舆论，树立你在经济方面的专业地位，如此一来，可以降低未来我们在天阙城推动经济政策所面临的阻碍。师倩会陪你一起过去，而司曼会在你从天籁村回来之前，将你所需要的数据编制完成。”国王带着公主谢别了凌逸，走出了大厅。

“你们坐着聊一聊，我去张罗些茶点。”师倩向凌逸及何司曼说完，便尾随着国王和公主离去。

“凌兄弟，很感谢你提供的经济对策。我这个财政大臣实在惭愧，几年下来，还不能把经济运转到正常的情况。”

“司曼大哥，你不用客气，我只是将所学的东西拿出来跟你们讨论，也不知道有没有用。治理一个国家，本来就相当困难，不如理论世界那么单纯。”

“有时很感慨，为什么大家不能团结一心，为王国一同努力，反而各怀鬼胎，相互算计攻讦！这几年来，我收到不少有关经济的建言，但就如同国王所说的，反对他的人在明在暗都有，而我实在分不清哪些建言是出自于真心，哪些又出于阴谋。唉！只怪我能力不足。”

“其实在和师倩讨论经济的过程之中，我发觉你们的用语及运作方式，和我所在的世界是差不多的，只是你们没有一个系统化的整理，所以无法发展出完整的经济理论。另外，据我所知，早年在肯恩斯王国的时代，长期处于繁荣富庶的状态，不像我所在的世界，几十年甚至几年内就会发生战争或经济危机，所以经济理论在动乱的环境之中，比较容易有多元的发展和选择。”凌逸对何司曼有种莫名的好感，认为他是一个虚怀若谷的政治家。

“唉！多么希望肯恩斯王国在你的帮助之下，能恢复往日的繁荣啊！”

“两位辛苦了，先吃点东西吧！”师倩带着一群宫女端了茶水及点心进来。

一群身穿橙色长袍的女孩，在厅内往来穿梭，煞是好看。师倩则站在一旁，聆听着凌逸与何司曼的对话。凌逸注意到师倩不时含情脉脉地望着何司曼，也很贴心地为他斟茶和摆放点心。凌逸的心中不觉地浮出一种酸酸的感觉，讨论时也出现了分心的状况。何司曼以为凌逸刚到天阙城有点疲累，便请师倩带着凌逸回房休息。

“叩！叩！叩！”当天夜晚，凌逸的房门外传来轻轻的敲门声，一位蒙着面纱的女孩站在门外。

“是公主吗？”凌逸打开房门，见到面纱上那双灵动大眼，感到有点讶异。

“是我啦，你想得美哩，公主怎么可能到你房间找你！”师倩摘下面纱，做了一个嘲笑凌逸的鬼脸。

“哦，我还以为会有什么艳遇！”凌逸嘴巴这么说，但内心却十分开心。

“这句话讲得有点伤人耶！难道我过来就不叫艳遇吗？”

“开玩笑的啦！请进来坐。”

“不好意思，这么晚还来打扰你。”师倩缓缓地坐下，婀娜的身形跟公主比起来有过之而无不及。“由于时间紧迫，国王已经帮我们安排好了，明天我们就启程前往天籁村。”

“天籁村，那是一个怎么样的村庄呢？”

“天籁村隶属于天阙城，是一个很富裕的世外桃源，许多肯恩斯退休或下野的大臣都喜欢移居到那里。近几年，村里遭遇了一些经济问题，几次向天阙城求助，但是我们也拿不出什么好的方法。由于许多有影响力的人住在天籁村，如果你能帮他们解决问题的话，相信一定能够一鸣惊人，而我想这就是国王希望你去的目的吧！”

“另一方面，国王也想试试我的能耐吧！”

“你真聪明！天籁村是个小村，你如果能提出合适的经济方案，相信很快就能看出成效。不要怪国王以此作为测试喔！现在的他，实在不能再面对任何重大的失败，否则是会被黎尔图趁虚而入的。”

“黎尔图和国王到底有什么不同的政治立场呢？”

“黎尔图一心想恢复肯恩斯王国过去的光荣，因此主张扩编军队，以武力来胁迫各城邦接受统一。国王则主张将精力集中于改善人民的生活，希望在人民丰衣足食以及强化天阙城的经济实力后，才考虑和其他城邦谈统一的问题。”

“国王是个仁慈的君主，真正关心人民的福祉。”

窗外的夜行动物开始为黑夜的来临唱出序曲，此起彼落的叫声微微地挑动游子的乡愁。凌逸望着窗外的天空，星星彷佛在告诉他，家乡的亲友正在挂念着他。

“你在想家吗？对不起，没有机会和你好好讨论你在这里停留的时间，就一股脑地说个没完。”师倩望着若有所思的凌逸。

“对了，萨教授在肯恩斯待了多长时间？”凌逸从一团思绪中抽离出来。

“据他和我讲的时间，前前后后大概八年左右。”

“咦，但我在学校的这几年都有看到他开的课啊？”

“哦，忘记和你说了，当你来到肯恩斯的时候，默林苑那个世界的时间是会暂停的。同样地，只要我一到达默林苑，肯恩斯的时间就会暂停。”

“所以，我回到默林苑的时候，应该就是我在宿舍读书的那一个晚上。”

“是啊！如果你想要回去的话，随时都可以，只是我需要专心处理王国的事务，不能常陪你到默林苑。但是你真要回去的话，可别去太久喔！在你回去之后，这里的时间是不会停下来的。对不起，原谅我们的自私！就如同国王所讲的，我们的时间真的不多了！”师倩露出一种让人难以拒绝的眼神。

这一刻，凌逸低下了头，发现自己无法直视师倩的双眼，因为那会让他的心跳得太快。他低头沉思的模样，让师倩担心他是否对于留在肯恩斯一事感到动摇。

“你还好吗？这样两地往返会不会让你很困扰呢？”

“不会的，我也想将所学知识实际运用在真实的世界之中，验证经济学是不是一门经世济民的学问。”凌逸朝师倩笑了一笑，回给她一个留在这里的次要理由。

“谢谢你的帮忙！我们明天早上就出发，祝你有个好梦。”师倩高兴得跳了起来。

“晚安，也祝你有个好梦。”凌逸看到师倩雀跃的模样，内心也是充满喜悦。

凌逸一早起床，便换上师倩为他准备的绿色长袍。丝质的长袍是当地的日常穿着，对于身材高大的人，穿上后有一种飘逸的风采，而凌逸的身形就相当符合这种长袍的风格。师倩一进房看到凌逸，就不觉地流露出赞赏的眼神。

“走吧！我们出发吧！”师倩向凌逸招了招手。

凌逸拿起了随身的行李及《城邦游记》，随着她朝城堡的顶层走去。城堡顶层有着一块空地，像极了直升机起落的场地。凌逸正想问师倩如何前往天籁村，只见她走向一个类似传声筒的微型扩音器。

“小P!”师倩拿起了微型扩音器喊着。

不久，远方飞来了一只有着火焰般颜色的凤凰。

第三回

初鸣天籁村

“为什么把这么漂亮的凤凰叫做小P呢?”凌逸抚摸着凤凰的羽毛，很难相信自己坐在凤凰的身上，享受着腾云驾雾的快感。

“它长得这么漂亮，本身就很容易骄傲，如果再给它取个什么美美、漂漂啊这类的绰号，那它一定会更骄傲、更难管的，而且小P这个名字很可爱，你不觉得吗?”师倩像摸小狗般抚弄着凤凰的颈项。

“所以小P的名字是你取的吗?”凌逸为师倩这个可爱的回答感到有趣。

“它其实是公主的坐骑啦！是公主借给我们去天籁村的。你要坐好喔！它有时可是会很调皮地乱飞的。”

“公主为什么好像不太爱说话的样子，似乎不像萨教授在书中所描述的那样。”

“你对公主很有兴趣喔！说实话，你是不是为了她的美貌才愿意帮我们的?”

“怎么可能！她蒙着面纱，我连她的脸都没见过。”

“她可是美得很，如果你能成功解决天阙城的问题，我就冒个险，想办法让你见一下她的真面目。”

“什么? 我这样千辛万苦才见到她一面，至少约个小会吧!”

“没问题，不过要在我的监督之下!”

两人在说说笑笑之中，乘着凤凰飞过肯恩斯许许多多的田野风光。

“对了，凌逸，你才学经济几年，为什么会对经济学这么熟悉呢？”

“也谈不上到熟悉的程度，只是很有兴趣罢了。我记得第一次上经济学的课，教授就准备了好多杯水，接着问有没有人要上台喝水。由于我很辛苦才爬上半山腰的教室，正觉口渴，因此就自告奋勇上台。教授叫我先喝一杯水，我感觉十分舒畅，但是，他接下来叫我连喝好几杯，我越喝越觉得第二杯水没有第一杯好喝，第三杯水又没有第二杯水好喝。教授告诉我们这就是边际效用递减，意思就是每增加一单位商品或服务的边际效用会低于前一个。”

“什么是边际效用呢？”

“边际效用是指每增加一单位的商品或服务所获得的满足程度。所以，照这样的论点来推论，我们可以知道为什么水对人们很重要，但价格却很低。答案就是因为水资源唾手可得，对于人们来讲，再增加一单位而得到的满足程度并不高，因此愿意付出的价格就很低。所以，边际的观念在经济学里很重要，是决定商品最终价格的重要因素。”

“照这样的逻辑推论，人们愿意对钻石付出高价，是因为一般人很少拥有这些贵重物品，而且也难以取得，所以增加一单位而得到的满足程度就很高。”

“你真聪明！会举一反三。”

“你说得没错，经济学实在蛮有趣的，让人很想从中了解这个世界的运作方式。”

凤凰飞过了一片森林，越过了一座小山，眼前出现一条条蜿蜒的河流，而河岸旁伫立着排列有序的桃花树，相当具有艺术感。不一会儿，便开始看见粉红色系的建筑物错落散置在这片天然的花园之中，而耳边不时传来微微的音乐声，好像是从天边弹奏出来的，令人有种说不出的舒服。

“我们到了！小 P，降落到那片空地上。”师倩拿出微型扩音器向凤凰指挥着。

“为什么这里会有种轻轻的音乐声呢?”凌逸跟随师倩沿着林间小径行走。

“因为我们刚刚经过的小山有些特殊的结构，风从那些缝隙吹出来，形成了如天籁般的音乐，所以这个村就叫做天籁村啰!”

“真是村如其名。美景加天籁之音，难怪是达官显贵退休后的首选之地。”

行走在弯弯曲曲的小径上，听着身旁的潺潺流水声，阳光透过桃花树的间隙，轻轻巧巧地洒在身上，让人有种微微温热的暖和。穿过一片农田，从一个小坡上转弯下来，一座座建筑物出现在眼前。凌逸从天空俯瞰时，以为建筑物的粉红色是涂刷上去的色彩，但靠近细看才发现，建筑物似乎是由桃花花瓣所建构而成的。师倩向他说明桃花花瓣的炼制过程，原来天籁村所生长的桃花结构坚韧，凋落后经过特殊的处理，就可以作为建筑的材料。一座座梦幻的桃花屋，也是这群人下野后可以炫耀的物品之一。桃花屋旁围绕着桃花树，一阵微风吹来，吹起一片像是蒲公英的白色小伞布满天空，将此处点缀得宛如梦境一般。正当凌逸看得出神之际，一位白眉及肩的老人带着几个人朝着他们走了过来。

“师倩小姐，好久不见了!”老人亲切地向师倩打招呼。

“白眉伯伯，师倩向您问好。跟您介绍一下，这位是凌逸先生，是国王请来天籁村帮忙的。”师倩将凌逸带到老人的面前。“凌逸，这位是天籁村的村长，白眉伯伯，从前是肯恩斯王国的总理大臣。”

“白眉村长，很高兴见到您。”凌逸觉得天籁村，村如其名，连村长也人如其名，这种组合煞是有趣。

“什么村长大臣的，现在老了，不中用啦!”白眉热情地邀请每个人到屋内坐下。“我收到了国王的讯息，知道你们两位会来，因此找了些村里的干部来讨论最近的经济问题。国王是个心地善良的好人，从前我在天阙城当官的时候，就看着他长大。可惜，这样的时局很难给他一个好好发挥的机会。他一向很关心我们天籁村的情形，几次派了司曼过来帮忙，但是蜡烛两头烧，天阙城有天阙城的难题，司曼也穷于应付。很感谢国王一直关心我这个老人，还劳烦两位过来。”

“白眉伯伯，您太客气了。您可以告诉凌逸天籁村近来的情形吗？”

“嗯，让我想一想怎么说起。”白眉顿了一顿，朝凌逸望去。“天籁村从前是一群农民居住的地方，土地是天阙城所拥有的，农民们耕种部分的土地并向国王缴租。后来，一批王公贵族发现了这个地方，闲暇之余，便前来这里度假。之后，更成为许多官员退休养老的居住地，而我们这批退休的官员和家属现在是天籁村的主要居民。我们向国王买下土地并雇用当地的农民从事生产，将农作物销往天阙城。由于到天籁村买地的人越来越多，可是农民的数量有限，因此农民的工资上涨得很快，但土地的价格却向下滑落。我们这群地主，等于是面对日渐缩水的资产，还负担了越来越沉重的工资。村里的干部开了几次会，结论是鼓励家中的年轻人出来帮忙耕种，但这批年轻人啊，不是对农耕没兴趣，就是养尊处优，吃不了苦，只想待在家里做米虫。我们这批老人从前管理着成千上万的人民，都不觉得有什么困难，但现在却不知道怎么教导自己的孩子。唉！大家都宠坏了孩子啊！”

“司曼大哥在和您讨论之后，有什么建议呢？”

“他建议我们引进邻近村庄的闲置人力前来耕种，但是大部分的村民都反对。因为这几年下来，天籁村的一些农民已经累积了很多积蓄，并在近年来土地价格下滑之际，向急着用钱的地主买了一些土地。因此，村民们担心，如果引进别村的人来工作，万一将来他们存够了钱，也搬来这里居住，这样会影响我们的生活质量和日常作息。”

“嗯，我懂了，我想我有解决的方法了。”凌逸自信地笑了一笑。

“真的吗？”屋内的一伙人都兴奋地看着他，并七嘴八舌地询问着。

“不过，我想先在天籁村内实地观察一下，并想想我的方法有没有问题后，再回来和各位讨论。”

“好的，我派人带你和师倩到村里走走。”白眉叫来身旁的一位村干部。

“白眉伯伯，不用了。这里我很熟了，我来带凌逸就可以了，但是可不可以向您借阿威一用呢？”

“好，没问题！我就知道你会打它的主意。”白眉笑嘻嘻地带着两人走到后院。“阿威，带他们到村里走一走，然后再回来这里。”白眉对着一个小扩音器说。

一只可爱的巨型猪看起来不太情愿似的，缓缓地从屋后走了出来。

“阿威，好久不见了，有没有想念我啊？”师倩灵巧地爬到巨型猪的身上，同时示意凌逸也一起上来。

巨型猪载着两个人，慢慢地朝师倩所指示的方向走去。一路上除了巨型猪之外，还有不少小恐龙来回穿梭。巨型猪迟缓的行进速度和灵活的小恐龙形成强烈的对比。穿过一片桃花林后，眼前出现许多造型不同的桃花屋和密密麻麻的农田，而每块农田里都有一两间由木头搭建而成的小屋。

“阿威，你好像又变胖了，是不是太少走动了啊？”师倩轻轻捏着巨型猪的耳朵。

“它听得懂吗？”凌逸怀疑地问着。

“跟它闹着玩的，应该听不懂吧！”

“你真是个有趣的女孩！而且经过这几天和你相处，我还发现你既勇敢又乐观。”

“怎么说呢？”

“肯恩斯王国遭逢经济困境，你为国王上山下海，还穿越时空，都没听见你在叫苦。”

“唉，只是苦中作乐啊！你不知道的事可多着呢！”

“没关系，你可以慢慢说。反正这只猪走得这么慢，说不定够时间让你把一生的故事都说完。”

“喂！阿威，有人在笑你，快把他甩下去。”师倩抿着嘴笑着。天籁村悠闲的气氛，让她在心情上放松了不少。“天籁村很美吧？真想以后能住在这里。”

“年纪轻轻就想过着老人的生活啊！”

“总比现在国事多如麻好得多吧！可怜我一个花样年华的少女，竟然年纪轻轻就遭此折磨。”

“真让人同情啊！”凌逸被师倩的可爱逗得哈哈大笑。“对了，一直想问你，为什么每块农田之中都有一到两间的木屋呢？”

“那是给农民居住的。这些退休的大臣们还是有种优越感，他们不希望太多农民搬来天籁村，所以在房屋的建造上也有阶级之分。”

“难怪他们宁愿承受高涨的工资，也不愿引进别村的劳动力。”

“在村长家的时候，你提到有解决的方法，可以先告诉我吗？”

“我的方法就是大量引进别村的劳动人口。”

“那不是和司曼大哥的建议一样吗？这个方法已经遭到天籁村村民的反对了。”

“反对的原因是他们不了解这个方法实施之后，结果会和他们所想的不同，而司曼大哥没能回答村民们的疑虑。”

“怎么说呢？我越听越不明白。”

“记得我和你提过边际的概念吗？我们现在要运用这个概念来解决天籁村的经济困境。在其他情况不变之下，劳动的边际产量也会出现递减效应，就是说，多增加一位农夫的时候，所增加的额外产量会逐渐减少。举例来说，在一块农田上，如果雇用三位农夫可以生产 60 根玉米。假设再多雇用一位农夫，可再增加 16 根玉米，但随着雇用的人越来越多，农田会变得很拥挤，每位农夫反而难以发挥他最有效率的耕种方式，所以，在雇用到第十位农夫时，可能只能再多生产 5 根玉米。由于边际产量递减，农夫的工资也随之递减，所以多引进劳动人口可以使工资下调。”

“嗯，我了解，请继续说下去。”

“接着，我们来谈增加劳动人口对土地价格的影响。当劳动力处于固定水平，多增加一单位土地会使得土地的边际产量递减。例如，十位农夫在一块土地上可以生产 120 根玉米。在多增加一块土地且农夫数量不变的情形下，假设两块土地各有五位农夫耕种，则每块土地便无法产出十位农夫的生产量，譬如每块土地只能产出 90 根玉米，所以就形成了土地的边际产量递减。”

“土地的边际产量递减……”师倩喃喃自语：“所以就会造成土地价格下跌啰！”

“没错！这就像天籁村近年来所面临的情形，农夫的数量没有什么增长，但越来越多的人向政府买地迁入，而所需耕种的土地不断地增加，使得土地边际产量递减，造成土地价格的下跌。所以，解决的方法一样是引进别村的劳动人口来耕种，让土地的产量提升。这样子，土地的价格才会开始回升。当土地价格上涨之后，别村或当地的农民便不容易买得起天籁村的土地。”

“哦！所以，大量引进劳动力可以解决工资上涨和土地价格下跌的问题，而村民们也不用担心别村的人会大举迁入天籁村，影响到他们的生活质量。”师倩开心地拍拍手。“阿威，我们快点回到白眉伯伯的家吧！”

巨型猪还是缓缓地行走，似乎没感受到师倩想要飞奔回去的那种焦急心情。

“你先别急，还有一件事需要天阙城配合。为了让这个方法更有成效，天阙城必须暂停或放慢卖出土地的计划。如果没有控制土地的供给量，即使增加劳动人口，还是难以改善目前的状况。”

“没问题，这点我会和国王说的。”

两个人回到白眉家之后，发现聚集的人越来越多。许多村民听说有解决方法后，都迫不及待地来到白眉家中。凌逸将刚刚和师倩所说的内容再讲一遍，大家先是呆了一下，然后面面相觑。突然之间，不知从哪个方向传来了叫好声，现场便开始热闹起来，大家叽叽喳喳地讨论着。不久之后，兴奋泛红的脸一个接着一个出现，和窗外的桃花相互地映射出红色的光彩。

“好主意！我们就这样做，大家有没有意见？”白眉朝几个像是意见领袖的人询问着。

除了少数人提出了一些异议及担忧之外，绝大多数的人都表示赞同。

“小兄弟，真是谢谢你。看不出你小小年纪，却见识不凡。”白眉紧紧握住凌逸的手。

“不客气，还不知道这个方法是不是真的有用。”

“既然如此，我想请你和师倩暂时在我这边住下，并帮我们看看实施过程中有没有什么问题。”

“白眉伯伯，我先回天阙城向国王禀报情况，过几天就回来。这里就先请凌逸来帮你们。”

“也好，请帮我向国王道谢。”

这段期间内，师倩频繁地往来天阙城与天籁村，凌逸一面读着《城邦游记》，一面协助白眉处理引进劳动力的计划，而何司曼则召集底下的官员，加速编制各项经济数据。凌逸相当心疼师倩的辛苦，在她忙到忘记吃饭的时候，凌逸都亲自为她张罗食物。从师倩的言谈之中，凌逸猜测她辛苦地往返主要是为了想见何司曼。有一天，在两人单独相处的时候，凌逸忍不住向她提起这件事。

“其实你不需要这么频繁地来回两地，这里我来帮忙就可以了。”

“那可不行，国王希望我和宫中的人做好协调的工作。更何况，我也要了解司曼大哥那边的进度，有任何问题才可以和你讨论。”

“我想问你，你这样做……是不是为了见司曼大哥？”凌逸鼓起勇气地问。

“嗯……”师倩脸上泛起红晕。“你怎么知道？”

“因为……”凌逸本来想表达自己对于师倩的关注和爱意，但却说不出口。

“好啦！既然被你发现了，我就告诉你，但是如果你敢乱说的话，可是会被我找人灭口的喔！”师倩红着脸，两颊鼓鼓假装生气的样子。

“你放心，我不会乱讲的！”凌逸带着苦涩的笑容。

“司曼大哥是我从小就很喜欢的对象。他为国王尽心尽力，处理肯恩斯王国种种繁琐的事务。虽然压力沉重，但是每次看到我的时候，他总是会给我一个温暖的微笑。”

“那他……他知道你的心意吗？他……喜欢你吗？”

“我想他不知道吧！他只是一直把我当做小妹妹看待吧！”师倩轻轻地叹了一口气。

“真是可惜！”凌逸内心感到矛盾，一方面希望师倩幸福，一方面又期盼这份幸福是自己所给予她的。

“你呢？在默林苑有没有女朋友呢？”

“你不是跟踪了我一段时间吗？怎么会不知道呢？”

“我看你好像蛮受女生欢迎的，常常和不同的女生在一起耶！”

“唉，也没几个女生，而且那些都只是社团的朋友，”凌逸也叹了一口气。“当遇到自己真正喜欢的女生，我往往不知道该如何约她出去，并向她表白。”

“我好像常常看见你送宵夜到女生宿舍门口，难道你心仪的对象都没有感动吗？”

“宵夜是有在送啦！但是惨剧也因此发生。”凌逸有点尴尬地说着，“听说有一次那个女生吃了我做的宵夜后，结果不停拉肚子，然后请一位学长送她去看医生，之后他们就在一起了。”

“哈哈！”师倩大笑不止，然后突然停了下来，充满戒心地望着眼前凌逸为她准备的晚餐。

“你这个人不但没有同情心，还有很重的疑心病。放心啦！这个晚餐没有问题的。”

“我想把这一餐留给阿威，让它拉拉肚子，还可以减减肥。”

两个人相视并且开怀大笑，凌逸内心想着：或许能常常见到师倩的笑容也就够了！

天籁村在采用凌逸的建议之后，经济明显获得改善，村民们很感谢凌逸与师倩为他们所做的一切。过了不久，在天籁村的经济问题得到解决后，师倩便带着凌逸告别了白眉。离开之时，美妙的音乐依旧不时地演奏着，大自然怡然自得地像往常一般运行，不知是不理会人间的纷纷扰扰，还是用风声揶揄着人们的庸庸碌碌。

第四回

失控天阙城

……民间流传着，天阙城内有一个秘密组织，叫做铁血会。这个秘密会社主张国家统一，以恢复肯恩斯王国的往日光荣为己任。传言此会社由黎尔图公爵所指导，并由他的亲信毕思汉将军担任铁血会的掌首，掌首就是铁血会的领袖。铁血会的势力不仅横跨天阙城的朝野，还涵盖了整个肯恩斯的城邦。许多宫中大臣、巨商名流都是这一个秘密会社的成员。由于铁血会对国王的施政处处掣肘，国王多次下令清查铁血会的成员，但受命调查的官员大都惧怕黎尔图的权势及毕思汉的军队，因此，更不敢对铁血会做全面性的清查，所以往往徒劳无功。此外，传闻铁血会不断地在培植自己的武力，准备在适当的时机逼迫国王让位，进而以武力统一肯恩斯。

唉！江山代有豪雄出，各苦生民十数年！

“凌先生，欢迎回来！”国王在宫殿内准备了一桌酒席，为凌逸与师倩接风。席间也邀请了国王的亲信大臣，其中有财政大臣何司曼、外交大臣袁复和禁卫大臣官布衣等人，个个身穿紫色长袍，挂着赤色圆珠为装饰的颈链，但人群中却不见公主的身影。肯恩斯王国在分裂之后，王国实际控制的范围仅有天阙城及其周围的小村庄。由于统治的领土缩小了，国王便废掉了总理大臣的职位，直接统驭群臣，凡事亲力亲为。

“请各位一起敬凌先生一杯酒。另外，我也敬各位一杯，感谢你们近年来的辛苦。”国王举起酒杯，而在座的所有人也赶紧举杯向国王回礼。“凌先生，白眉村长这一阵子对你赞不绝口，天籁村的经济复苏，振奋了不少天阙城的臣民。你现在可是一位名人啰！”

“国王陛下，您太客气了。很多人在天籁村都出了不少力，师倩也是大功臣啊！”

“没有啦！我只是一个打杂跑腿的角色。不像各位都是运筹于宫中，决胜在千里之外。”大伙儿都被师倩给逗得哈哈大笑。

“师倩小姐，我也是到处奔波、打杂跑腿，没有整天蹲在宫中。”外交大臣袁复笑着说。

“我也是整天带着禁卫军巡逻，在外奔波。啊！我知道了，你指的一定是司曼大臣。”禁卫大臣官布衣笑着手指何司曼。

一提到何司曼，师倩虽然神色自若，但却隐隐听到自己心跳加快的声音。

“是的，我是运筹于宫中，可惜近来少有胜仗！”何司曼苦笑着。

“师倩，你的一席话引起群情激愤喔！”国王笑得开怀。

“你们都欺负我，等一下我就搬出公主来帮我，看你们还敢不敢！”

国王与大臣们今天特别的开心，在近年来经济问题纷至沓来后，终于打了场漂亮的胜仗，为天阙城的经济情势带来一道曙光。尤其是国王，自从登基即位之后，少有平稳的日子，先是面临各城邦分裂的危机，再来是面对经济转坏的严峻考验，而近年来黎尔图及铁血会对政权的挑战，更是让他忧心如焚。凌逸的成功，让他觉得终于有了转机。

“凌先生，司曼已经将你所需要的数据编制完成。过几天，我将会召集各大臣于宫中会商，同时任命你为肯恩斯王国的经济顾问大臣。在这个会议上，希望你能提出一些经济方案来挽救天阙城的困境，不知道你愿不愿意呢？”

“感谢国王陛下，我非常荣幸能接受这个职位。这几天，我会和司曼大臣好好地研议方案。”

“一切就拜托你了！”国王用力握着凌逸的手，传达着深深的期待。接着，身旁的一位侍从交给凌逸一套大臣穿着的紫色长袍以及镶着赤色圆珠的颈链，在场的人一个个地向凌逸道贺。

酒席结束后，凌逸回到房间，看着何司曼给他的经济资料及数据。突然之间，一道道亮眼的光芒吸引了他的目光。放置在紫色长袍上的颈链，其中的赤色圆珠光彩夺目，这是一种前所未见的宝石，质地似乎十分的坚硬。正当出神之际，门外传来了敲门的声音。

凌逸打开门后，只见一名蒙着面纱的女孩带着一名随从站在门外。

"师倩，请进吧！怎么蒙着脸，又想捉弄我啊？"

"凌先生，不好意思打扰你，我不是师倩。"

"哦，是公主啊！请坐。对不起，失礼了，我以为又是师倩在捉弄我了。"

"没关系，是我管教不严，让这个女孩子整天做些古灵精怪的事。"

"她其实是一个很能干的女孩子，只是比较调皮罢了！"

"师倩的确是个好女孩。这一阵子忙坏她了，我让她这几天多在房里休息。对了，我这趟过来是想要谢谢你的帮忙，顺便看看你有没有需要什么东西。"公主的声音很细小，凌逸得集中精神才听得清楚。

"公主你太客气了，这里一切都安排得很好。今天的酒席，你怎么没一起来参加呢？"

"这是肯恩斯王国的惯例。有王位继承权的人，在国王还没退位之前，是不可以随意干政的。之前，我忍不住出席了一些场合，消息一被传开，就被亲近黎尔图的大臣所批评。但近年来由于政经局势变得紧张，宫中可以相信的人却不多，而我又想帮父王分忧解劳，所以才派师倩代表我来了解朝政。"公主和师倩一样有双会说话的大眼睛，眼光似水般地流动，都让人有股想帮助她们的冲动。公主娓娓道来，身上的首饰随之晃动，煞是好看。凌逸注意到公主身上的首饰，每件饰品也都镶着赤色的圆珠。

“凌先生，在你们的国度里，有没有赤丹珠这种宝石？”公主注意到凌逸好奇的眼神，便指着凌逸放在桌上的颈链。

“这是我第一次看到，实在非常漂亮！”

“赤丹珠是肯恩斯特有的宝石。由于质地坚硬，色泽迷人，最重要的是它的稀有性，在几百年前作为价值储藏和交易的工具。现今，肯恩斯的各个城邦虽然发行的货币都不相同，但都是用赤丹珠来作为国家储备的资产和货币发行的保证。当然，我们还会用赤丹珠来做成首饰及装饰品。”

“在我们的国度里，有一种叫做黄金的贵金属，和你们的赤丹珠扮演着相同的角色，但是我们还有一些像白银等贵金属也可以有类似的功能，只是价值比黄金低。肯恩斯有类似这样的宝石吗？”

“除了赤丹珠，还有其他颜色的宝石，只是就像你提到的，价值比较低，但在早期也用来做交易。”

“公主，谢谢你的来访，还有你所提到的信息。我想我已经初步有了解决经济问题的第一个方案了。”

“真的吗？我可以先听一听吗？”

“当然没问题！”正当凌逸要回答之际，门外的随从传来国王召见公主的命令。

“凌先生，我们改天再聊，你早点休息吧！”

数日后，何司曼一方面和凌逸及师倩讨论解决的方案，一方面带着他们拜会民间有实力的商人或意见领袖，并试探政策的可行性。几天下来的密集会面，三个人发展出一种患难与共的情感。虽然身边多了个何司曼，但凌逸暂时放下了感情上的纠葛，一心一意地帮助师倩解决天阙城的问题，并享受着为了她付出、看着她开心的时光。

国王召集会议的当天，凌逸感到有点紧张，毕竟这样的场面远远大过辩论赛，而重要性更是不言可喻。师倩感受到凌逸的心情，在他身旁不时带着温暖的微笑，并体贴地帮他整理仪容。议事厅里的装饰十分简洁，但厚重的石材摆设却带给人一种严肃的压力。国王端坐在中央，而大臣们则分站在两旁。黎尔图、何司曼、袁复和官布衣等人正三三两两的和其他大臣们交谈着。师倩在凌逸的耳边，介绍一些他没见过的人，其中包括了看起来横眉竖目的毕思汉。

“向各位介绍我们肯恩斯王国的经济顾问大臣，凌逸先生。凌先生是从另一个国度来到这里协助我们的。”国王将大臣们的目光导向凌逸。众人顿时鸦雀无声，朝凌逸望去，想看看传闻中这一位年轻小伙子的模样。“各位应该都听说了天籁村的事吧！”

何司曼率先拍了拍手，接着此起彼落的喝采声接踵而来。凌逸很不好意思地点了点头，向大臣们致意。

“我和各位一样，抱着兴奋且期待的心情来举行这场会议。”国王挥了挥手，示意群臣安静。“我知道天阙城的经济规模和复杂性远超过天籁村，因此请各位前来共同商议国事。”

黎尔图原本一副有话要说的模样，但听到国王把话说得无懈可击，只好不动声色地安静下来。

“司曼，请就最近的经济情况，再为各位做一次简报。”

“是的。这段期间，我按照了凌大臣的建议，将近年来天阙城的经济活动编成了数据，请各位可以参照手头上的数据。以实质 GDP 来看，天阙城近年来的经济成长率约为4%，消费者物价指数前两年为5%，今年为6%，而失业率则为4%。经济仍然继续增长且失业率还在可接受的范围，但是出现了较高的通货膨胀。如果再不解决的话，恐怕会严重影响未来的经济增长。凌大臣认为由于我们前几年把市场指标利率降到低点，所以造成经济过热和高通膨的结果。最近由于政府财政入不敷出而印制更多的钞票，此举让通货膨胀率继续上升。这几天，凌大臣想出一些解决方案，接着就请他为各位详述方案的内容。”

由于在集会之前，何司曼已经派人向与会大臣做过一番简报及解释，所以对于经济描述的内容及背后的逻辑，大臣们已经有较清楚的认识。但黎尔图和他的亲信们也因此有所准备，一副剑拔弩张的姿态，等待随时对凌逸的发言做出攻击。凌逸感到一股山雨欲来风满楼的氛围，内心抱着一种孔明在江东辩群雄的准备。

“如同司曼大臣所提到的，高通膨是现今所面临最严重的问题，我有几个建议可以请各位参考一下。第一步，我们要加强人民对政府货币的信心。天阙城发行的货币是以赤丹珠的储备作为保证，两者之间存在固定的兑换比率，但近年来为因应财政支出而印制过多的钞票，不仅导致高通膨，而且让人民担忧兑换的保证，这样下去会造成人民对政府发行的货币失去信心，交易上会倾向以物易物或直接使用赤丹珠等宝石。此外，这种忧虑还会影响到与其他城邦交易的汇率，使得天阙城的货币贬值，而结果将会使进口成本上升，加剧通货膨胀的情况，打击经济增长及秩序。因此，我建议一方面放缓印制钞票的速度，另一方面积极寻找赤丹珠产地以补充储备，如果缓不济急，就使用其他有价值的宝石来作为辅助，并订定合理的货币兑换率。这样的做法将有助于稳定人民对政府货币的信心，并减缓通货膨胀率。”

“放缓印制钞票的数量？那政府运作的财政缺口要如何改变？”黎尔图率先提出质疑。

“改变的方法为缩减不必要的财政支出和发行公债。司曼大臣会和各位大臣商议缩减的内容，以及可以暂缓的支出。如果仍然入不敷出，政府可以发行公债向民间集资。和印钞的方式相比，为了王国的长远发展，政府应该是以发债作为解决财政缺口的主要方法，并以平衡财政收支和控制债务水平为目标。随意地印钞来填补财政赤字，很容易造成高通膨及民众丧失对货币的信心，形成恶性循环。”

“过去，肯恩斯王国曾经有大举发债的历史，结果造成财政恶化，经过好多年才降低赤字，但经济却已经受到很大的打击。凌大臣的这个建议恐怕行不通喔！”一位站在黎尔图身旁的大臣发表意见。

“我们这次面临的经济困境，主要着眼在高通膨的忧虑，而从数据看起来，经济仍然维持增长，因此只要控制住通货膨胀，未来经济成长带来的税收将可用来改善政府的负债。您提到过去的经验，大概是指政府背负大笔债务而经济又呈现衰退的情况吧！另外，除了发债之外，我们还可以调高重贴现率和存款准备率来降低通货膨胀。”

“凌大臣，我们知道存款准备率是政府要求每笔存款，银行需要保留而不能贷出的资金比率，用途是银行因民众提款需求所做的储备。而贴现率是客户将持有的商业票据，拿来向银行要求变现的利率，那重贴现率是不是银行又拿这张票据向其他同业借款的利率?”外交大臣袁复客气地问着凌逸。

“银行因资金需求而向同业调借资金的利率，称做隔夜拆款利率。重贴现率是银行以客户贴现的商业票据向政府再贴现的利率。举个例子来说明，假设有个人持有一张一年后到期的商业票据，票据金额为 100 元。由于临时需要现金使用，这个人将商业票据拿到银行要求变现。但是这张票据是一年之后才可以兑现，因此银行只给这个人 98 元，收取约 2% 的利息，而这约 2% 的利息就称为贴现率。当这间银行需要现金时，它也可以再拿这张票据向政府套现。假定政府给了这间银行 99 元，收取约 1% 的利息，这个约 1% 的利息就称为重贴现率。”

“那么请问，如何透过重贴现率和存款准备率的操作来降低通货膨胀?”

“当重贴现率提高时，银行向政府借款的成本增加，结果会引导存款和贷款利率的上升，使民众因高利率而减少借款及增加存款，最后透过货币乘数的效果，降低货币供给量来抑制通货膨胀。另外，当政府提高存款准备率时，银行必须保留更多的资金，减少可贷出的款项。同样地，透过基础货币的改变及货币乘数效果，可以降低货币供给量并缓和通货膨胀。”

“我们听不懂什么叫基础货币和什么乘数效果的！如果你要用这些莫名其妙的术语来吓唬我们，让我们无法参与讨论的话，我想你的目的达到了。”黎尔图讽刺地说着。

“公爵，你不用着急，凌先生会慢慢解释。如果一切都以我们所理解的方式进行，那之前我们就不会苦无对策了。凌先生，专业术语方面，请为我们多做说明。”国王为凌逸缓颊。

“不好意思，如果有些术语是各位不熟悉的，请随时提出。基础货币的定义为流通在外的货币加上银行的存款准备金，政府可以运用基础货币作为控制货币供给量的基础。而货币乘数，就是基础货币透过银行所创造出信用扩张的倍数。在学理上，货币乘数是存款准备率的倒数，也就是两者相乘等于一。”

“这个定义很清楚，请为我们举个例子说明，方便各位大臣更了解。”国王再将会议的氛围导回专业上的讨论。

“没问题！货币乘数的定义是这样的，举例来说，假设存款准备率为10%，当政府多印制钞票或以买入公债来释出100元到市场时，这100元放进银行存款之后，有10元要放在存款准备，另外的90元可以贷款出去。接下来，90元再被放进银行存款，其中9元被放在存款准备而81元可以再被借出。以此类推下去，当政府释出100元到市场之后，透过银行的存放款机制，会将货币的供给量变成释出1000元。照这样的计算，货币乘数便是十倍。当然，如果货币没有全数回存银行，或是银行提拨了超额准备，或是银行贷不出款项，那么货币的乘数效果就会受到影响。所以我想之前天阙城在印制钞票的时候，并没有考虑到货币的乘数效果，也没有想到调整重贴现率和存款准备率的问题，因此产生了通货膨胀的问题。”

“那该由谁来决定重贴现率和存款准备率？”禁卫大臣官布衣抢在黎尔图之前发言，避免他又提出尖锐的问题。

“我建议在政府的架构内成立一个中央银行，随时根据经济数据去调整货币相关的利率和指标。中央银行的主要任务就是透过货币政策来维持物价稳定以及促进就业，另外也负责监督金融秩序。”

“再问一个问题，那中央银行如何操控货币政策？”

“在操控货币政策方面，中央银行主要有四种方法可以影响货币供给。第一种方法是公开市场操作。如果市场资金浮滥的时候，中央银行可以卖出商业票据或公债，收回货币，以减少市场的货币供给。相反，当市场资金紧俏之时，就从市场买入票据和公债，增加货币的供给。第二种方法是调整市场利率，像是之前所提到的隔夜拆款利率或是重贴现率。第三种是调整存款准备率来影响货币的供给量。第四种是道德劝说，当中央银行决定货币政策为紧缩或宽松的时候，如果银行不配合的话，中央银行可以运用它的影响力来劝导。”

“所以我们还需要设立一个什么中央银行，指派一个大臣来管理吗?”黎尔图面露不屑的表情。

“是的，但由于货币政策的调控需要依据客观的经济数据，因此政治力的干扰越少越好，所以中央银行虽然是政府的单位，可是需要拥有较自由的操作空间。”

“你的心机未免太重了吧！这个所谓的中央银行，职权和功能我们都不了解，国王一定会把这个单位交给你负责。”黎尔图充满敌意地望着凌逸，然后随即质问国王：“国王，由一个来路不明的小伙子掌控王国的经济和货币大权，我头一个跳出来反对！”

“公爵，我们今天的重点是在讨论解决经济问题的方案。如果凌先生的方案有什么不妥的地方，随时提出问题或建议。至于方案所衍生出来的工作分配，我们暂且先搁置在一旁，等到方案有共识之后，再来讨论职位的问题也不迟。”国王为会议定调，以期降低政治角力的干扰。

“国王陛下，近年来经济问题动摇民众对政府的信心，我们实在经不起再有什么意外了。我想公爵大人是想提醒国王陛下在讨论方案的时候，也要注意人民的观感。如果由这么年轻的人来主导我们的经济命脉，只怕我们会更加地失去民心。”掌管国家军队的毕思汉为黎尔图辩解。

“毕将军，国王陛下的意思是要我们着重在经济问题上的讨论。人民观感的问题，在指派职务和执行方案的时候，我们当然会注意。”掌管国王侍卫的官布衣向来与毕思汉不合，在宫中常有争辩。

“各位稍安勿躁，我们请凌先生继续说下去。”国王制止了两人差点形成的争吵。

“在成立中央银行的同时，我们还要建立货币供给量的数据，目的是提供中央银行作为操控货币政策的指标。在中央银行调整利率以及公开市场操作的时候，需要随时注意货币供给量的数据，才不会偏离当初所设定的货币目标，以免造成通货紧缩或高通膨的后果。”眼看情势虽然紧绷，但是凌逸还是硬着头皮说了下去。

“凌大臣，你一直在强调货币供给量对通货膨胀的影响，难道高通膨没有其他的原因吗？”商务大臣提出疑问。

“通货膨胀的成因的确可能有其他的因素，例如，由成本推动的通货膨胀，像是原物料价格上涨导致的物价上涨。但是在评估这次天阙城的经济情况之后，我认为高通膨的主因是由于前几年的降息和印钞过多所造成的。在货币的理论之中有一个数学的方程式，称为数量方程式。方程式的内容指出：货币供给量乘以货币的交易流通速度等于物价水平乘以实质产出。这几年当中，天阙城的货币交易流通速度没有什么改变，而实质产出只有小幅增长，所以我们可以推断出，物价高涨的原因是货币供给量的大幅提升所造成。因此，我认为我们必须着重货币供给量在这次危机中所扮演的角色。”凌逸对于自己把问题学术化，感到有点懊恼。

“我想各位同僚在凌大臣说明之后，应该能够了解方案的内容。”何司曼似乎看出凌逸的懊恼，因此帮他调整发言的步调。“最后，再请凌大臣为我们总结他的建议方案。”

“好的！首先，我们要停止浮滥地印钞并恢复人民对货币的信心。同一时间，设立中央银行，透过调升重贴现率及存款准备率，再加上公开市场的操作来缓和通货膨胀。为了避免货币供给矫枉过正或力道不足，中央银行还要随时注意货币供给量和通货膨胀等相关数据，并适时地调整货币政策。最后，平衡财政支出和改善赤字也是未来要达成的目标。”

“对于商业活动来说，引导利率升高会导致借贷及投资衰退，这是会引发商界反弹的。”商务大臣再次提出疑问。

“你说得没错。在打击通货膨胀的时候，不免会让经济的成长放缓，但这是必要之恶。如果不趁早缓和通货膨胀的话，将来经济秩序大乱，所引发的后果更是难以收拾。天阙城现在经济持续成长，而且失业率还不算太高，打击通膨的过程不至于造成衰退。在控制住通膨之后，相信经济增长将会恢复常轨，我想这应该是商界所乐见的。”

“怕只怕升息解决了通膨，却造成百业的萧条，让肯恩斯王国面临更大的危机。大家仔细想一想，高一点的通膨有那么可怕吗?”黎尔图还是不认同凌逸的方案。

“所谓通货膨胀，是指一段时间内，物价连续上涨的状态。温和的通货膨胀，可以引导人民做及时的消费，不会预期将来物价更便宜而递延购买的行为，这对经济发展是有益的，但过高的通货膨胀就会对经济产生很大的伤害。”

“这是你自己想象的，真实的情况也不见得会像你所讲的一样。”毕思汉协助黎尔图攻击凌逸的观点。

“凌大臣是根据天阙城的现况来讲，爱想象的恐怕是你毕将军吧!”官布衣为凌逸辩护。

“我可以模拟一个简单的例子来做说明，这样各位会更清楚高通膨对于经济的伤害。”凌逸赶紧插话，不让冲突继续扩大。“想象你身在一个高通膨的环境，一年的通货膨胀率达到100%。当你一拿到薪水而不赶快消费的话，一个月后物价会贵上近10%，一年后会贵上一倍，这等于你手中的货币处于快速贬值的情况。这时，你一定想赶紧花掉手中的钱，但当大家都这样做的时候，又会把物价再进一步地推升，而政府为了因应物价高涨所产生的货币需求，只好增加货币的供给量，物价又会因此更高，形成恶性的通货膨胀。另外，假设你有在经营餐厅，针对急升的通货膨胀率，你一定要常常更新菜单价格和调整进货的方式，这势必产生了许多额外的成本。又假设你有一座工厂，在交货给客户的时候，发现当初的签约金额已经被高通膨给侵蚀了，拿到的钱还不够支付调涨过后的工资。在此之后，你要如何定价和销售？就算客户愿意将通膨的问题列入买卖合约，结果还是得增加协商的时间成本。简单地说，如果不抑制日渐高涨的通货膨胀，经济的运作将会大乱，还会产生许多不必要的成本，最后造成经济的衰退。”

凌逸对通货膨胀生动的描述，似乎打动了不少人的心。国王和他的亲信趁势追击，更积极地声援凌逸的方案，而以黎尔图为首的一派，则继续否定凌逸所说的一切。就在舌剑唇枪之际，议事厅的大门缓缓地打开了，一个老人慢慢地走了进来。由于论战激烈，大臣们都没注意到身后站了一个人。面向门口的国王带着微笑朝老人点头示意，老人马上恭敬地向国王鞠躬。

“白眉伯伯，您怎么来了？”还是师倩眼尖，看到了站在人群后的老人。

“总理大人，您好。”大臣们回头看到白眉，随即向他问好。

“大家都好吗？好久没回到城中了，现在我不是总理大臣，已经被降级成村长了。”白眉笑着和从前的同僚们寒暄。白眉在辅佐老国王的时期，政绩斐然，获得朝野一致的好评，所以在下野之后，仍然获得各界的敬重。

凌逸这几天按照国王的指示，到天籁村向白眉说明他的经济方案。白眉在听完之后，随即对凌逸的方案表达支持。现在正当双方人马的意见僵持不下之际，白眉的出现似乎将为这场僵局引发变化。见到众人对白眉恭敬的模样，凌逸暗暗地佩服国王的谋略。

“各位请听一下我这个老人的意见。在这几天当中，凌先生到天籁村和我讨论经济方案，让我想起以前也曾碰过类似的状况，而解决的方法也和他所说的差不多，只是过去没有这么学术化的整理罢了！另外，我将方案内容和几位旧同僚讨论，大部分的人都觉得可行。”白眉将目光转向黎尔图。“公爵，很难有什么政策是完美的，但时间并不会等人。你就先让天阙城实施凌逸的方案看看，如果当中有什么问题，你可以随时再提出来啊！”

“多谢总理大人为我们费心。我可以支持这些方案，不过在人事的安排和政策实施的细节上，请国王再安排一次会议来讨论。”黎尔图了解白眉在朝野间仍有一定的影响力，只好答应他的要求，但在人事安排上却埋下伏笔。

在黎尔图放弃抵制之后，这场会议便顺利结束了，国王则接受黎尔图的要求，再度召开会议安排人事的布局。经过一番政治角力后，终于敲定何司曼为中央银行的主事大臣，而其他中央银行的官员由两派人马共同组成，凌逸则兼任顾问。至于空出的财政大臣一职，则是由政治立场较为中立的官员来接任。国王对人事的安排结果虽然不甚满意，但对于握有中央银行的主导权仍感欣慰。晚间，在私人的宴会厅中，国王召集何司曼、袁复、官布衣、师倩和凌逸前来商议。

“凌大臣又多了一个顾问头衔，恭喜你喔！”师倩带着凌逸前往宴会厅。

“别取笑我了。说真的，我还真不习惯这些称谓，你还是叫我的名字吧！”凌逸刚刚经历政治斗争的惊涛骇浪，内心有种不太踏实的感觉。

“别谦虚了，你真的不简单！黎尔图等一干人原本准备让你在大家面前出糗，没想到最后还是投降了。我最喜欢的一幕就是你说一堆经济术语时，好像在念咒一样，每个人就像中邪般呆掉了，真是好笑极了！”

“喂！我可是尽量用浅显的语言来讲解经济政策，怎么讲得我好像是巫师一样！如果经济术语真有符咒的力量，那我可要没日没夜地努力学习了，这样才可以收伏你这个顽皮鬼。”

“那你得有很高的道行喔！”师倩做了个鬼脸。“不过，话说回来，有些经济现象就如同魔法一般的神奇。像是货币的乘数效果，经由银行的存放机制就可以倍数地创造出货币供给量。”

师倩放慢脚步，以便和凌逸多聊一聊。两个人走走停停，花了一阵子才到达宴会厅。

“怎么这么久才到，两个人是不是偷偷跑去约会了？”袁复对着刚走进来的两人说。

“哪有啊！你们就只会趁公主不在时来欺负我！”师倩羞得满脸泛红。

“那是袁复说的，可不关我的事。”官布衣连忙撇清关系。

“可是你的眼神充满奇怪的思想，别以为我看不出来。”

“两位大臣别取笑我们的师倩小妹了，她对我们的成功可是贡献良多。”何司曼赶忙为师倩解围。

平常就很熟稔的几个人，在与黎尔图等人的缠斗中略胜一筹，内心都感到十分畅快。国王到达之后，对众人做了一番嘉勉和感谢，并反复叮咛未来要注意的种种细节。短暂的胜利似乎无法让国王放下沉重的心情，凌逸的经济方案能否奏效的压力，让他有种喘不过气来的感觉。在会议结束后，国王将凌逸和何司曼留下来，再三地讨论方案的实施步骤。国王说：“经济是门学问，政治则是门艺术，如何将学问与艺术结合起来才是经济政策是否成功的关键。”凌逸回到房间后，躺在床上，思索着国王的这席话。

同一天的夜晚，黎尔图也在住所召集亲信们会商。散会后，他要求毕思汉单独留下来。

“真没想到我这个无能的大哥还知道要布下白眉这个暗桩。老家伙口口声声不理会朝政，要在天籁村享清福，居然在关键时刻跑来搅局。”黎尔图气愤地说着。

“公爵大人，请息怒。我们已经在会议上支持这个毛头小子的方案，如果后来又反对或消极抵制的话，恐怕会引起人民不良的观感。凌逸这小子着重在通货膨胀的控制，对于所需的时间却讲得不清不楚。这样时间一拉长的话，如果经济真的有起色，恐怕就会对我们不利。公爵大人，我想是时候跟掌首讨论我们的下一步了。”毕思汉所说的掌首正是铁血会的领袖。

“你说得没错，去安排一下吧。虽然和掌首在宫中常常碰到面，但是有其他大臣在场，我不太方便和他交谈，而且大哥在城内的耳目众多，我们就到城外去谈吧！”

几天后的一个夜晚，毕思汉在天阙城外的树林周围布下了好几层绵密的警戒网，自己则陪着黎尔图站在警戒网的中央。黎尔图不停来回踱步并不时望着天空。过了一会儿，天空出现一只再平常不过的翼手龙，载着一个身着长袍的蒙面男子，黑色的长袍上镶着火红花纹，在月光的投影之下，似乎像极了一颗一颗的血滴。此时，只见毕思汉双掌在胸前交叉，向黑衣男子恭敬地致意。

“公爵，真是抱歉，我来迟了。”男子的声音低沉，但年纪应该比黎尔图轻了许多。

“掌首，不用客气，我知道你一向繁忙。我想思汉已经向你转达了我们的担忧，你的下一步计划是什么？”

“既然丧失了在宫中掌权的机会，我还有一个备用计划。我们现在先顺势而为，不要让人民觉得我们在阻扰国王的政策，等到时机成熟后，我会请思汉替我带领会众执行计划。”蒙面男子低声地向黎尔图及毕思汉讲述他的计划。

两人听罢后，抚掌大笑。笑声中，一抹乌云飘过了天际，将皎洁的月亮遮住了一大片。

几个月下来，何司曼主事下的中央银行运作得异常顺利，国王的施政不像往常受到黎尔图势力的掣肘，人民期待国王的新政策能带领天阙城恢复往日的繁荣。刚开始的时候，经济成长由于升息而呈现放缓，但通货膨胀却被慢慢控制下来。凌逸不时地检视及核对货币供给量的数据，并和何司曼讨论升息的力道是否该加大或缩减，国王也对逐渐改善的情况感到欣慰。但好日子总是过得特别快。突然有一天，凌逸发觉货币供给的数字不正常增加。在确认无误后，只好再加大升息的力道，可是异常的状况却不断出现。过了不久，通货膨胀又呈现出恶化的趋势，人民开始感到不安，商界也因为持续加息频频提出抗议。天阙城的状况比之前更糟，经济呈现衰退且通膨持续恶化，游民也开始出现，社会动荡的气氛随之而来。国王数度召开紧急会议，但都束手无策，凌逸在这段时间产生了极大的挫折感。

一天夜晚，国王在住所内和凌逸、师倩与何司曼讨论当前的局势，突然官布衣带着几名侍从冲了进来。

“国王陛下，不好了！天阙城各地发生了大大小小的暴动，王宫内的情况也很危急了！”

“怎么会突然这样呢？”国王及众人感到十分惊讶。

“据收到的情报指出，这是铁血会组织的暴动，而毕思汉的军队恰好都出现在暴动现场，并要求附近的禁卫军服从他的指挥，如果不配合的话，就会被他下令以残暴的手段虐杀。宫内的情形也一样，有人将宫中的大门打开并煽动游民进入，毕思汉和他的军队现在几乎已经控制住整个王宫了！”

“毕思汉怎么能指挥这么多的军队？赶快传我的命令，调城外的军队回来。”国王非常的焦急。

“今天傍晚，公爵假借武器研讨的名义，将忠于国王陛下的将领召集到城内并软禁起来，而亲近公爵的将领则在夜晚带兵进入城中，接受毕思汉的指挥。现在我们能动用的军队和禁卫军十分有限，而且大部分的兵力都在城外。我也是收到通报后，避开了军队的阻挡赶过来的。国王陛下，毕思汉的军队随时会到这里，我已经派人去接公主过来，让我护送你们出城到东摩沙，柯鲁伯爵一定会保护您的。”

“既然如此，他们现在一定全力追缉我和公主，能突破重重包围的机会微乎其微。就算侥幸逃到东摩沙，公爵和毕思汉一定不会善罢甘休的。我不想引发两个城市的战争。”国王瘫坐在座位上。“布衣，我引他们过来，请你想办法护送凌先生、师倩和司曼前往东摩沙。”

“不，我不走！我要待在这儿，看他们能拿我怎么样！”师倩急得哭了起来。

“国王陛下，不管怎么样，我誓死追随您。”何司曼悲愤地说着。

“国王陛下，这件事是因为我的失误所造成的，请让我也留下来一起面对吧！”凌逸满怀愧疚地说。

“凌先生，这是肯恩斯王国的家务事，让你无端受牵连，我已经很过意不去了。接下来，让我们自己面对吧！师倩，记得我要求你的事吗？去找柯鲁伯爵吧！司曼，就请留下来陪我处理善后。”国王逐渐恢复冷静。“布衣，现在情况紧急，你赶快带着凌先生和师倩安全离开，不准再拖延了！”国王转向官布衣下达了死命令。

官布衣紧锁眉头却也不敢犹豫，强壮的双手拖着凌逸及师倩往外冲。师倩回头望着国王和何司曼，眼泪像决堤般地布满双颊。没过多久，毕思汉领着军队来到国王的面前，并且四处张望，看看还有没有其他人。

“国王陛下，思汉带着军队来保护您了。”

“毕将军，不用再说场面话了，叫公爵来见我。”

“大哥，我这不就来了！”黎尔图缓缓地走进厅内，两名女兵搀扶着公主站在身后。“现在局势危急，许多地方出现了暴动，思汉已经调动军队在城内外警戒。另外，大部分的禁卫军都相当不配合，我们怀疑官布衣和这次的动乱脱不了关系。”

“你不要在这里血口喷人，做贼的喊捉贼。”国王不等黎尔图说完，就气愤地站起来指责他。

“大哥，从你当上国王开始，肯恩斯王国就出现分裂，我们祖先辛苦经营的国家，被瓜分成五块势力范围。接下来，经济开始出现问题，我和大臣们给了许多建议，你却一概不采纳。最近，又用了一个不知道哪里冒出来的小伙子掌握我们的经济大权，导致人民暴动，你居然还要把错归在我的身上。我来之前，已经和各位大臣和将军们商量过了，请你让出王位，我们会选出一位新的国王来带领肯恩斯王国走出困境。至于你和公主等王室成员的人身安全，我会尽最大的努力给予保护的。”黎尔图像背着稿子般地说出这番话。

“我会照你的意思去做，但请你不要伤害任何人。另外，在这件事情过后，不要做政治清算，尽快让人民恢复正常的生活。之后，我会保持沉默的。”国王面如死灰，他明白黎尔图已经掌握了大局。

“大哥，我们兄弟想的都是肯恩斯王国的将来，只是方法不同而已。我会留用有能力的大臣，不会因流派之争而造成朝野紧张。”黎尔图摆出一副舍我其谁的领导人架式。

一名士兵此时从外头迅速地冲进来，在毕思汉耳边报告。

“公爵大人，官布衣正带着凌逸和师倩逃离，我们的军队正在全力追缉。”

“公爵，让他们走吧！这和我们之间的斗争无关。”国王抢在黎尔图响应之前要求着。

“好吧！两个毛头小孩，不成气候，就当作国王退位前的最后一道命令吧！但官布衣还是得回来交代这次动乱的始末。”黎尔图向毕思汉使了个眼色。

官布衣一夫当关，万夫莫敌，带着几名侍从突破层层包围，护送凌逸及师倩到达城堡顶层。一群士兵坐着武装翼手龙从四面八方涌来，而毕思汉从中一跃而下，来到官布衣的面前。

“官大臣，请留步。”毕思汉手握着长枪。“各位大臣和将军要请你回去交代这场暴动的原因。”

“交代你个大头，想把暴动栽赃在我的头上，没那么容易！你大爷我官布衣，行得正，坐得端，不像你堂堂一个大将军，净做一些偷鸡摸狗的事。”

“官大臣的治军能力有你口才一半的话，现在就不会站在这里了。”毕思汉冷冷地说着。“凌逸、师倩，赶快走！就是现在!”官布衣说完，立刻迎战毕思汉。

两个宿敌打得激烈，官布衣手持弯刀迎战毕思汉的长枪，多年的仇恨在这一刻爆发开来，刀刀枪枪都直指对方的要害。力大无穷的官布衣，用弯刀数度将毕思汉逼退到十步之外，并利用空档将背上的机械弓箭拿出来，向四方冲过来的士兵扫射。毕思汉遵照黎尔图的指示，没对凌逸与师倩加以阻拦，师倩将凤凰召唤过来后，两人随即飞离城堡。在泪光中，凌逸和师倩见到天空中撒下一张大网将官布衣罩住，毕思汉一枪一枪地朝他身上刺了过去。

第五回

运筹东摩沙

……肯恩斯王国以天阙城为中心，围绕着四座城市，分别为东摩沙都、南帝城、西瓦尔都和北境市，每座城市都有各自的经济与商业模式。在老国王主政时，由于需要军费抵御境外蛮族并在边境修筑城墙，所以不时会向各个城市加税。而蛮族败退之后，王国仍向各城市收取修缮的经费，因此不满的情绪逐渐在四座城市中蔓延开来，并酝酿着独立的浪潮。新国王登基之后，各个城市的野心家便蠢蠢欲动，开始相互串联起来，积极地煽动当地的领主与贵族。首先表态独立并采用新货币的是西瓦尔都，而南帝城与北境市也随即宣布独立。在这波独立浪潮之中，力排众议的是东摩沙都的柯鲁伯爵，他认为分裂后的肯恩斯必定纷扰不断，将给人民带来灾难，因此他坚持与国王站在同一阵线，并同为肯恩斯所有人民奋斗。柯鲁伯爵励精图治，宵旰勤劳，将东摩沙都治理得有声有色。虽然广受人民的爱戴，但商界仍然因为利益的问题，不断地逼迫他与肯恩斯王国彻底切割。在面临内部的严重对立及国王的默许之下，柯鲁伯爵只好宣布脱离肯恩斯王国。肯恩斯城邦的时代来临之后，城邦间的相互来往就如同国与国之间的形式。在政坛上，许多人只醉心于自己的名利，不为大局着想，反观柯鲁伯爵，一心为国为民，其人格及风范实为众人所景仰。

为天地立心，为生民立命，为往圣继绝学，为万世开太平！我想这就是柯鲁伯爵的胸怀吧！

“伯爵!”师倩一见到柯鲁，就忍不住将压抑下来的情绪用泪水全部抒发出来。虽然顺利地从天阙城逃到东摩沙都，但是师倩的心却始终没有离开过。

“别难过，没事了，我会好好保护你的。”满脸胡须的柯鲁，像个大哥哥似的，轻轻地拍着师倩的肩膀。“我有收到消息，国王和所有王室成员一切平安，只是被黎尔图软禁起来。听说这次政变是铁血会掌首帮黎尔图策划的，民间谣传毕思汉就是铁血会的掌首，但我却不认为他有此能耐!”

“我想造成这场灾难主要都是我的错吧!”凌逸虽然不明白问题究竟出在哪里，但对自己造成这样的结果始终耿耿于怀。

“小兄弟，你就是凌逸吧！这一阵子，我常听到你对经济的见解，感到十分受用。”

“伯爵，不敢当！我对于错误的经济建言感到万分地惭愧。”

“凌兄弟，你不用自责，你表现得非常出色，肯恩斯的学者们大多对你抱持肯定的态度。除了西瓦尔那群自负的商人之外，各个城邦也都仿效你设立中央银行的方案。之所以会造成天阙城经济混乱的结果，你看一看我派人去调查的报告就知道了。”柯鲁转身将他桌上的数据交给凌逸及师倩。

两人看到手上的资料都大吃一惊。原来铁血会在凌逸担任顾问大臣的期间大量印制伪钞，导致货币供给量不正常增加，而印制伪钞的时间点，都是选在升息之后的一阵子，使得凌逸误判形势。两人看着手中的资料，越看越感愤怒。由于印制伪钞的消息在最近走漏，对此，毕思汉不仅直指官布衣为天阙城暴动的主谋，更导演了一场破获禁卫军正在制作伪钞的戏码，将所有的罪过推在一个死人的身上。同情官布衣和国王的大臣们全都被要求下野或调整职务。除了官布衣和他的禁卫军之外，黎尔图并没有进行严厉的政治清算，一方面为了顾及人民的观感，另一方面他仍需要这些官员协助他治国，以便迅速地恢复天阙城的运作。国王虽然被软禁，但他仍要求亲信们尽力辅佐黎尔图，不让人民成为政治角力下的牺牲品。

“司曼大哥和袁复大哥他们都还好吗?”师倩关切地问着。

“他们都被降调为议事大臣，但我想黎尔图在经济和外交上，还是需要他们的帮忙。天阙城与国王的安全，你们暂且不用担心，黎尔图需要时间巩固权力，不会轻启事端的。倒是你们，一路来的奔波，应该累坏了吧?我叫人带你们先去休息一下。”柯鲁将门外的管家叫了进来。“阿东，两个房间都整理好了吗?多派点人帮他们打点一下。”

“伯爵大人，一切都安排好了。”阿东满脸皱纹，年纪看似颇大，但声音宏亮，身手仍属矫健。

之后的一段时间，柯鲁密集地与他的幕僚们商议，讨论未来的局势和即将采取的行动。而随着陆续从天阙城传来的消息，知道国王和何司曼等人一切无恙，师倩的心情逐渐好转。一天的凌晨，天空的鱼肚尚未翻白，师倩心血来潮将凌逸摇醒，乘坐凤凰前往位于东摩沙都中心的哈布丽山，一同去欣赏日出。在东摩沙都境内，主要人口密集的地点都围绕在哈布丽山的周围，因为充满活力的山泉水终年从山里流出，源源不绝地供应当地居民享用。两个人来到黑压压的山头上，望着渐渐转为灰白色的天空和眼前的一片云海。突然间，云海的边缘像是被染成亮红色一般，一个非常小的发光圆球缓缓升起。凌逸看着与以往不同的日出，好奇地心想为何肯恩斯的太阳是如此的小。正感讶异之际，一个更大的太阳才缓缓升起。

“原来肯恩斯有两个太阳，但小的那个竟然这么小，所以我平常都没有注意到。”凌逸对着身旁的师倩说。

“它们两个是形影不离，永远在一起的!”师倩有点像是在自言自语。

“你不用担心，我们迟早会回到天阙城的。”凌逸知道师倩在想何司曼。“你看，黑夜过后，黎明还是会来的啊!”

“你还真会看准时机来安慰我，谢谢你陪我散心。”师倩回过神来，向凌逸笑了一笑。

“不用客气。谁叫我色迷心窍，见到美女就陪着穿越时空又上山下海的。”

“后悔了没啊?”师倩咯咯地笑着。“对了！你那本《城邦游记》有带出来吗?”

“那本书还在天阙城内，当时情况危急，所以来不及去拿了。”

“对不起，连累了你，害你不能回家。我们再想办法到天阙城拿回来，好吗?”

“没关系，这里风光明媚，我还想多留一阵子。你以前有来过东摩沙吗?”凌逸岔开话题，不想让师倩感到内疚。

“我妈妈是东摩沙的望族之后，她已经过世了好几年。每年我都会回来看看她的家乡，并顺便拜访柯鲁伯爵。伯爵从小是个孤儿，我妈妈在还没出嫁之前，对他十分地照顾，甚至连婚姻大事，也都是妈妈帮他安排的。”师倩的脸上又出现了淡淡的哀愁。

“我记得萨教授的书里有提到，柯鲁伯爵是一个很了不起的人。东摩沙的领土虽然不大，但伯爵重视贸易，凭借着开放的经济模式与各个城邦积极往来，成就了东摩沙的经济繁荣。”凌逸赶紧再将话题岔开。

“一个开放的经济模式是怎么运作的呢?”

“在一个开放的经济模式之中，一个国家的总支出不一定等于总产出。当支出大于产出时，这个国家可以向别国借贷，当产出大于支出时，则可以将多余的产出借给别国。”

“总支出不一定等于总产出？是不是因为进行国际贸易的关系呢?”

“是的。你记不记得我们之前有提过，GDP 是由民间消费、投资、政府支出及净出口所组成的。当总产出减去总支出，也就是 GDP 减掉民间消费、投资，和政府支出，如果为正数的话，代表有正的净出口，就是贸易顺差，于是产生了贸易盈余。如果为负数的话，就是贸易逆差，将会产生贸易赤字。若得出来的数字恰好为零，就称为贸易平衡。我们假设肯恩斯只有东摩沙和天阙城两个城邦，当东摩沙对天阙城的贸易有顺差的时候，东摩沙可以将贸易盈余借给天阙城来因应贸易赤字。这时候对东摩沙来说，就形成了资本流出，而天阙城向外借款，就形成了资本流入，所以长期呈现贸易赤字的城邦通常都背负着许多外债。”

“嗯，等一下，我有点不懂耶……当东摩沙有贸易顺差的时候，为什么东摩沙要借钱给天阙城呢？如果有贸易顺差，就是多出口给天阙城了，应该会赚到钱才对啊，为什么会变成借钱给天阙城呢？”

“我举个例子。假设我的收入多过支出，就会产生盈余，而你则是支出多过收入，所以就会跟我借钱，来弥补你不够的收入。这就好比现今在默林苑的世界里，A 国有贸易顺差，赚到了外汇，累积了外汇储备，而 B 国有贸易赤字，需要借钱来应付支出多过产出的差额。B 国借钱的主要方式是发行债券，A 国就能运用外汇储备来买债券，等于借钱给 B 国，让资本流入 B 国。将来如果 B 国有贸易顺差的话，就可以还钱了，但如果没有的话，就只好以债养债了。”

“我现在要是跟你借了钱，以后就算有能力还钱也不会还喔，嘻嘻！”师倩向凌逸吐了吐舌头。“难怪在肯恩斯城邦之中，最常出现贸易赤字的城邦，像是北境市和南帝城，近年来都背负着较多的外债。在以赤丹珠为储备的机制下，这些外债最终可以用赤丹珠来偿还。但对于不想失去赤丹珠的城邦而言，有没有其他办法可以改善贸易失衡的情形呢？”

“当然有啊！汇率的变动便是其中一个选项。当天阙城对东摩沙的贸易形成逆差的时候，由于需要更多的东摩沙货币，也就是东币，来应付贸易结算的缺口，所以东币在需求增加的情况下会升值，而天阙城的货币——天元，就会相对地贬值。在东币兑天元升值后，东摩沙的贸易商品会变贵，连带贸易条件变差，因此贸易顺差就会慢慢减少，朝贸易平衡的方向调整。”

“你所讲的例子是假设天阙城的贸易结算货币是东币，所以不足的部分，需要更多的东币来支付。但如果贸易结算货币是天元的话，是否也会产生一样的结果呢？”

“是的，没错！我们现在就把贸易结算货币设定为天元，当东摩沙对天阙城的贸易形成顺差的时候，东摩沙就会得到以天元为计价的贸易盈余。这时，天阙城为了应付贸易的缺口，必须增加天元的供给，所以结果一样形成天元因供给增加而贬值，东币相对地升值。”

“可是从实际的情况来看，东币和天元的汇率一直都在 2：1 左右，也就是两块东币兑换一块天元。”

“那是因为东摩沙对天元采取联系汇率制度，也就是一种固定汇率制度，而不采用浮动汇率制度。如果是实施浮动汇率制度的国家，就能以我刚刚所说的方式达到贸易账的平衡。但实施固定汇率的国家，与其他各国贸易顺差和逆差的加总不能平衡的话，就必须靠借贷了。”

“那各有什么优缺点呢？为什么有的国家采用固定汇率制度，而有的国家则采用浮动汇率制度呢？”

“固定汇率制度的好处在避免汇率波动对经济造成的冲击。如果汇率波动过大，不但对物价造成严重的影响，而且会冲击到进出口商的成本与利润，进而对经济发展相当不利。但缺点是采用固定汇率的国家无法拥有独立的货币政策，也就是想要以货币政策来调控经济的时候，货币政策会失效。”

“是不是因为货币政策主要是在影响利率，而利率又会影响汇率，但是当汇率被固定住的时候，就代表利率的变动又被打回原形，所以货币政策就失效了？”

“你这样的逻辑推论非常棒！我再举个例子，你会更清楚。以东摩沙为例，当东摩沙的中央银行实施宽松的货币政策时，结果会使东币供给量增加而呈现贬值。我们假设贬到三块东币兑一块天元，此时，套利者会在外汇市场上用一块天元来买入三块东币，并用两块东币兑一块天元的固定汇率卖回给东摩沙的中央银行，这样套利者就可以多赚一块东币。由于东币被套利者卖回给中央银行，使得东币供给量减少，结果宽松的货币政策就失效了。从实际的情况来看，当东币呈现略有贬值的时候，不必等到套利者行动，中央银行就会进场干预，将天元卖出来买进东币，结果一样是造成东币供给量的减少，宽松的货币政策失效。”

“这样听起来，中央银行除了要管理货币政策之外，还要管理一个国家的汇率啰！”

“没错，因为外汇的交易也会影响到货币的供给量，这两者是息息相关的。”凌逸停了一下，望着师倩。“这样讲解的速度还可以吗?”

“还蛮有趣的，只是听得有点头昏，你的功力有进步喔！请继续。”

“这叫有进步吗?”凌逸苦笑着抓了抓头。“接着来讲浮动汇率制度吧。它的缺点是汇率的波动会对经济造成冲击，而优点是可以透过汇率的变动来改善贸易失衡的情况。此外，采用浮动汇率的国家可以运用货币政策来调控经济。简单来说，在一个资本可以自由移动的国家，中央银行是无法同时操纵利率和汇率的，也就是说，当中央银行要固定汇率的时候，就无法运用货币政策来引导利率，而当中央银行要运用货币政策引导利率的时候，又无法将汇率固定住。”

“那为什么东摩沙选择的是固定汇率制度，而天阙城则选择浮动汇率制度呢?”

“一般来说，较大的经济体拥有影响其他较小经济体的实力，并对汇率的波动较有抵抗的能力，因此有条件采用浮动汇率制度。而较小的经济体容易被汇率的波动冲击经济，因此，在拥有充足外汇储备的情况下，适合对大的经济体货币采取联系汇率制度。”

“再问你一个问题，两个国家之间的汇率是怎么形成的呢?”

“这是一个很难回答的问题，但我可以用经济学的购买力平价理论给你一个概念。我们假设天阙城和东摩沙各有一颗宝石，而宝石是两个城邦内唯一的商品。当天阙城只发行一块天元时，宝石在天阙城的价格为一块天元。当东摩沙只发行两块东币时，宝石在东摩沙的价格为两块东币。基于购买力平价的理论，这两颗相同的宝石应该有相同的价格，所以两块东币应该等于一块天元，于是，简单的汇率就这样形成了。另外，之前有提到货币供给量增加会使得该货币贬值，我们也可以用这个例子来做讨论。假设东摩沙多发行一块东币，宝石的价格就会变成三块东币，而汇率就会贬值到三块东币兑一块天元的水平。不过，真实的世界当然更加复杂，不但有更多的商品和劳务，还有不同的货币政策、物价及政府规定，等等，这些因素都会影响到汇率。”

“货币供给量增加造成物价上涨，然后是货币贬值，货币的贬值又造成进口物价上涨，恶性循环让通膨越来越严重，这就是天阙城之前经历的情形，现在我终于明白了。对了！你在天阙城讲到经济方案的时候，好像很重视利率这项指标。如果两个城邦有不同的利率水平时，会怎么影响汇率的走势呢？”

“经济学中有一个叫做国际费雪条件的理论，内容是说如果两个国家的名目利率不同，未来汇率就会朝一个方向变动，以抵销利率的差异。所以，当天阙城利率高过东摩沙时，天元的汇率就会在将来走贬，以抵销利差的不同。如果不是这样的话，就会有套利的空间。我们刚刚提过购买力平价理论，而这里谈的是一种利率的平价理论。”

“我想我得回去好好地把今天所学到的复习一遍，多谢凌老师！”师倩向凌逸打躬作揖。“我在默林苑中文系学过一句话，与君一席话胜读十年书，今天就有这样的感觉！”

“对我来说，能够一亲美女芳泽，胜谈十席话，更胜读百年书。”

“咦，没想到你看似老实，说话却如此轻浮。还好我有带小 P 来保护我，它可是专啄天下轻佻浮夸之辈喔！”师倩笑得十分灿烂。

见到师倩的笑容，凌逸感到相当欣慰，继续在回程中逗她开心。

师倩刚走到房门口，阿东就已经在门外守候着。她知道柯鲁一定有急事要谈，便立即前往会议厅。

“小倩，你回来了啊！这几天心情有没有好一点呢？”柯鲁关心地问着。

"刚刚我和凌逸到哈布丽山走走后，现在心情好多了！谢谢你的关心。对了！天阙城最近有没有什么消息呢?"

"这一阵子，黎尔图已经掌控住朝政了，现在他把重心放在经济方面。在政策上，他大致还是采用凌逸的经济方案。由于没有铁血会的捣乱，货币供给量符合中央银行设定的目标，因此，通货膨胀逐渐受到控制。看来不用多久，经济情况就会恢复正常了。"

"这个厚脸皮的黎尔图，之前一再地批评凌逸，拿到政权之后，还不是抄人家的方案。"

"唉！我现在最担心的是他在政经局势稳定之后，会宣布登基为王，然后向各城邦挥军进攻。"

"伯爵，这一阵子你和幕僚们密集讨论，相信已经有了应付的对策吧?"

"小倩，你应该很了解肯恩斯的状况。南帝城的城主唐容容一向听命于黎尔图，现在黎尔图掌控了天阙城，唐容容一定更向他靠拢。西瓦尔的菲霖子爵在经济与军事上雄霸一方，相信短时间内黎尔图不敢贸然进犯，而重商气息浓厚的西瓦尔也不会得罪他，对其他城邦伸出援手。反观我们东摩沙和北境市，以个别的情况来看，经济规模和军事实力都难以跟天阙城抗衡，但如果可以携手合作的话，想必能够吓阻黎尔图的野心。所以，我们现在要赶紧和北境市的罗三武市长结盟，这样，肯恩斯就会形成实力相当的三股势力，维持暂时性的平衡。之后，我们再看局势如何发展，想想推翻黎尔图和救出国王的策略。"

"黎尔图在窃取天阙城之后，你有和罗三武谈过现今的局势吗?"

"虽然罗市长是我多年的好朋友，也认同我对结盟的看法，但在现实的环境之下，我实在没有把握说服北境市。对于结盟一事，北境市的议会表现出反对的态度。反对派认为我们和国王走得太近，假使北境市和东摩沙结盟的话，等于是对黎尔图宣战，结果将导致北境市陷入战争。他们担心就算不打仗，天阙城也势必会对北境市实施贸易制裁，冲击北境市的经济，而经济问题正是罗市长现在最头痛的事。近年来，北境市经济呈现衰退，通货呈现紧缩的状态，罗市长备受市民的责难。所以，在黎尔图控制住天阙城后，北境市的朝野形成两种意见，一种是和我们结盟，另一种是和南帝城一样向黎尔图靠拢。”

“所以，如果我们帮罗三武解决经济的问题，就可以削弱反对派的力量，这样应该就可以成功地和北境市结盟了。”

“没错，因此，我希望凌逸替我们去一趟北境市。”

“那我也要一起去！”

“小倩，凌逸以经济学者的身分前往，黎尔图比较没有借口制裁北境市，而北境市才会接受这个安排。黎尔图现在一定很担心各个城邦互通信息、相互合作，所以我们不能做得太高调，以免结盟的努力遭到破坏。另外，你算是最了解黎尔图和天阙城的人，我需要你在我的身边帮忙。”

“好吧，就听伯爵的安排吧！”师倩认同柯鲁所说的话，但不免感到有点失落。

“至于如何让北境市接受凌逸当他们的经济顾问，我们得双管齐下，一方面，我和罗市长推荐凌逸协助他处理经济事务，另一方面，你和白眉村长连络。村长来自北境市，罗市长又是他的外甥，相信有他的帮忙，北境市更容易接受凌逸的协助。另外，希望你同时说服村长搬来东摩沙，这不但有助于我们和北境市的结盟，还可避免黎尔图用村长来威胁罗市长。”

“没问题！白眉伯伯对大局看得很透彻，而且对我们相当友善，我相信他一定会帮我们这个忙。”

“但愿如此！”柯鲁叹了一口气。“在凌逸到达北境市之后，我会派人到肯恩斯的各个城邦之中，将铁血会印制伪钞的阴谋以及黎尔图与铁血会的关系好生渲染一番，让他执政的正当性受到质疑，拖延他对各城邦的行动。黎尔图一直很想当国王，为了达到这个目标，他得好好花点时间消除朝野对他的质疑。为了获得更多肯恩斯人民的支持，他在登基为王之前，不太可能会发动战争。”

“伯爵，感谢你对我们的帮助。我知道你这一阵子一定承受了许多反对的声音与压力。”

“小倩，我们就像一家人，不用客气了。你妈妈在去世之前，一直交代我要好好照顾你。这几年，天阙城风波不断，让你到处奔波，我没能帮到什么忙，实在感到很愧疚。”

“伯爵，你已经帮我很多忙了，妈妈在天上一定会很感激你的，她也会对我所付出的努力感到骄傲的。”师倩不觉地红了眼眶。

“小倩，我会一直在你身边支持你的，但你将来的责任会更大，你要有心理准备。当黎尔图准备要登基的时候，就是我们要采取行动，亮出底牌之际。”

师倩把玩着手链上的赤丹珠，遥望着窗外的哈布丽山。早晨在山上见到的两个太阳，现在又缓缓地钻入了另一个山头。大自然简单而有秩序地运转，让她感慨地叹了一口气。

夜晚，师倩约凌逸到屋顶上，一面欣赏东摩沙都的宁静夜色，一面向他讲述柯鲁的计划。凌逸非常佩服柯鲁的谋略，正当想问师倩如何与白眉取得联系之际，只见她将凤凰召唤过来并在它身上的仪器输入指令。没过多久，白眉的身影清楚地投射在眼前。白眉相当关心他们两个人现在的处境，并在通讯结束前允诺了师倩所提出的要求。

“白眉村长真是一个慈祥的好人。”凌逸望着眼前渐渐消失的影像。

“是啊，大家都以为白眉伯伯不理世事，但我知道他始终心系朝政。从前，他就常透过阿威身上的通讯器和国王讨论时政。”师倩拍了拍凤凰，并按了几个钮来结束通讯。

“所以，你刚刚就是透过小 P 和阿威身上的通讯器投射出影像来和他联系的吗？”凌逸好奇地问着。

“是啊，有没有让你大开眼界呢？肯恩斯的科技很进步吧？”

“那我到了北境市之后，是不是也可以透过这种方式和你联系？”

“可以呀！不过这种通讯器制造不易且成本昂贵，所以，拥有的人不多。如果罗三武同意你到北境市的话，我打算把小 P 借给你，并告诉你伯爵的通讯方式，到时候要和我联络的话，就可以通过伯爵来找到我。”

“如果我过去的话，恐怕要有一阵子不能像现在一样见面了，你要好好保重，不要忘记吃东西喔！有什么不开心的事，随时找我没关系，别自己默默承受喔！”凌逸有点难过地说着。

“嗯……”师倩突然意识到要分开一段很长的时间，内心不由地涌起了浓浓的伤感，一时语塞，说不出话来。

这一段时间的朝夕相处，两个人经历风风雨雨，相互关怀与照顾，从没有想过突然要面临分离。

“师倩！”凌逸的心头突然感到一阵悸动，情不自禁地牵起师倩的双手。

“你也要好好保重自己！”师倩害羞地抽回被凌逸握住的手。

第六回

缔盟北境市

……应罗三武市长的邀宴，重游北境市，一个波光潋滟的千湖之城。沿途搭着船欣赏明媚的风光，和煦的阳光将水天串成一色。几座高低起伏的山丘点缀其中，让北境市除去了几分秀气，增添了些许霸气。犹记当年，和罗市长并肩激战湖中的水怪，过程惊险万分，至今仍让人余悸犹存。如今故地重游，景物依旧，内心却有种说不出的复杂感受。罗市长不同于其他城邦的领主，他是靠着英雄事迹及任侠果敢的声名，掳获北境市民众的心，进而得到国王委以市长之职。由于北境市是由许多湖泊所组成的，治理起来相当不容易，盗匪横行不说，再加上湖中偶有水怪出没，长期下来居民深以为苦。罗市长年轻时，连同几名游侠到处行侠仗义，打击盗匪及捕杀水怪，因而成为北境市的英雄人物。在当上市长后，匪徒忌惮三分，再加上严惩罪犯的政令，北境市的治安得以改善。民间常流传着罗市长从前的侠义事迹，我每每听得悠然神往。在认识罗市长之后，发现他并没有想象中那般地充满霸气和杀气，相反地，他是一个容易亲近且相当有趣的人物。在北境市的那段日子，总是和他喝得酩酊大醉。他的住所与穿着相当简朴，似乎将俸禄都花在朋友的身上。

"五花马，千金裘，呼儿将出换美酒，与尔同销万苦愁！"罗市长正有着此种豪气！船渐渐靠岸了，远远看到岸上站着一群人，像是在迎接我似的。为首的一个人，身材壮硕魁武，肩上扛着一瓮酒，向我做出举杯敬酒的手势。抵达岸边后，影像渐渐清晰，我不禁哑然失笑……

湖岸边站着一群水手装扮的士兵，手中的筒状物闪着几道强烈的光芒，示意凌逸将凤凰降落在湖畔的空地。落地之后，凌逸将凤凰上的通讯器放在口袋之中。北境市以船只作为主要的交通工具，为了避免来自空中的威胁，因此，严禁任何人乘坐飞禽进入领土。凌逸在接到罗三武的邀约之后，随即告别东摩沙都，由柯鲁派人护送他来到边境。

“欢迎来访，我是云森，北境市的警卫官。”为首的一名英挺军官向凌逸致敬。

北境市的士兵身穿朴素的水手服，不像天阙城及东摩沙都的军队有种贵气，但看得出来都是训练精良。

“多谢，烦请你们带路。”凌逸随着云森走上了停在湖岸旁的船舰。

甲板上站着一组组排列整齐的士兵，与其说是欢迎凌逸的排场，不如说是战备的阵容。此时，夕阳已经西下，两旁的灯火将湖面点缀出一幅别致的景象。凌逸在欣赏夜晚的景色之际，船舰两旁开始缓缓地出现了几艘小船。忽然间，数团火球划过天际朝凌逸的船射了过来。接着，数十条绳索伴随着一个个蒙面黑衣人，跳上了甲板及船身。凌逸身边的士兵随即用盾牌将他围在中央。

“开战！”云森高声发号施令，船上顿时陷入激战。

“混帐东西！还真的来了！”船舱中走出一名体型壮硕的男子。

只见这个男子手持状似狼牙棒的武器，不停地挥舞着，将黑衣人逼出靠近凌逸的范围。男子万夫莫敌，在敌阵中勇猛穿梭，被棒子扫到的人，彷佛遭受电击一般，瞬间晕死过去。从四面八方涌进来的黑衣人越来越多，其中的一群人排起阵形朝船桅杆爬上去，并在制高点拿起手中的机关，朝男子射出大大小小的飞刀。男子瞬间高举手中的棒子，一眨眼之间，所有的飞刀都被吸附在棒子之上。男子将手中的棒子旋转着，接着大吼一声，朝桅杆上的黑衣人一指，密密麻麻的飞刀布满了船的上空，只听见哀嚎声此起彼落地传了过来。眼看船舰周围聚集越来越多的小船，男子将怀中的管状物朝天一划，一道金色的火光直达天际，在天空散出如狮头般的形状。突然间，在小船的外围出现了许多巨型船舰。一名带头的首领眼看苗头不对，命令身边的黑衣人施放红色的浓烟作为掩护，有秩序地朝远处撤退。

“市长，要不要追击?”云森向男子请示着。

“不！派人跟踪他们，我要找出他们的老窝。其他船舰给我保持警戒的状态。另外，把抓到的黑衣人关起来，给我好好地拷问一番。”说话的男子正是罗三武。他指挥若定，一下子就把紧张的场面控制住了。

“小兄弟，我是罗三武，这场表演是为了欢迎你所特别安排的，还满意吗?”罗三武脸不红气不喘地开着玩笑，随即将凌逸带入船舱内。

“市长，谢谢你的邀请，我会尽我所能的来协助北境市。”凌逸打从心里佩服罗三武，在经历如此惊心动魄的战斗之后，一下子就显露出若无其事的神情。

“这次就你一个人来吗?我本来还有点期待肯恩斯第一美女也会来。”

“你是说师倩吗?伯爵担心如果她过来的话，会让黎尔图对北境市采取不利的行动，影响我们的结盟。”

“柯鲁这小子，理由还真多。我这个人称英雄的市长，身边除了老婆小孩之外，都是一群大老粗，想看一下美女都不行。唉！你们这群大老粗还不赶快滚出去，我要和这位小兄弟分享一些男人的话题。”罗三武笑着斥退船舱内的随从。

“哈哈！”凌逸忍俊不禁，觉得罗三武是个很有趣的人。

“小兄弟，这次我过来，是要先和你谈谈我们面临的经济问题。另外，也是应柯鲁的要求来保护你。我本来想说没人敢在我的地盘撒野，没想到还是被柯鲁料中，这个天杀的铁血会还真的派了一批混球来抓你。”

“是啊！伯爵在我离开的时候，曾嘱咐我要小心一点。听说铁血会的掌首有点不满黎尔图放走了我和师倩。”

“岂止不满，这混帐东西可是大为光火。不过，他可能没想到我们用这么大的阵仗来接你，这证明了你在肯恩斯的角色是越来越重要了。不过，黎尔图也真是老糊涂，竟然把你当成普通小毛头放走。”罗三武边说边拿出一叠资料。“这叠东西是北境市近年来的经济情况，我让人给你整理了一份。你在天阙城推动了以数据治国之后，各个城邦也都学了起来。我个人是不太懂这些玩意儿，你就先看看，我出去视察外面的状况，等一下回来再和你谈。”

在罗三武离开船舱之后，凌逸开始阅读及分析手上的数据。数据上显示由于捕鱼技术的大幅进步，让北境市主要的消费品，也就是水产渔货，供给过多引发价格下跌，而近年来，涌进北境市的投资资金则迅速流出。资金短缺使得部分渔货工厂倒闭，进而影响到货物的运输生意，让境内的船运业及造船业都受到了严重的打击。失业人口不断攀升，消费支出也不断减少，又使得更多工厂倒闭，形成了恶性循环。与此同时，渔货业要求政府支撑水产渔货的价格，而船业工会则要求保障船员及工人的最低薪资。在这样的要求之下，经济无法透过价格及工资的自然调整来恢复增长。实质 GDP 出现连续两个季度的减少，就是所谓的经济衰退。

凌逸静静地思考了一阵子，然后拿出口袋中的通讯器，输入了师倩告诉他的指令。没过多久，师倩的身影便出现在他的眼前。

“嗨！我一直在等你的消息。一路上还顺利吗？”

“有点不太顺，伯爵担心的事真的发生了。铁血会到边境来拦阻我，刚刚罗市长才将他们击退。”

“那你没事吧？有没有受伤呢？”师倩担忧地问着。

“不用担心，没事了。我现在手中拿着一些有关北境市的经济资料。”凌逸把数据的内容以及他的分析告诉师倩。

“看你面露微笑，应该已经有了解决的办法吧？”

“是的，有个经济理论可以解决北境市的问题，你有没有想到啊？”

“嗯，我猜是凯因斯理论，对吗？”师倩沉吟了一会儿说道。

“聪明！不愧是我的爱徒，不枉我一番苦心栽培你。”

“谁是你的爱徒啊？这是我天资聪颖，加上自己苦学而来的。不过，我倒是不否认，你是有点小小的贡献啦！”师倩吐了吐舌头，向凌逸做了个大大的鬼脸。

“哦！这不是肯恩斯第一美女吗？”罗三武走进船舱。

“市长，你这样讲我会很不好意思耶！很久没见了，你一切都好吗？”

“一点都不好啦！打了那么多水怪，捉了那么多盗匪，近年来只不过经济稍稍低迷，又没饿死人，就被这些市民骂得半死，每天耳根子都不得清静。今天更气人，铁血会这些龟孙子居然胆敢到北境市来撒野，真的让我很没面子，好在有个美女出现，让我心情好多了。师倩，有空多来北境市走走，让市民们见见肯恩斯的第一美女，激励他们也生一个出来。”

两个人被罗三武逗得哈哈大笑。三个人寒暄过后，随即讨论着北境市的经济问题。凌逸将凯因斯理论的内容简单地讲述一遍。凯因斯认为总需求偏低是造成所得减少及失业率高涨的主要原因。所谓总需求是指对商品和服务的需求总量，在经济陷入衰退的时候，政府应该扩大支出来提高总需求，恢复经济成长的力道。另外，凌逸觉得北境市的状况有点像美国30年代的大萧条时期，所以，将罗斯福新政的内容提出来讨论，一系列的措施像是扩大内需及公共工程建设、整顿产业生产、稳定人民收入，和建立贫困救济及失业救助等社会保障制度。这些新政的内容，基本上就是凯因斯所主张的方向。最后，凌逸提到要建立经济的领先指标，作为观察经济复苏或预见衰退的参考依据，以便及时运用政策来控制总需求。

“啊！”罗三武大叫一声。“真是一头雾水，比打水怪还辛苦！”

“罗兄！”柯鲁的影像出现在罗三武及凌逸的面前。“我刚刚进来听到凌逸的讲解，觉得这个方法很可行。你让他好好休息一两天，他一定能想到一个容易的说法来解释。”

“开玩笑的啦！我这个粗人可是有管过几年的市政，小兄弟说的这些东西，我也认同啦！不过，北境市的经济学者可是出了名的难缠，人特别笨，意见又特别多。更烦的是那些列席议会的祭司，整天跑到议会讲些鬼话来干扰我的施政，但是我又不能小看他们的政治实力，因为这几年经济转差，市民在心灵上更依赖祭司的开导。说真的，我常常在怀疑这些人跟铁血会到底有没有关系！”罗三武低着头，一副若有所思的模样。“不过，别担心，我会和议员们先沟通一下。小兄弟，这几天你好好地准备准备，我会尽力让你的方案在议会过关的。伯爵，在议会开议之前，有什么事再和我联络吧！”

“罗兄，有一件事想先通知你一下。我们已经邀请白眉村长来东摩沙住一阵子，针对当前局势向他老人家请教。”

“伯爵，我明白你的用意。我这几天想了一想，有点担心黎尔图这个老贼会对舅舅不利，我会派人去天籁村把他接过来。他住在北境市，我也比较放心。”

“也好，就照你的意思。另外，在凌逸的经济方案通过之后，希望罗兄尽快完成与我们的结盟，我实在不确定黎尔图什么时候会发动攻击。”

“伯爵，你放心吧！大家是多年的好兄弟，我什么时候背信忘义过？只希望战争永远不要降临在肯恩斯！”罗三武在对话结束之后，立即命令云森前往天籁村。

“暴风雨过后总是会放晴的。如果我们逆天而行，不但白费力气，还会惹恼天神，招致更大的灾难。”在议会上，针对凌逸所建议提高总需求的主张，大祭司提出激烈的抗议。“这几百年来，北境市不也这样过来了吗？风风雨雨吹垮了无数的船只，带走了多少亡魂，一段时间过后，又会恢复繁荣。经济循环像大自然一样，周而复始，生生不息。现在你要用未知的方法来干扰经济的运行，改变这几百年的传统与规律，我代表祭司团强烈反对。”

“经济的运行是人为所产生出的结果，不像天气如此的变化多端和难以掌控。”凌逸打起精神为经济方案辩解。“这就好比是生病，你不去理会它，有时也会自然痊愈，但是如果病情严重，却只是一味地等着身体自行调节，不找医生或吃药，那就很有可能会死。现在，北境市就面临类似的困境。过去经济衰退情况不严重，透过商品价格和工资的调降，在历经一段阵痛期后，市民因为资产跌到合理的价位而买进，工厂因为工资下跌和商品需求提升而增加生产，经济可以恢复正常。但现在数据显示经济衰退严重，如果北境市熬不过阵痛期或阵痛期的时间拉长，就会出现通货紧缩，经济有可能陷入大萧条。”

“高通膨对经济的伤害，我们是明白的，但通货紧缩对经济会有什么样的坏处？东西便宜对市民不是一件好事吗？”大祭司提出质疑。

“通货紧缩是形容物价持续下跌的现象。物价不断地下跌会造成市民延迟消费，因为他们预期物价还会再跌，就不会急着现在消费。这样会造成消费需求下降，并迫使厂商继续降价而侵蚀获利。当厂商获利下降或出现亏损时，就会进一步削减支出和裁员。市民在失业之后，消费将更加减少，需求更进一步下降，因此形成恶性循环，严重时会将经济带入萧条。”

“大家不要急着发问，先让小兄弟把话讲完。”罗三武有点生气地说。在座的祭司、经济学者及议员全都鸦雀无声。

“现在北境市面临的状况不是生产不足，而是总需求不振，产生供过于求的现象。因此，要振兴经济，我建议运用财政政策来拉动总需求，另外以货币政策作为辅助。”凌逸接着用经济学中的图表来做解释。“在运用财政政策方面，当政府扩大财政支出和减税的时候，会让所得和产出增加。不过，扩张性的财政政策也会拉升市场的利率，因此，会排挤掉部分的民间投资，所以会令生产和所得的增幅减少。因此，我们必须适度地增加货币的供给量，引导利率下降，来刺激民间的投资，使财政政策的效果更为显著。”

此时，一只手静静地举了起来，一位经济学者的眼神朝罗三武望去，像是在寻求他的同意来发言。

“等一下！我先问一个问题。”罗三武挥了挥手，“请解释一下财政政策和货币政策的区别是什么？”

“好的。”凌逸知道罗三武想借由提问让他多做些阐述。“财政政策是由政府的财政部门来制定与实施，主要是透过课税、编预算、发债和支出等方式来促进经济增长和达成经济目标。货币政策是由中央银行所掌控，一般说来，主要是透过利率和货币供给量的调整来稳定通膨和经济发展。”

“既然货币政策可以稳定经济，增加货币供给可以引导利率下降并刺激民间的投资，而民间投资也是构成总需求的一部分，那为什么不以货币政策的操作为主呢？”那个经济学者把原先想问的问题硬着头皮提了出来。

“在经济很不景气的状况，即使利率降到接近于零，有时候还是无法促使银行贷款和民间投资正常运作。因为虽然利率下降，使得贷款成本减少，但由于经济前景不明，厂商不敢扩大投资，所以民间的投资还是有可能低迷。当运用货币政策不能使利率再降低，或者即使降低也不能刺激投资时，这种现象就称为流动性陷阱，也就是说，货币政策在这种情况下无效。以北境市现今的状况，如果以货币政策为主的话，可能对刺激经济的效果有限，因此，我建议以财政政策为重心，才能有效地拉动总需求。”

“扩大政府支出和减税很容易造成庞大的财政赤字，日后恐怕要以加税的方式来减少赤字。我是同意你所采取的政策，也相信短期内能改善经济，但我们还是要面对市民的忧虑。”另一位经济学者在凌逸一讲完，也赶紧举起手来。

凌逸内心认同这个学者的分析，但想起经济学中提到，如果政府只实施一次性的政策，可能无法发挥刺激经济的效果，只有当大众认为财政政策的施行是永久性时才会有效。如果现在采取减税的措施，又同时暗示日后要加税来平衡财政赤字，市民很有可能会将减税的金额存起来，用于应付将来的加税，而不是现在去消费。这样下来，减税的政策就无法有效提高总需求。突然之间，凌逸的脑中出现了国王曾对他说的那句话：经济是门学问，政治则是门艺术，如何将学问与艺术结合，是将来经济政策成功的关键。

“当经济重拾成长的力道，即使税率不增加，总的税收还是会提高的。如果将来财政赤字仍然不平衡，还可以适时地检讨政府支出的状况。先告诉市民未来可能会加税，便会打击他们现在的消费意愿，减税的政策就无意义了。”凌逸见那位学者满意地点了点头，似乎想通了这个不能说的秘密，继续说道：“接下来，我想建议的是具体的措施。首先，要对减少捕鱼的渔民实施补贴，以行政手段调节渔货生产，解决产出过剩的问题，同时提高渔民的收入。主要的目的是要维持住渔货的价格，避免通缩的产生。另外，提高主要生产者和相关产业的收入，才能促进民间的消费支出，达到扩大总需求的目的。然后是大兴公共工程，为有工作能力的失业者提供工作机会。而对于暂时找不到工作的失业者和没有工作能力的贫民，发放一定程度的救济金，这是透过政府的移转性支付来稳定民间的支出，降低景气循环中向下的波幅。最后，还需要立法提供对劳动者的保障，推动健全的社会福利制度，才能减少贫富对立，降低社会成本。”

凌逸望着在场者的反应，只见大部分议员及经济学者赞许地点了点头，而祭司团的成员依然面露不悦。罗三武则左顾右盼，像是在对亲信们打暗号。

“再补充一点，除了刚刚所说的之外，我建议要建立一些经济的领先指标。在经济不好的时候，可以预测景气何时恢复，并适时调整财政和货币政策。在经济畅旺的时候，可以预见景气衰退的征兆，提前以政策来做调节，避免经济大幅震荡。我有想到几个比较重要的领先指标，可以供大家参考是否采用。第一个是劳工的每周工作时数，数据的变化往往可以预告经济的走向。第二个是首次请领失业救济金的人数，用以评估企业的裁员情形和经济的好坏。第三个是资本财的新接订单，可以用来判断民间投资的情形，预测未来景气的讯号。第四个是新房开工率，房市常常是观察景气是否热络的重要指标。再来是货币的供给状况，货币供给增加通常可促进生产和就业的成长。另外，除了领先指标之外，还可以建立一些同步指标用来观察现况，并且建立一些落后指标作为事后的验证。当然，在座的专家也可以共同构思其他经济指标，目的不外乎是提供政府作为施政时的参考。”

“大家睡醒了没？可以起床啰！”罗三武言罢，在座的人都笑成一团。“开玩笑的啦！小兄弟，不要介意！”罗三武慢慢收起了笑容，严肃地看着在场的所有人。“北境市现在的情况急需我们做点改变，我恳请各位议员好好想一想这位小兄弟的提案。大家不要忘了，这位小兄弟年纪虽小，但他曾经解决了天籁村的经济问题，连我们的总理大人都称赞他。他在天阙城推动以数据治国的方法，现在也被各个城邦所采用，并获得许多经济学者的认同。我知道你们还有很多意见，但这个时候，我们应该赶快团结起来，朝大方向达成共识。至于其他细节的部分，我们可以边做边改，大家觉得怎么样？”

“市长先生，请先别急着表决！”大祭司站起身来。“我代表祭司团请议员们从长计议，不要为了短暂的变动，改变了我们长久以来的运作模式。或许凌先生的建议在短期内有效，但长期呢？”

“长期？再不改变，长期下来我们都死了！如果没有其他建设性的意见，就请议长主持表决凌逸的方案吧！”罗三武展现市长的气魄，主导了议程的节奏。

议员们在七嘴八舌相互讨论过后，一只只赞成的手渐渐地布满了会场。议长将计票的结果一宣布，现场立即响起掌声，罗三武笑着走向凌逸，用力握住了他的手。

云森在接到罗三武的命令之后，并没有前往天籁村去找白眉，反而直接前往天阙城。他乔装成一名商人在城内走动，途中刻意避开了人多的道路，最后来到一间由小石头砌成的矮房，门前一个老妇正在喂食一只只小小的翼手龙。云森走上前去，在她耳边低声地说了几句话，老妇便带着他走入屋内，启动了机关并示意他走进眼前出现的地下室。地下室里别有洞天，入口旁有一块类似竞技场的圆形空地，两名壮汉正在与一名蒙面的黑衣男子切磋武艺。黑衣人身材中等，夹在两名高大魁梧的壮汉面前，显得身形单薄。两名壮汉力如千金压顶，劲似利箭穿革，让云森看得为黑衣人直冒冷汗，但黑衣人武艺精湛，以巧制拙，一时之间难分高下。突然，黑衣人一阵猛攻，招招打在两名壮汉的关节处，两人的动作逐渐变得迟缓下来，黑衣人看准时机，运用巧劲将其中一名壮汉甩飞向另一名，只见两人双双被撞倒在地，久久爬不起身。云森在旁忍不住喝了一声采。

“云森，你来了！”黑衣人激战过后，仍然大气不喘地向云森打招呼。只见他黑衣上镶着鲜艳的红色花纹，像是一颗一颗的血滴。

“掌首！”云森双掌在胸前交叉，向黑衣人恭敬地鞠躬。“没想到您的武功这么高强！”

“只是练练身体而已，不值得一提。近来一切都好吗？”

“掌首，云森来这里请您降罪！”

“你是指北境市的事吧！”

“本来应该由我趁乱将凌逸交给铁血会的兄弟，但罗三武突然跟着我过去，并埋伏了大批船队在附近，使得我没有机会下手，还让不少兄弟被抓了，请掌首降罪！”

“这不是你的错，你的主要任务是潜伏在北境市，身分绝对不能暴露。我这次让你过来，不是要怪罪于你，而是另有重要任务要交代。”铁血会的领袖谈吐文雅，不像是一个暴戾恣睢的人。“白眉村长已经被我请到天阙城来了，但为了掩人耳目，你还是到天籁村绕一圈，之后再来这里等我的命令。”

“是！”

“云森，铁血会栽培你多年，希望你能忠心服从命令。现在我们正处于关键的时刻，离统一越来越近，但敌人却越来越顽强。如果不先发制人的话，王国恐怕会陷入混乱的局面。”

“掌首，请放心，我一定贯彻执行您的命令。”

“对了！我会武功这件事，只有这间屋内的人才知道，不要向其他人提起。”

“是！”云森恭恭敬敬地回答。

铁血会的掌首离开了矮房，一部由两只小恐龙拉动的车子正在门外等候着。小恐龙直奔城外，进入了一个云雾缭绕的庄园。他走进了其中一栋建筑物，将面罩除下并换上紫色的长袍，戴上了镶着赤丹珠的颈链。接着，走到后院乘坐翼手龙往黎尔图的住所飞去。

“公爵大人，何大臣到了！”一名侍从向房里的黎尔图通报。

“司曼，请坐。一切都安排好了吗？”黎尔图支开了身旁的所有人，与铁血会的掌首，也就是何司曼展开密会。

何司曼和黎尔图结束谈话后，若有所思地走到一座方形屋苑，在一间房门外站着几名守卫。何司曼走向前去，要求守卫们退开一段距离，接着吸了口气敲门进房。一个白发老人背对着他，把玩着手中一瓶药罐。

“总理大人，司曼来迟了，现在才来探望您，请问您还住得惯吗？”何司曼将房门紧闭，恭敬地向老人鞠躬。老人正是白眉，转身看着何司曼，脸上略显愤懑。

“掌首，真是不敢当啊！”白眉讽刺地说着。“这里怎么住都住不习惯，我看你还是早点放我回天籁村吧！”

“总理大人，希望您能在这里多待几天，我想和您讨论一下当前的局势。”何司曼顿了一下。“我知道您很不满意铁血会近年来的所作所为。但是我这样做，无非是想早日完成统一大业，恢复肯恩斯王国往日的光荣。”

“司曼，你的路是越走越偏了。”白眉语气开始加重。“当初我创立铁血会的目的是希望结合有志之士，以铁一般的意志再加上满腔的热血，共同追求肯恩斯王国的和平统一。但我将掌首的位子传给你之后，你做了什么？你和毕思汉用暴力和鲜血来运作铁血会。这几年来，铁血会在扩张武力、在制造暴力冲突、在密谋作乱、在颠覆当权者……旧日江山，很快就会变成一片血海了。我知道很多的暴力事件不是由你主导，但你不应该为了统一，就被黎尔图任意摆布，更不应该放任毕思汉的残暴行为。”

“肯恩斯的统一是保障所有人民安全的唯一选择。近年来，境外的蛮族正处于分裂和相互征伐的阶段，无暇对肯恩斯的各个城邦造成威胁，这正是我们追求统一的大好时机。否则，等到这些蛮族整并坐大之后，一个分裂的肯恩斯恐怕无法抵挡外来的侵略。”

“从前我也曾这么想过，对国王的消极态度也感到忧心。但今时不同往日，肯恩斯已经不再是由天阙城独大的时代，各个城邦和天阙城的实力差距逐渐缩小。各个城邦大多为了自身的利益而保持独立，就算东摩沙和南帝城比较向王国靠拢，但还是分别属于国王和黎尔图两派。在这种情况之下，要追求统一势必引发战争和对立，到时肯恩斯因内耗而衰弱，更让蛮族有机可乘。所以，我将掌首之位传给你的时候，一再跟你强调和平的重要性。你现在的所作所为，真的让我很失望，一个过去充满理想的善良年轻人，竟然变得为达目的而不择手段。司曼，念在过去我们的情谊，请听我一言，现在回头还来得及。”

“您对我的恩惠，我这辈子都不会忘记的。您放心，和平统一现在还是铁血会的目标。南帝城已经向公爵输诚，西瓦尔是座重商的城市，相信只要给予他们足够的好处，菲霖子爵是不会反对统一的。现在，只需要您向北境市游说统一的重要性，以您在北境市的地位，北境市的子民一定会听从您的要求。到那个时候，肯恩斯形成统一的气氛，东摩沙也难以独立于王国之外。柯鲁伯爵是个识大体的人，不会将人民推向战争的。”

“你似乎太低估国王的影响力而太高估黎尔图的魅力了！到那个时候，各地的反对派一定会集结起来，对抗黎尔图的统治，肯恩斯将永无宁日。而且以黎尔图好大喜功的个性，势必对内高压统治，对外到处征伐。这种统一的方式对肯恩斯人民来说，将是一场大灾难。”

“我不会让公爵为所欲为的，铁血会也不会放任这种情况。”

“你要小心啊！黎尔图已经控制住毕思汉，并将他的手伸入铁血会之中，你这个掌首恐怕会越来越控制不住铁血会了。”

“总理大人，您放心，铁血会仍然紧紧地在我的掌握之中。统一之后，不会发生您所担心的情形。这次请您来这里，是希望您为铁血会完成统一的梦想。我让云森在天阙城待命，请您透过他向北境市说明统一的重要性，好吗？”

“如果我不愿意的话，你会让云森怎么做？是假传我所说的话，还是把罗三武绑架过来？”

何司曼低头不语，似乎默认了白眉的猜测。两人相对无言，只见白眉的眼角慢慢地流下泪来，泪水布满了整张带着皱纹的脸。白眉缓缓地走出门外，望着天空闪烁的星光。守卫们看到他之后，立即守住周围的出入口。何司曼则看着白眉的背影，细想之前的对话。

“我一生为肯恩斯的人民而努力，没想到我所创立的铁血会竟然为肯恩斯带来了灾难。我愧对肯恩斯，我愧对北境市的乡亲父老！”白眉紧紧握着手中的药罐，并迅速将底部的机关打开，按下了一颗按钮。“司曼，你要我做的事，我做不到，而我也不会让你假传我的意思。”白眉打开罐子，将里面的药丸全部吞下。

“来人，快阻止他！”何司曼惊觉不对劲，赶紧冲出房门外。

“再见了，我深爱的肯恩斯！”只见白眉跪在地上，望着天空喃喃自语，嘴角流出一丝丝黑血。

药罐的底部在这个时候闪烁着异样的光芒，更增添了黑夜的凄凉。

第七回

三分肯恩斯

白眉的死讯撼动了整个肯恩斯，让经济好不容易有起色的北境市又陷入了一片哀伤的气氛之中。朝野之间，愤恨和惧怕天阙城的两股势力，正在为了结盟的事而争吵不休。柯鲁和师倩一方面感到难过，另一方面相当担忧未来的局势。为了避免凌逸在北境市卷入纷争，他们请罗三武派人将他送回东摩沙都。与此同时，黎尔图、何司曼和毕思汉正在天阙城研议将来的对策。

“司曼，白眉的去世也让我很难过，但希望你能忍住悲伤，继续为我们提供建议。”黎尔图对白眉自杀的影响颇感忧心。

“我会的。不过希望公爵记得曾经答应过我的事，绝对不能发动战争，要以和平的方式统一肯恩斯，这样铁血会才会继续支持你，我也才对得起总理大人。”何司曼接着将视线移往身旁的毕思汉。“思汉，希望你要遵守我对铁血会所下达的命令，不要擅作主张，采取过分暴力的手段。”

“是的，掌首。”毕思汉恭敬地回答着。

“司曼，我一向赞同你所谓和平的原则，但我们对统一总要有个时间表，不能一直这样耗下去。否则，分离主义分子的气焰会越来越嚣张。你不要怪思汉，他是有点急了。”

“我明白时间的紧迫性。没办法了！为了避免兵戎相见，我们只好打一场经济战了。我会在货币制度方面做一番改变，让天元在肯恩斯具有主导的地位。但在此之前，我必须要去见一见菲霖子爵，取得西瓦尔的支持。有了西瓦尔的支持，再加上南帝城的配合，以现在贸易往来频繁的状况，北境市和东摩沙也很难独立于新的货币制度之外。我们先掐住他们的经济命脉，然后以商围政、以民逼官来促成肯恩斯的统一。我拟定好细节之后，会再与你们讨论。现在，我们有两件事要先处理。第一件事，思汉，请你传我的命令，让云森返回北境市策动我们在议会的盟友，继续反对与东摩沙结盟。如果情况不乐观，只好把罗三武捉过来。亲近东摩沙的一派没有了领袖，一定会大乱，我们就可以趁机掌控北境市了。不过，要记住，千万不要伤害罗三武。”

“没问题，这件事交给我，我一定会达成使命。”毕思汉拍着胸脯保证。

“第二件事，公爵，现在天阙城经济恢复成长，人民普遍对你的执政观感良好，我想是时候举行登基大典了。”

“我正有此意！当上了肯恩斯的国王，一定更能凝聚力量，达成统一的目标。”黎尔图眼中闪烁着胜利的光芒。“来！为我们的未来干一杯！”

何司曼举着杯，但心中想的是白眉死前握着的药罐，不知道闪烁的讯号代表着什么意思？

凌逸坐着凤凰回到东摩沙都，师倩一早就站在约定的地方等着他。

“小 P，好想念你喔！”师倩抱着凤凰的颈项，而凤凰也在她的身上撒娇磨蹭。

“原来你希望我赶快回来，是为了要见到小 P 啊！”凌逸知道师倩故意在闹着玩的。“你最近好不好呢？怎么好像瘦了很多？”凌逸看到她的眼眶红肿，似乎有哭过的痕迹。

“白眉伯伯的事情让我心情很不好，今天看到你和小 P，才觉得开心一点。这一阵子，辛苦你了，你一定很累了吧！”师倩拿出手帕，帮凌逸擦去脸上的尘土。

两个人一阵子没见面了，凌逸顾不得劳累，随意地找了块空地，坐下来和师倩聊天。直至夜幕低垂，才各自回房。凌逸本来想和柯鲁打声招呼，但听说白眉的孙子带着巨型猪即将抵达，而柯鲁亲自率队在边境迎接他。凌逸隐隐觉得在巨型猪的身上，似乎藏了什么重大的秘密。隔天一早，管家阿东来到凌逸的房间，带着他去见刚刚返回的柯鲁。走到柯鲁的房门外，只见师倩陪着一个哭肿双眼的孩童，倚靠在巨型猪的身上。

“凌逸，伯爵有样东西要给你看，我已经看过了，不想再看一次。”师倩气到浑身颤抖。

才一阵子没见到柯鲁，凌逸觉得他苍老了不少。柯鲁刚结束与罗三武的通话，见到凌逸之后，先感谢他对结盟一事的协助，接着拿出了一个小铁盒。按下了盒上的按钮，眼前投射出白眉的影像及声音。

伯爵，当你看到这个铁盒子的时候，我应该已经不在人世了。现在天阙城的士兵正进入村内，我想他们是来带我走的吧！我的时间有限，请你将以下的讯息传达给北境市……

北境市的乡亲们！局势演变至今，我感到罪孽深重，就算苟活于世，我也不知道该怎么面对你们。铁血会是我一手创立的，原本的用意是希望追求肯恩斯的和平统一。但在我交出掌首的位子之后，铁血会逐渐放弃原有的理想并和黎尔图合作，而在黎尔图的影响之下，沦为一个暴力组织。我曾想说服他们改变，却不幸失败了。如果各位还认我这个北境市的乡亲，请听我一言，黎尔图的野心是不会停止的，在他的高压统治之下，肯恩斯将永无宁日。我希望各位和东摩沙结盟，不要让我们的子孙生活在不安之中。啊！来捉我的士兵似乎已经来了。云森是铁血会的卧底，何司曼是铁血会的掌首。唉，请原谅我……

“白眉村长要求他的孙子，在他发送讯号给巨型猪之后，才能把这段影像交给我。由于北境市内布满铁血会的卧底，所以，白眉村长没让他的孙子去找罗市长。另外，我想他在前往天阙城之前，还对说服何司曼抱有一丝的希望吧！”柯鲁感叹地说着。

“没想到司曼大哥和云森竟然是铁血会的人。”凌逸对此感到十分诧异。

“你还叫他大哥！”师倩冲了进来。“他是个大骗子！国王对他如此地信任，他怎么可以这样对我们……现在回想起来，天阙城的经济问题一定就是他制造出来的。真是可恶！”

师倩说着说着，声音突然哽咽了，咬着牙，忍住不让泪水流下。凌逸明白何司曼一事对她造成的冲击，贴心地斟了一杯茶水并扶着师倩坐下。

“是啊！他真是一个城府很深的人，在国王面前表现忠诚，在经济问题上装疯卖傻，把我们耍得团团转。”柯鲁不明白师倩的心事，以为她只是在气愤何司曼的背叛。“唉！过去的就让它过去吧，我们现在要打起精神面对未来。昨天，我在边境一看到这个铁盒子，就赶紧传送给罗市长。幸好云森当时还没回到北境市，否则不知道他会做出什么事。另外，告诉你们一个好消息，我刚刚收到罗市长的通知，北境市的议员们在看到影像内容之后，全都无比气愤，立刻召开临时会并通过了和东摩沙结盟的决议。”

“太好了！”凌逸和师倩异口同声地说。

“小倩、凌兄弟，我对结盟的成功感到兴奋，这让我们在肯恩斯拥有了一块稳固的地盘，但最近也有几件不寻常的事情让我颇为担忧和不解。第一件事，境外的蛮族不知道为了什么又开始骚扰各个城邦，这一阵子在边境的零星冲突不断，而黎尔图就顺势在整编军队。”

“我看这些蛮族的行动一定是黎尔图故意挑衅所引起的。这几年来，各个蛮族都相互征伐，自顾不暇了，怎么会有力气来找我们的麻烦呢？”师倩强打起精神，参与讨论。

“嗯，我想也是。第二件事就比较让人费解了。天阙城的中央银行近来改制成股份制，何司曼被任命为中央银行主席，随后天阙城公布了一项政令，规定天阙城的人民要将所有的赤丹珠卖回给政府，如果要使用赤丹珠来制造商品的话，必须通过政府的审核。一般人民除了首饰及小件装饰品外，不得私藏囤积赤丹珠，违者将受到审判。另外，他还派人在各个城邦大肆搜购赤丹珠。”

“怎么会有这么怪的事情，他们到底想要做什么呢?”师倩十分不解，凌逸也在一旁摇摇头。

“我也不太明白。最后一件事，就让我感到更担心了。我收到消息，何司曼已经到达西瓦尔和菲霖会面了。菲霖一向不理会黎尔图向他招手，也不醉心结盟分化的事务，只是专心致力于发展商业贸易，从各个城邦中多赚点钱。据说为了这次的会面，他还特别排开了一些重要的行程，我很担心他们要用什么手段来利诱菲霖。”

日正当中，高温没能把烦恼给蒸发，反而将问题烧得更加棘手。师倩心疼地牵着白眉孙子的手，抚摸着巨型猪，深深地叹了一口气。

“司曼老朋友，欢迎来到西瓦尔。”菲霖带着一群身穿华服的侍女，站在他的府邸外迎接。

“子爵，你太客气了，怎敢劳烦你在外面等待呢?”

“这么久不见了，让你大老远过来，我在外头等个一时半刻又算什么呢?”菲霖带着何司曼穿过华丽的庭园。一路上奇花异草不说，所有触目可及的建筑石材都镶着满满的赤丹珠。菲霖对于赤丹珠的痴迷在肯恩斯是众所皆知的。“公爵最近花了很大的力气在搜购赤丹珠，现在是不是派你来抢我的赤丹珠啊?”菲霖带着开玩笑的口吻说道。

“这么多的赤丹珠，抢了恐怕也没地方放。”两个人相视大笑。

两人状似熟稔，但言语间却不断测试对方的想法。菲霖的寓所占地宽广，而他也十分注重排场。何司曼所到之处，都有一群美丽的侍女迎接着。晚间，菲霖安排了一场盛大的宴会，几乎所有西瓦尔都的名商巨贾都出席了这场晚宴。席上笙歌鼎沸，美酒佳肴一应俱全，但何司曼却暗暗发愁，烦恼着原本应该是一场低调的密会，怎么会搞得人尽皆知。菲霖假装看不出何司曼的忧虑，拉着他到处和人饮酒寒暄。宴会一直到了半夜，人潮才逐渐散去，而何司曼一直没有机会和菲霖单独会谈。一连三天下来，不是游山玩水，就是夜夜笙歌。只要何司曼一提出私下密会的要求，菲霖就会用各种理由来搪塞。

一天夜晚，菲霖主动邀请何司曼会谈。一位长相甜美清秀的女孩，自称是菲霖的小妾，带着何司曼穿越了几条长廊，走了许久才到达菲霖的书房。一路上道路曲折蜿蜒，如果没有人带领的话，恐怕不容易找到出入口。何司曼走进书房，只见菲霖正和一名几天前出席宴会的商人谈话。

“司曼，请进。这位胡晏老板你应该见过吧！”菲霖看到何司曼后，挥了挥手要女孩退下。

“当然见过，胡老板的酒量让我印象深刻。”

“这可是拜我们子爵所训练出来的。”胡晏哈哈大笑。

“你自己贪杯，可别赖在我身上！”菲霖此时站起身子。“对了！胡老板，不好意思，我今天约了司曼谈点事情，改天再一起品尝你送来的美酒。”

“何大臣，你能让子爵抵挡我这瓶美酒的诱惑，想必是从天阙城带来了一份大礼。不过话说回来，我们西瓦尔繁荣富庶，每天生活都过得很惬意，似乎也没什么好求的。哎呀！酒喝多了，胡言乱语，请见谅啊！”胡晏跌跌撞撞地走出门外。

菲霖看着何司曼，不发一语地笑了一笑。何司曼此刻心中突然一片雪亮：这个老狐狸！办了几天的宴会原来是在吊我的胃口，让我不断地求见，是希望从我身上多拿一些好处。而今天安排了这个胡晏在这里演戏，暗示我拿不出什么东西的话，就没什么好谈了！

“子爵，在聪明人面前讲话，我就不拐弯抹角了。”何司曼不自觉地向四周张望了一下。“这次公爵派我来是和子爵商量一件天阙城在推动的事情。近来，我们立法用天元来收购民间的赤丹珠，主要的用意是要固定天元与赤丹珠之间的兑换率，避免民间有过多的赤丹珠影响到法定的兑换率。将来再进一步把法定的兑换率化为形式，而非实际可以兑换的交易。最终的目的是要废除以赤丹珠作为储备的货币制度，让天元的发行能够灵活地刺激经济。但是没有相对应的赤丹珠来做储备的话，发行过多的天元容易造成天阙城的高通膨，人民也会丧失对天元的信心。”

“那你们希望我做些什么事?”菲霖好奇地问着。

“我们希望得到子爵的支持，用天元作为整个肯恩斯的主要贸易结算和报价货币，让各个城邦的货币都盯住天元，采用固定汇率制度，而天然资源都以天元来报价。在这样的情况之下，天元的需求会增加，各城邦便会因为贸易的需求而采用天元作为外汇储备。如此一来，整个肯恩斯就会对天元产生信心，天阙城便可以运用天元的发行来活络城邦间的贸易和经济。”

“这样的改变为什么可以活络贸易与经济?”

“以往在进行贸易的时候，有贸易赤字的城邦所产生的外债，最终会以赤丹珠来做偿还。在不想失去赤丹珠的情况之下，贸易采购的金额可能会减少，这样便会影响到各个城邦之间的贸易量，进而影响经济的成长。当用天元取代赤丹珠为主要储备和贸易清偿的工具时，由于天元可以无限量供应，弥补赤丹珠数量不足的缺点，而各城邦只需要借入天元，就可以进行贸易。如此一来，各个城邦的贸易量和经济成长都会增加。此外，透过这个机制，有贸易赤字的城邦不用担心失去赤丹珠，避免因为货币储备的减少而引发货币供给的紧缩。”

“好巧妙的设计啊!”菲霖沉思了好一会儿。“透过天元的灵活发行来影响整个肯恩斯的贸易和经济。另外，由于采用固定汇率制度，天阙城还可以运用天元的供给来引导各个城邦的货币政策和利率水平。这样的话，天阙城不就可以用通货紧缩来打击其他城邦的经济，接着大印钞票来收购廉价的资产，然后再制造通货膨胀来大赚一笔。只要来回操作几次，我想公爵就不需要出兵来统一肯恩斯了，大家都会主动向他跪地求饶。你说我讲得对不对啊?”

“我们是希望透过天元来振兴整个肯恩斯的经济，同时城邦间的关系将因此而更加紧密。之后，在经济逐渐融合的情况下，大家对统一才会有更大的期望。”何司曼说得有点心虚，但内心十分佩服菲霖的精明。

“有些事尽在不言中。不过，说真的，我打从心里佩服你的巧思。”菲霖忍不住大笑。“司曼，除了活络贸易和经济之外，对西瓦尔来说，还有什么好处？”

“除此之外，公爵还愿意将天阙城重要的长短期采购合约移转至西瓦尔。我们已经取得南帝城的支持，如果子爵同意的话，为了不失去贸易的来往，东摩沙和北境市的跟进也是迟早的事。不知子爵怎么想呢？”

“我是很好奇废除赤丹珠作为储备的这件事，你是怎么得到天阙城贵族和商人的支持？”

“不瞒你说，我将中央银行从政府分割出来，将中央银行采取股份制，并把一些股份卖给他们来换得支持。当然，天阙城政府在中央银行还是握有最大的股份。”何司曼不大情愿地告诉菲霖这个过程，但他明白就算不说，菲霖还是会从其他管道得知。既然要争取菲霖的支持，也只好多展现一点诚意。

“司曼，你就不要欲言又止了，这样我怎么帮你呢？”菲霖的眼睛突然亮了起来。“中央银行负责货币的发行，那么股份方面有什么收益呢？”

“公爵承诺将一定数量的公债由中央银行持有，而且永不赎回，所以，持有中央银行的股份就会有债息的收入。”

“那就是说公爵的政府有发债权并掌握财政政策，而中央银行有发行货币的权利并掌握货币政策。中央银行为了将印制的钞票流通到市场，操作的方法就是买入新发行或者已经在市场上交易的公债。这样一来，中央银行的股东们就增加了债息的收入。”

“是的。不过，中央银行只能买进公债而不能买进其他的资产，并且针对货币的流通情形，必须依法向议会作报告。”何司曼感到有点不安。

“不能买进其他资产，只有公债债息，那也够了！那也够了！”菲霖低着头喃喃自语，并在房内来回踱步，而何司曼则静静地等待菲霖即将提出的要求。

“让天元在肯恩斯成为强势货币，影响各城邦的经济与利率，这对天阙城来讲是一个很有力的战略武器。对于西瓦尔而言，所谓贸易和采购的利益似乎就显得微不足道了。老实讲，我是愿意支持公爵的方案，但你见到那些在宴会上的商人们，个个都有富可敌国的实力，如果没有得到什么特别的好处，他们不会愿意改变现在赚钱的模式，投入另外一个不确定的未来。我虽然是西瓦尔名义上的领袖，但没有这些人的支持，我什么也不是。”菲霖一副爱莫能助的模样。

“我想公爵会愿意让你们买进中央银行的股份。”何司曼略显无奈地说着。他极痛恨和像菲霖这样的人打交道，这种人谈判总是不厌其烦地拖时间，拐弯抹角地试探底限，最后贪得无厌地提出条件。

“我们能拥有多少股份？”

“我可以保证你们拥有的比例不会低于天阙城的贵族和商人。”

“这样的话，过几个月后，在西瓦尔商会的年度会议上，我会和他们谈谈你的建议。”菲霖有点意兴阑珊的模样。

“几个月后？这恐怕太久了！”何司曼沉默了一下。“子爵，我实在猜不透你内心的想法。是不是我们提出的条件不好呢？”

“如果西瓦尔的商人不能持有中央银行过半的股份，他们恐怕会要求我比照天阙城的模式，自己成立中央银行。以西瓦尔的经济实力，应该不难和天阙城竞争吧？”

“过半的股份？”何司曼激动地提高了语气。

“这是最起码的要求。”菲霖回身走到书柜前，漫不经心地把玩着他的古董。“司曼，你可以和公爵讨论一下，再来和我们说。”菲霖揉了揉眼睛，一副送客的模样。

“如果西瓦尔持有过半股份的话，天阙城朝野一定会反弹的。我最多只能做到将政府的股份再释放出来，给你指定的天阙城贵族或商人所持有，让西瓦尔直接和间接的持股过半。”何司曼望了菲霖一眼，想要猜测他的反应。“但是我有一个条件。改制后的中央银行，货币政策是由主席和理事所决定的，主席是由天阙城政府所任命，理事则是由股东所选出来的，而我的条件就是你们的股份不能拥有投票权。”

“这样一来，天元的供给就完全掌握在天阙城的手上了！”

“子爵，你不用担心赚不到钱。我们的货币政策会让大家都有好处，而天阙城的贵族和商人也是和你们站在同一阵线的。”

“嗯，再给我几天时间想一想。”菲霖还是一副待价而沽的模样。

“老实说，我们并没有多少时间，而且这件事已经火速在进行了。没有你们的支持，我们只好联合南帝城，并将股份卖给各个城邦愿意支持的人。”何司曼的语气慢慢强硬了起来。

“好吧！既然这么急，我只好重开宴席，再帮你把人给请回来。这几天，大家对你的印象还不错，应该会同意吧！”菲霖本来就喜欢这个构想，既然已经触碰到对方的底线，态度马上丕变。

“多谢子爵的支持！但这个最终的方案，我还是得回报公爵，确定他是否同意。”

“你太爱说笑了，这类的经济事务，公爵哪次不是听你的。不是吗？掌首。”菲霖的笑声让何司曼感到厌恶。“放心！我们不会抢你的主席宝座，你就先回去等我的好消息吧！有了西瓦尔的支持，再加上南帝城，你们还愁东摩沙和北境市这个松散联盟不屈服吗？”

何司曼敷衍地笑着，可是他的心里很清楚，虽然菲霖将肯恩斯描述成两个势力的对决，但是西瓦尔都在肯恩斯的地图上是个闪烁不定的板块，它可以和天阙城呈现同一种色调，也可以随时变成敌营的颜色，更可以变化出自己的色彩。肯恩斯现今的情势其实是三强鼎立的局面，何司曼内心不觉地对未来感到有点茫然。

在白眉过世之后，云森就突然没了踪影，愤怒的罗三武派人追杀他，并发出只见尸首的死命令。同一时间，何司曼也派人四处打听他的下落。终于，在从西瓦尔都返回天阙城的路上收到消息，何司曼率领几名心腹，乘坐武装翼手龙飞奔到云森出现的地方。一行人到达了一片浓密的草原上，只见云森跌跌撞撞地奔跑着，手按着看似受了伤的肩膀，而身后不断传来大大小小的吆喝声，十多个水手服装扮的士兵一边做跳跃式的追击，一边挥舞着手中的弯刀除去杂乱的长草。情况看似紧急，何司曼的心腹们作势要飞下去救援。

“等一等，备弓箭，先观看一下。”何司曼举起手来，示意他们等待他的指令。

没过多久，云森就被团团包围住了，整个人瘫坐在地上，似乎正在等待死神将他领走。

“放箭!”何司曼在包围网松动之际，驾着翼手龙俯冲下去，一把将云森拉起来并飞离这片草原。

草原上的咒骂声越来越远。云森死里逃生，满脸感激地望着何司曼，这个他一生誓死效忠的主人。

第八回

登基天阙城

……每次参加大型的典礼，肯恩斯国王登基的盛况就不自觉地出现在脑海之中。那一天，天阙城内的圆形广场上，挤满了受邀的达官显要和像我这样趁乱混进来的人。广场旁的石柱挂满了赤丹珠制成的装饰品，就连地上以金色绒布编织而成的走道，边缘都镶着花纹般的赤丹珠。灯光照射进来，透过赤丹珠的反射，把广场的夜晚点亮得如同白昼一般。一群身着鹅黄色衣服的舞优，挥舞着羽毛般的软扇，随着悠扬的乐声婆娑起舞，像极了在湖上嬉戏的天鹅。会场上摆满了各式各样的珍馐美馔，酒酣耳热之际，主持仪礼的大臣轻轻地挥了挥衣袖，乐声渐渐地消失而舞优缓缓地退下，新国王和年幼的公主在众人的欢呼声之中，牵着老国王的手走了出来。老国王坐在居中的王位上，仪礼大臣小心地从新国王的手环上选取了一颗赤丹珠，并将赤丹珠放在老国王颈链的凹槽之中，接着慢慢转动，全场一片静默，似乎连颈链转动时的机关声都听得到。老国王从仪礼大臣的手中接过颈链并重新锁在新国王的颈上，这条颈链代表着王位的授予。仪礼大臣向新国王恭敬地行了个礼，并将颈链中的赤丹珠取下，放回原本的手环上。新国王解下手环，让仪礼大臣将手环套在公主的手腕，这颗独一无二的赤丹珠代表着继承权的传承。乐声此时重新响起，演奏着庄严的音乐，受邀的宾客一个个被唱名上前向新国王及公主致意……

天元在西瓦尔都及南帝城的支持之下，迅速地主宰肯恩斯各个城邦的贸易及大宗商品的报价，甚至成为各个城邦主要的外汇储备和发行货币的保证。反观赤丹珠，在货币发行的角色上逐渐式微。在这段期间内，黎尔图积极筹备登基大典，在何司曼和毕思汉的协助下，一方面在民间引导舆论，另一方面加强军队的整备。由于近来蛮族在边境的骚扰不断，天阙城的人民相当渴望一个强而有力的领导人，来保护自身的安全及维护恢复中的经济。

在一个风和日丽的清晨，黎尔图净空了天阙城内的圆形广场，并召集了几个心腹大臣前来排演登基典礼。仪礼大臣将整个流程说明了一遍，便随即展开排演的工作。当排演到了授予颈链之时，国王和公主被毕思汉带了出来。国王没有朝黎尔图望去，反而冷冷地看着何司曼和一群背叛他的人。何司曼感到有点愧疚，忍不住低下头来。

“大哥，这条颈链是有能力的人才可以拥有的，我今天就先来试戴一下。”黎尔图望着国王，显得一副兴高采烈的模样，接着向仪礼大臣使了个眼色。

仪礼大臣从公主的手环上取下了一颗赤丹珠，并在国王颈链上满满的赤丹珠之中，找寻可以放入的凹槽。接着，奇怪的事情发生了！仪礼大臣试得满头大汗，但这颗赤丹珠怎么放都放不进颈链中的凹槽。

“你有没有拿错手环上的赤丹珠啊?”黎尔图脸色一沉，不悦地看着仪礼大臣。

“启禀公爵大人，应该没有。”仪礼大臣朝公主的手环又望了一望。

毕思汉命令身旁的女兵取下公主的手环，交给黎尔图来检视。黎尔图看了半天，也觉得取下的赤丹珠没有可疑之处。他从仪礼大臣手中将赤丹珠一把抓了过来，在国王的颈链上试了好一阵子，依旧无法将赤丹珠放入凹槽。

“不用试了！”国王轻蔑地笑着。“你自己都说了，有能力的人才可以拥有这条颈链，所以，不是每个人都可以说拿就拿的。”

“你们把那颗赤丹珠藏在哪里？”黎尔图的眼睛充满了血丝，愤怒地望着国王与公主。

突然之间，黎尔图心念一动，朝公主仔细地打量着。公主被他的眼神吓得不由自主地退了两步。黎尔图面无表情地朝公主走了过去，将公主的面纱用力扯了下来。

“啊！”众人不约而同地发出了惊叹声。

师倩在午饭过后就眉头深锁，一副心事重重的模样。她约了凌逸在会议厅外见面之后，就径自前往与柯鲁会面。凌逸在厅外来回踱步，等了许久，才见到师倩慢慢走了过来。师倩穿着轻便的粉红系连身装，丝绸般的质料让她的身形更显纤细窈窕。

“凌逸，陪我去哈布丽山散散心，好吗？”

“当然好！是不是要带小P那颗电灯泡啊？”

“嗯……”师倩心不在焉地点了点头。两个人便乘着凤凰飞往哈布丽山的顶端。

“师倩，你还好吗？”凌逸一路上试着和她说笑，但师倩似乎都没什么反应。

“哎呀！”师倩在山头的小路上被树枝绊了一下，凌逸赶紧扶住她，并找了个平坦的石头陪她坐下。

“你还在想何司曼的事吗？”

“嗯……”

“我这几天在房内苦思，越想越觉得何司曼对经济学非常了解。”凌逸还是试着找话题与师倩聊天。

“那个小人，他有你厉害吗？”

“我并没有很厉害啦！”凌逸见师倩响应了这个话题，便继续说下去。“何司曼厉害的地方在于他能活用经济学，天阙城在他的施政之下，经济没多久就上了轨道。”

“那还不是抄袭你的建议，有什么了不起？”

“我只是提出理论，但实际执行起来，其实是不容易的。另外，他让天元成为主要贸易货币和外汇储备的方案，便可以看出他对经济了解得很透彻。”

“从天元近期发展的情形来看，我终于明白前一阵子他颁布赤丹珠禁令和会见菲霖的目的。以天元现在主导肯恩斯的地位，何司曼可以轻易地用天元来影响其他城邦的经济，真不知道他怎么想出这种诡计的？”

“我最近想了很久，才突然想起他的方案曾经在我的世界中出现过，我们叫做布列敦森林协议。”

“请凌大师说明指点。”

“我是大师，你就是小鬼了，小鬼专心听讲啰！”凌逸很开心看到师倩稍稍恢复往日的神采。“布列敦森林协议是对各国的货币兑换、国际收支和外汇储备等问题提出的方案。内容主要是让美金和黄金有固定的兑换率，各国货币再与美金形成固定汇率。在这个协议之中，美国提供足够的美金当做国际贸易失衡时的清偿工具，并保证美金按固定兑换率来兑换黄金，维持各国对美金的信心。”

“所以，在我们的世界里，赤丹珠就是黄金，而天元就是美金。但是这样做，究竟对经济有什么好处呢？”

“简单来讲，这个协议建构了国际金融的秩序，运用信贷的弹性扩大国际贸易和经济成长。”

“简单来讲等于没讲，请大师不会的话，不要随便敷衍。”师倩吐一吐舌头做了个鬼脸。

“唉！小鬼真是难缠。举例来讲，之前肯恩斯的各城邦以赤丹珠作为储备并固定兑换率，当赤丹珠的储备没有增加时，多印制货币的城邦，就会有高通膨及货币贬值的压力，就像我刚到天阙城的情形一样。所以，当天阙城有民间资金或贸易进口的需求时，受限于赤丹珠的固定供给量，就不能发行更多的天元来支持经济与贸易的发展。”

“因此，用天元来取代赤丹珠，就解决了这个问题，因为天元可以无限量的供应。”

“没错，但前提是要各个城邦对天元有信心，也就是要相信随时可以将手中的天元用固定的兑换率换回赤丹珠。所以，何司曼在订下天元与赤丹珠的固定兑换率前，要先大举搜购赤丹珠，以免市场上过多的赤丹珠交易影响了两者的兑换率和对天元的信心。另外，用天元作为城邦之间主要的报价和结算货币，这样，不但增加了对天元的需求，还可以增加各城邦对天元的信心。接着，天元就可以大量供应，扩充信贷能力。”

“所谓扩充信贷，我可不可以这样解释？假设天阙城有100个赤丹珠，而与天元的兑换率是1：30，所以可以发行3000天元。但在实施新方案后，天阙城可以再发行更多的天元，例如再多印1000天元，这样多出来的天元就可以提供民间的借贷，用来增加投资和贸易。在各个城邦对天元有信心的前提下，便不会将手上的天元拿来和天阙城兑换赤丹珠，就算有这样的需求，天阙城也足以应付。这样原本只有3000天元的供应，一下子就便成4000天元，贸易和经济自然就更活络。而且增加的天元，是用来作为投资和贸易，可以促进实质产出，比较不会产生通膨的问题。这样说对吗？”

“哇！不得了，讲话很像我的口吻，小鬼修成正果，得道升天了！”凌逸开着玩笑，但心里很赞赏师倩的聪颖。

“有没有比你厉害了啊？小鬼是无法得道升天的，只有修炼成魔。现在可是你道高一尺，我魔高一丈，嘻嘻！”师倩得意地笑着。“不过，我刚刚这样分析完，还想到你讲的布列敦森林协定有一个矛盾的地方。”

“大魔王，你请说。”凌逸好奇地看着师倩。

“大魔王，这样叫好难听喔，我宁愿叫小鬼。”师倩嘟着嘴。“你刚刚说过美国提供美金作为清偿贸易失衡的工具，并保证美金与黄金的兑换率。但如果贸易量大增，美金供给过多，各国难道不会怀疑美国无法应付所有黄金的兑换需求吗？但是，如果美金供给不足的话，就不够用来清偿贸易的差额，这样不是很矛盾吗？”

“我真的不得不佩服你的思考逻辑，你所讲的矛盾，我们称做特里芬难题。由于美金作为贸易的结算货币和各国的外汇储备，各国为了发展贸易，势必要多赚取美金作为储备，这样的结构导致美金从美国流到海外，让美国成为长期的贸易逆差国。但美金在国际间的重要地位是取决于本身币值的强势，而这需要美国成为一个贸易顺差国才能维持，所以这个矛盾注定让布列敦森林协议面临不稳定的危机。”

“那为什么何司曼还要这样做呢？”

“布列敦森林协议是在第二次世界大战后签订的，并且维持了二十几年，直到美国宣布美金与黄金的兑换率脱钩后，这个体系才告瓦解。所以何司曼在这样做之后，有足够的时间运用天元来兴风作浪。”

“所以你认为何司曼在建构这个体系之后，会用天元的供给来影响各个城邦的经济吗？”

“我相信是这样，但实际上他会怎么做，我也不确定。因为如果要用天元来影响其他城邦的利率和货币政策，我觉得要等到成效出现，还需要满长一段时间，黎尔图应该没有这种耐心，除非……”凌逸像是想到了答案，但随即又摇了摇头。

“除非什么？”

“我想到在布列敦森林体系建构好之后设立了两个组织，分别叫做国际货币基金组织和世界银行，前者的功能是向各国提供短期资金的贷款，以维持国际收支的稳定，而后者是提供较长期的贷款，帮助各国经济成长和复苏。如果何司曼也设立了类似的组织，那么在各城邦陷入经济危机之际，他可以趁机掐住对方的经济命脉，进一步逼迫对方朝统一迈进。”

“啊！”师倩不觉地尖叫了一声。

“怎么了？”

“我想到伯爵刚刚和我提到，天阙城前一阵子成立了两个组织，功能就和你所说的很接近。就像你说的，这个小人对经济真的很懂。”师倩感到又气愤又担心。

“不过，这两个战略武器要发挥功效的前提，是要等到其中一个城邦有经济危机的时候。但如果何司曼想在短期内掀起一场经济风暴，我真的没有头绪他会怎么做。如果能回到默林苑，或许可以从图书馆中找到一些蛛丝马迹。”

“唉！”师倩茫然地叹了一口气。

“师倩，本来想陪你散散心，没想到最后又回到了这个沉重的话题。”凌逸拍了拍师倩的肩膀。

“别这么说，我每天都在思考肯恩斯的未来，也希望从我们的讨论中找到一些脉络。”师倩深深地吸了一口气。“今天找你来，其实是有事情想告诉你，不过不知道该怎么开口。希望你听完之后，不要怪我瞒着你，我是有苦衷的！”

“好，我答应你！不管发生什么事，我都不会怪你的。”

“谢谢你一直对我这么好。”师倩继续说着。“最近天阙城中在排演登基大典，在过程中，我相信黎尔图会发现在城内的公主并不是真的公主。”

“那真的公主在哪……”凌逸话讲到一半，看着师倩的大眼睛，一双和公主一样美丽的大眼睛，猛然想到答案就在眼前。“你是肯恩斯王国的公主！”

“嗯，是的。”

“这到底是怎么回事？”凌逸感到相当惊讶。

“对不起，一直没告诉你这件事，我的身分除了我的替身之外，只有国王和柯鲁伯爵知道而已。”公主缓缓站起身来。“我父王登基十多年以来，王国内的斗争越来越激烈，尤其在这两年之中，黎尔图一直想借机窃取王位。父王怕我有生命危险，特别请伯爵从东摩沙找来一个身形样貌很像我的人来扮演公主。根据肯恩斯王国的惯例，公主从很小的时候就要戴着面纱，直到嫁人或继承王位之后才可以摘下，所以，即使是黎尔图也不知道我长大之后的样貌。我让替身深居简出，免得惹人起疑，但是，我偶尔会和替身交换身分。”

“所以，用公主身分去见萨教授的人是你？”

“是啊！我也用公主的身分见过你，你还告状说师倩很调皮，记得吗？”公主假装有点气愤的样子。

“你真是瞒得我好苦啊！”

“对不起嘛！你说不会怪我的喔！其实我一直想找机会跟你讲，但伯爵怕消息走漏，会有不好的影响。”公主看了凌逸一眼，确定他没有生气。“我想在排演登基大典的时候，黎尔图就会发现天阙城中的公主是假的，而我和替身几乎长得一模一样，他应该会猜到我就是公主。”

“他怎么会发现城中的公主是假的呢？”

“因为他需要我这条手链上的赤丹珠，才能够打开国王的颈链，而替身手环上的赤丹珠是仿造的。没有这颗赤丹珠，黎尔图就当不成国王了。我怕他会派人来抓我，所以赶紧和你说一声，希望你要多小心点！”

“根据《城邦游记》的记载，你这颗赤丹珠应该是很特别的，为什么我觉得看起来很平凡呢？”

“这样才不会引人注意啊！”公主按下手链上的机关，一颗完整的赤丹珠出现在眼前，果然造型独特，光彩夺目。

“真的很美！但是你身上唯一有赤丹珠的首饰就是这条手链，他们猜到的可能性很高！”

“我想是吧！”公主看到凌逸没有不高兴的样子，就松了一口气。“对了！我的名字叫黎倩，你叫我小倩就好了，千万不要跪着叫我公主喔！”

“小倩，我要跪着请你一次讲清楚。你从小鬼，变成大魔王，又变成公主。哪天你会不会喝了酒之后，又变成一条白蛇了！”凌逸虽然开着玩笑，但内心还是处于讶异的状态。

“人家又不是妖怪！”黎倩把嘴嘟得高高的，接着从身上拿出一个凤凰形状的发簪。“谢谢你没有怪我！为了向你表达歉意，我在这棵树旁埋下这个信物。如果你以后对我有什么要求，你就拿来给我，我会努力做到的。这样有没有消气了呢？”

“我本来就不会生你的气，因为……我喜欢看见你开心的样子。”

凌逸真诚地说着。

“谢谢你……”黎倩一时之间不知该如何响应。

“看样子，你的心情好多了，那我们回去吧！”凌逸不想让黎倩感到尴尬，赶紧带着她往凤凰的所在地前进，准备踏上归途。

走到会议厅外，凌逸和黎倩远远看到罗三武的影像投射在柯鲁的身边，另一个影像则是身穿紫色长袍的男子，背对着门口，似乎正在侃侃而谈。柯鲁点了点头，示意两人进来参与会议。罗三武没有留意两人的到来，只见他对着紫衣男子怒目而视。听到进门的脚步声，紫衣男子回过身来。

“何司曼！”黎倩惊呼一声。

“师倩小妹……哦，不！应该是公主殿下，你好，好久不见。”身穿官服的何司曼向黎倩作了个揖。

“叛徒！你好，我可不好，能不见最好别见。”黎倩收起惊讶的神情，愤懑地看着何司曼，心中五味杂陈。

“公主，我所做的一切都是为了肯恩斯的人民，你总有一天会明白的。过两天，我想来东摩沙举行和谈，为了避免肯恩斯陷入战争，希望你们能暂时放下个人的恩怨。我等你们的回复。”何司曼面无表情地说完后，就消失在眼前。

“公主殿下……突然这样叫有点不习惯。”罗三武想要行个礼，却又不知该怎么做。“那个混帐有种来的话，大爷我也来东摩沙，杀杀他的锐气。”

“罗市长，之前我在宫中的处境不安全，对于我隐瞒身分一事，希望你能见谅。”

“还好我之前都叫你肯恩斯第一美女，这个马屁现在想起来真是拍得好。嗯，拍得真好！”罗三武一副沾沾自喜的模样，一下子就把大家逗得哈哈大笑，暂时忘记眼前的烦恼。

虽然黎倩不愿意再见到何司曼，而罗三武也很憎恨他，但考虑到国王的安危以及肯恩斯的和平，柯鲁在得到两人的同意后，随即安排和谈并加强对黎倩的保护。同一时间，罗三武也准备动身前往东摩沙都，并在边境部署重兵以防天阙城的偷袭。几天后，何司曼一行人进入了东摩沙都的会议厅，厅内两排长桌的摆设，将和谈塑造成壁垒分明的氛围。曾任外交大臣的袁复一脸无奈，列席在天阙城的代表团之中，他将黎倩和凌逸留在天阙城的日常用品带了过来。三个人久别重逢，互相谈论彼此的近况，会谈的气氛因此缓和了不少。和谈的重点放在黎倩是否返回天阙城以及统一与否的讨论。三天会议下来，双方各有坚持，结果仍然没有共识。何司曼似乎早就预料到这样的结果，在离开的时候，露出一副无所谓的神情，但锐利的眼神，像是已经想好了下一步棋。凌逸事后想起这个离别时的眼神，仍然感到不寒而栗。

“混帐，你不会早点说！”罗三武大发雷霆的声音，大到好像整个东摩沙都在震动一样。

柯鲁、黎倩和凌逸赶紧冲到罗三武的房中。只见北境市的一个官员投影在罗三武的面前，浑身不停发抖。原来，在和谈的三天当中，北境市的货币，也就是北圆，在外汇市场遭到连续性的放空。不同的组织和投机者好像很有默契似的，从北境市的银行借出北圆来卖出，或透过远期外汇放空北圆。北境市的中央银行为了捍卫联系汇率制度，不惜动用天元的外汇储备买进北圆来稳定汇率。但北境市的天元储备有限，而筹措天元的管道突然都像被关闭似的，联系汇率制度变得岌岌可危。由于罗三武离境时曾交代，除非军事上有紧急情况，在和谈期间不用事事都报告，再加上白眉死后，罗三武的脾气越发暴躁，所以主管财经的官员才没有实时回报北圆的情况。到了天元储备即将告罄之际，才紧急通知罗三武。

“看来何司曼利用和谈转移了我们的注意力，趁机进行经济上的突击。我们只注意军事上的防备，却疏忽了其他方面。”柯鲁叹了口气。“凌兄弟，你有什么看法呢？”

“还有什么看法？”罗三武抢着插话。“经济上拚不过，就刀口上见胜负！”

“罗市长，你先别激动。”黎倩对于突如其来的变局显得异常的冷静。“先听听凌逸怎么说？”

“何司曼此举很明显的是要攻击北境市的联系汇率制度。”凌逸看到罗三武稍微冷静下来，便继续说下去。“如果北境市不固守北圆的汇率，那就只好放任北圆贬值，但在何司曼持续的狙击之下，恐怕会让北圆大幅度的贬值，造成北境市的高通膨。要避免这种情形的发生，我想东摩沙必须将天元借给北境市。”

“何司曼一定在等这个机会。”黎倩接着说。“只要东摩沙一有动作，天阙城就会马上狙击东币，到时侯，我们两个城邦都会陷入危机。但是基于同盟的道义，我们不可以不救北境市。”

“公主说得对，救是一定要救的，但是两个城邦要怎么相互配合，来共度这个难关？”柯鲁向凌逸望去。

“这种货币的狙击模式，我以前好像有看过，请给我一点时间想一下。”凌逸懊恼着唤不出所需的记忆。“现在，我们可以做的是先管好两个城邦金融机构的贷款用途，不要让投机者随意借出北圆和东币来放空，并且我们要相互运用天元甚至赤丹珠来支持双方的货币。最后在远期外汇市场，也要守住汇率，不能让市场预期北圆和东币会大贬。我总觉得何司曼还有一招没有使出来，但我一时之间真的想不起来。”

“罗兄，凌兄弟的提议，你觉得如何？”柯鲁似乎很认同凌逸的建议。

“听起来可行。”罗三武点了点头。“何司曼这小子，我越想越气。先前北境市差点通货紧缩，现在又要给我制造高通膨，好像在我洗完冷水后，又要给我洗热水，这么爱洗，前几天来，怎么不帮我洗一洗？我不介意光着身体让他洗，洗完上面，再帮我洗……”

“罗市长，我和凌逸先去想办法了。”黎倩听罗三武越讲越不堪入耳，飞快地拉着凌逸离开。

“你怎么不等罗市长讲完就跑了，这样很没礼貌耶！”凌逸笑嘻嘻地看着黎倩。

“大难临头了，你还有心情说笑！”黎倩双颊羞得飞红，顿了一顿，赶紧扯开话题。“你刚刚讲到看过这种狙击的模式，现在有没有一点头绪了呢?”

“嗯，在被你拉出来的同时，脑里突然闪过了亚洲金融风暴这个名词，你有听过吗?”

“好像在默林苑的一些经济研讨会中有听过。”

“我曾在书上读过这个十几年前发生的金融风暴。当时许多亚洲国家以高利率来吸引外国资本涌入，但是资金主要不是投入在生产要素之上，而是流入房地产等资产。在资产泡沫化的危机和经济成长放缓的情况下，外资流入开始减缓，甚至出现净流出的现象。这使得靠外资流入来支撑贸易赤字的国家产生压力，在不愿意放弃固定汇率制度的情形之下，投机者嗅到了狙击货币的机会。第一个被狙击货币的国家是泰国，投机者认为泰国的汇率偏高，而泰国央行的外汇储备又不够，所以对泰铢发动攻击，大量放空泰铢。泰国政府后来只好放弃钉住美元的固定汇率制度，转而实施浮动汇率制度，但由于泰铢大幅贬值对泰国的经济造成严重的打击，这个效应随即蔓延到整个亚洲。各个亚洲国家的货币都面临贬值的压力，甚至遭到投机者的狙击。这一波的风暴之中，值得注意的是香港地区政府正面与投机者对决，并成功守住联系汇率制度。”

“所以何司曼对北境市的攻击就像投机者对香港的攻击，那你知道香港是用什么方法击退投机者的吗?”

“我不太记得了，因为这场金融风暴我没有了解得很透彻，所以我必须赶快找些数据来研究。”

“你要到哪里找数据呢?”

“这里!”凌逸从怀中拿出了《城邦游记》的书。

“《城邦游记》? 怎么会在你的手中呢?”黎倩惊讶得张大了眼睛。

“袁复大哥这次过来的时候，帮我们带来了留在天阙城的日用品，而我在当中找到了这本书!”凌逸开心地挥舞着手中的《城邦游记》。“你也去找找看有没有那本带你去默林苑的书，这样我们就可以一起去找数据了！”

“如果我可以去默林苑的话，肯恩斯的时间就会暂停，我们就能好好研究怎么化解何司曼的攻击。”黎倩的眼中闪烁着兴奋的光芒。“那我先去找书啰！等我一下。”

黎倩迅速地在一堆杂物中找到了书，随即带着凌逸飞奔到柯鲁的房中，而柯鲁很快就同意了他们的计划。紧接着，凌逸跟着黎倩回到她的房间，并约好两人在默林苑见面的细节。

“小倩，那我先回默林苑了。一看到我消失在你眼前，你就可以过来了。”

“好的，走之前，你先吃点东西吧！回到学校之后，我们先各自在宿舍好好睡一觉，隔天再到图书馆见面啰！”

黎倩将管家阿东叫了进来，阿东立即安排两名婢女端了一些点心进房来。凌逸注意到她们的神色似乎有些不自然，不过顾着和黎倩聊天，也就没有太在意。两名婢女退出房后，凌逸匆匆吃了点东西，随即拿出《城邦游记》，读着书中启动连接的段落。

“啊！”朦朦胧胧之中，凌逸听到黎倩的一声惊叫。

第九回

重返默林苑

凌逸张开双眼，向四周张望了一下，熟悉的宿舍又出现在眼前，而同房的室友正伏睡在凌乱的书桌上。望着手中的《城邦游记》，凌逸有点怀疑自己是不是做了一场梦，但这场梦似乎又太过真实了。黎倩的惊叫声，是他对肯恩斯的最后一个印象。凌逸拿起手机，不断地拨着黎倩留给他的电话，但都无人接听。凌逸彻夜难眠，好不容易等到了隔天约定的时间，便迫不急待地冲往图书馆。稀稀落落的几个学生和他一样，正徘徊在门口，等待管理员来开门。凌逸心急如焚，在管理员开门的同时，不停地找寻黎倩的身影。走到约定好的沙发区，经济类书籍整整齐齐地排列在四周，凌逸坐立难安，没有心情去翻阅。等了许久，黎倩仍然没有出现，凌逸开始怀疑自己是不是走错了楼层，拨着已经打了十几次的手机号码，反复地在图书馆中寻找，越找越感心慌。那声惊叫声回荡在他的耳边，是不是发生了什么意外？还是这一切只是一场梦？各种解释和想法在脑中纷沓而来。凌逸瘫坐在沙发上，内心感到一片茫然。

“凌兄弟，你不用等了，公主不会来的！”一个熟悉的声音从背后传来，凌逸感到背脊一阵发凉。

“何……何……”凌逸回过头来，惊讶得讲不出话来。

何司曼穿着和一般人的服装，一派轻松地站在沙发区内。

“这……这是怎么回事？”凌逸还没从讶异中回过神来。

“好久没回到默林苑了！我就猜想你会在这里。”何司曼在凌逸的身旁坐下。“凌兄弟，我也在这里的经济系就读过。说起来，你应该叫我一声学长。”

“小倩……公主……你们没对她怎么样吧？”相较于黎倩的安危，何司曼的出现对凌逸来说就没那么重要了。

“我能对她怎么样？启动我们这两个世界连接的运作方式，你不会不知道吧？既然你见到了我，代表肯恩斯的时间已经暂停，她就不可能同时和我出现在这里。”

“你怎么会知道启动连接的方法？”

“在肯恩斯到处都有铁血会的成员。大冒险家也就是萨教授，神出鬼没的行为早就引起我的注意。我派人观察了他一段时间，并将他所有随行的书都暗中复印了一份。当我读到一本关于默林苑的书，看到一个人的名字时，突然发觉自己来到了默林苑。当时的我身为财政大臣的副手，对经济却不甚了解，正好借着默林苑的课程来学习。我上完了所有经济相关的课之后，还和不少教授保持良好的关系，并常常回来和他们讨教。但这几年忙到没时间回来看看，还是因为你的关系，让我不得不来。”

“那你怎么知道我们会回默林苑？而又比公主早一步来？”凌逸对何司曼精通经济的疑问终于解开了，但心中最挂念的还是黎倩。

“我来到这里，是希望和你谈谈肯恩斯的未来。”何司曼并没有回答凌逸的问题，径自讲述此行的目的。“我很欣赏你的经济才华，但由于你的干扰，让我想要和平统一的时间越拖越久。再这样下去，我相信公爵一定会按捺不住，集结军队并发动战争。到那时候，肯恩斯的死伤必定难以估计，而你最在乎的公主也难逃战火的波及。这是你所希望的吗？”何司曼似乎早就看出凌逸对于黎倩的情意。

“黎尔图如此霸道，动不动就想用武力解决问题。在他的统治之下，只怕肯恩斯的人民死伤更多！”

“如非必要，公爵不会轻易言战的。除了上次在天阙城的小规模混战外，他一直赞同我的和平理念。但统一不能遥遥无期，别说肯恩斯的人民等不了，各城邦周围的蛮族正在整合中，恐怕随时会入侵肯恩斯。”何司曼顿了一顿。“凌兄弟，你应该很清楚现在的情势，如果不是天阙城、南帝城和西瓦尔的连手操作，北境市的外汇储备不会那么快就耗尽了。东摩沙现在决定要不要救，都改变不了最后的结果。换句话说，只要你不再干预，这场经济战马上就会结束。北境市的祭司团会说服议会同意统一的方案，柯鲁也无法自绝于四个城邦之外。在不发动战争的前提下，公爵没有必要去伤害自己的家人。公主和国王在这种情况之下，才会是最安全的。”

“嗯……”凌逸顿时觉得语塞。

“最后，我回答你之前的问题。”何司曼察觉到凌逸内心的动摇，从怀中拿出一本书。

“啊！”凌逸张大着嘴。“那是公主的书！怎么会在你手上?”

“铁血会拿不到公主的赤丹珠，但拿本书倒不是件困难的事。”何司曼没有表情地看着凌逸。

“你到底想要怎么样?”凌逸回想起昨晚那两名婢女的神情，应该就是她们趁机偷走黎倩的书。

“我希望你永远都不要再来肯恩斯了。我能拿走公主的书，也能拿到你的《城邦游记》。如果你再来肯恩斯的话，恐怕就再也无法回到默林苑了。袁复把你们的东西从天阙城带到东摩沙时，我刻意没有拿走你的书，就是给你一次机会。另外，说句实话，即使你有心要救北境市和东摩沙，也是做不到的。”

“如果我能做到呢?”凌逸有气无力地说出这句话，像是在掉入万丈深渊前，对敌人挥出的最后一拳。

“我给你三个小时，你先看看图书馆里的数据，再回来找我吧!”何司曼端坐在沙发上，似乎想和凌逸来场论战，让他彻底死了心。

凌逸被他激发出了斗志，内心想着让何司曼知难而退，或许能带来什么转机也说不定。凌逸找出一些关于亚洲金融风暴的书籍和论文，并专注于研究香港政府抵御投机者的方案。

“何司曼，就算没有我，难道公主和伯爵会想不到方法来对付你吗？”凌逸看完资料后，走向何司曼。

“凌兄弟，如果没有你，他们就不会支撑到现在了！”何司曼冷冷地说。

“只凭货币的狙击，就想逼他们就范？”

“当然不是！我们不妨用香港在亚洲金融风暴的例子来讨论一下。”

“好……”被何司曼一语点中刚才所研究的内容，凌逸在气势上不免略逊一筹。

“首先，香港遭受到货币的狙击，国际的投机者卖出港币现货换成美金，并同时放空港币的远期外汇。在后期甚至向银行借出更多的港币来换成美金，让港币承受更大的卖压。投机者打击联系汇率制度，并期望从港币的贬值来获利。接着，放空香港的股票及股票期货，希望借由港币的狙击，造成股市大跌，并在股汇市两边都能获利。”何司曼看着凌逸的双眼。“凌兄弟，香港政府当年怎么应付这场危机呢？”

“面对港币遭到放空，香港政府提高利率，一方面提高持有港币的吸引力来稳住港币，另一方面增加投机者借贷港币的成本。但是此举造成银行间隔夜拆款利率的飙高，让股市呈现恐慌性的卖压。后来，香港政府改变方式，运用大量的美金外汇储备买入港币，和投机者正面对决，稳住港币的汇率，而买入的港币则回到市场用来购买港股。香港股市在政府的进场后持续上涨，投机者在放空港股及期货上产生不小的损失，而又无法在放空港币的部位获利，所以便撤出了狙击香港的行动。最后，香港政府在市场稳定之后，将买入的港股包装后卖出，将资金重新收回来。”

“你说得非常好，让我又重新检视一次我的策略。”何司曼露出浅浅的微笑。

“我不明白你的意思？如果你照这样的方式来狙击北境市，我只要用香港政府的方案就可以击败你了！”凌逸感到困惑不解。

“你再好好想一次你刚刚所讲的内容吧！”

凌逸低头沉思，努力想着每一个可能出错的环节。一阵沉默之后，凌逸突然感到胸口像是被重击了一下，终于明白何司曼自信满满的原因。

“凌兄弟，你不要把经济学当作是一门经世济民的学问，而一直想来肯恩斯干扰我们的世界了，我建议你该好好思考未来你在学术上的发展。此外，我向你保证，只要你不再回来，公主一定不会有生命危险。”何司曼潇洒地离开了。看到凌逸瞠目结舌的模样后，他知道凌逸已经完全被打败了。

凌逸在图书馆里待了好一阵子，一时之间不知道何去何从。他望着墙上的时钟，不知不觉地已经过了中午，快到上课的时间了，凌逸只好拖着沉重的步伐走向半山腰的教室。虽然沿途景色依旧，花儿仍随风为他搔首弄姿，但凌逸实在无心欣赏，内心煎熬着是否要回到肯恩斯。在抵达教室之前，凌逸看到一排教授的研究室，突然心念一转，走向前逐间查看教授的名牌。在角落一间研究室的门上，萨尔森的名字出现在眼前。凌逸吸了一口气，敲了敲研究室的门。

“请进！”房内传来男子浑厚的声音。

“萨老师，您好！打扰您了，我的名字叫凌逸。”凌逸很有礼貌地走进了研究室。

“你就是凌逸！师倩有和我提过你。来！请坐请坐！”萨尔森热情地招呼着凌逸。

凌逸坐下后，把肯恩斯的情形及何司曼出现在默林苑的经过，详尽地说给了萨尔森听，只见萨尔森的表情忽喜忽悲，阴晴不定。

“原来师倩就是公主啊！还有铁血会的掌首原来是何司曼，而不是毕思汉。真没想到他居然来默林苑读过书，难怪我在天阙城见到他的时候，觉得有点面熟。”萨尔森双手交叉，将椅背往后靠，望着天花板发了一阵呆。“那你什么时候要去肯恩斯呢？”

“我实在不知道该不该再去肯恩斯。我来见您的目的，就是希望和您讨论……”凌逸的语气十分沮丧。“对于北境市的困境，我现在是一筹莫展，回去也只是让他们失望罢了！就算我想出了解决的办法，最后恐怕会让黎尔图愤而发动战争，到头来还是害了公主和所有的人。”

“你不应该这样想！”萨尔森斩钉截铁地说。“你应该回去告诉他们何司曼的底细和阴谋。就算你想不出应付的方法，以你对经济的熟悉程度，至少可以给他们一些建议。我个人对经济并不是很懂，但我相信经济学不能解决的环节，也许可以用非经济的手段来解决。我认为以柯鲁伯爵的老练和公主的聪明，一定可以想出破解狙击的方法。”

“嗯，您说得是。”凌逸眼睛一亮，听着萨尔森的话，不停点头。

“至于会不会引发战争，相信他们自己会做通盘的考虑。如果是一场该打的战争，那就要去面对。”萨尔森坚定地看着凌逸。“凌逸！我们现在所处的时代，能享有的自由不也是先人用鲜血换来的吗？如果因为怯战而忍受独裁暴力的统治，所累积的死亡和痛苦恐怕远远超过战争。”

“嗯，我懂了！”凌逸仔细聆听萨尔森的话，越来越明白该怎么做了。

“还有，你不需要把责任都往自己身上扛。或许是你到肯恩斯之后，大家对你太过倚赖，以致于你的压力太大。但别忘了，你的建议都是经过大家讨论和同意，不是你自行决定的。只要你愿意和大家站在一起，做你认为对的事，命运会告诉你最后的答案，而这个答案不管是对或错，我相信公主和伯爵都不会怪你的。”

“萨老师，非常谢谢您！我想通了，我马上去肯恩斯，公主现在应该很着急。如果您可以和我一起回去，那就太好了！”

“我也很想和你一起去。北境市遭受经济上的狙击，罗市长一定十分苦恼，我真的很希望和他共度这个难关。只可惜，当你一启动连接，我们的世界就会暂停运转，我也无法去肯恩斯了！”萨尔森很为罗三武感到担心。“现在他们需要的是你而不是我，你就在我这里启动连接吧！这样等你回来之后，我就可以马上知道结果了。”

“萨老师，我需要跟您多拿几本《城邦游记》和您给公主的书来备用，以免又被铁血会偷走了。”凌逸从萨尔森手中拿了书后，便翻开《城邦游记》，准备前往肯恩斯。

第十回

回访北境市

凌逸离开东摩沙都之后，铁血会的间谍立即前往天阙城，将黎倩的书交到何司曼的手中。而黎倩一面要求管家阿东寻找书的下落，一面带着焦虑不安的心情与柯鲁讨论对策。最后，他们决定采用凌逸离开之前的建议，先以东摩沙都的外汇储备来支持北境市，换取时间拟定下一步行动。然而，结果如同黎倩所预料的，在金融市场开盘后，救援北境市的行动马上就让东币遭受大规模的放空，两地的股市也开始被空头势力所笼罩。

“按照这样的速度，我们的外汇储备很快就会用完了。”东摩沙都的中央银行主席在金融市场收盘后，到会议厅报告。

黎倩和柯鲁以及几个幕僚随即根据现况讨论，但经过一番沙盘推演之后，仍然无计可施。黎倩的心里沮丧万分，也很挂念凌逸。

“伯爵，我想去哈布丽山散散心，晚餐前会回来。”黎倩告别了柯鲁，乘着凤凰前往哈布丽山。

黎倩走过了曾和凌逸坐着讨论经济的一块石头，回想起两人共度的时光。想到他对自己的贴心和付出，不觉地红了眼眶。在抽离了对于何司曼的情感后，黎倩逐渐感受到凌逸的情意，而这份情意似乎在很早之前就已经萌芽了。凌逸一直在她身边的时候，她没能静下心来好好思考两人之间的关系。在分开的这一段时间，黎倩才赫然发觉到内心情感的转变，她很害怕凌逸永远不再回来，很后悔没有将感情表达出来。眼见天色渐渐变黑，黎倩只好往回头的方向走去。

“小倩！”凌逸飞奔似地朝她冲了过来。

黎倩喜出望外，开心地也朝凌逸飞奔而去。两人只是紧紧抱在一起，一句话都没有说，一句话也都不用说了。过了好久好久，凌逸才牵着黎倩的双手，稍稍分开，充满关心的神情望着她的脸庞。

“小倩，这是你之前埋下的信物，我要你答应我一件事。”凌逸从怀中拿出一支凤凰形状的发簪。“我要你永远都和我在一起！”

“嗯……我答应你。”黎倩将脸埋在凌逸的怀中。

黎倩虽然很想和凌逸在哈布丽山多待一会儿，但听到凌逸在默林苑所发生的事，只好赶紧回去将这个情形告诉柯鲁。

“难怪何司曼对经济这么了解。”柯鲁听完凌逸的描述之后，低头沉思了一下。“公主，你对凌兄弟所找到的数据有没有什么看法？”

“凌逸提到香港对抗货币狙击的方式，正是我们所需要的，但是今天听完有关我们外汇储备的报告，我也明白了他的担忧。”

“当初从图书馆找到了有关香港对抗狙击的方案，本来还蛮兴奋的，但是将过程和何司曼推演一遍后，我才发现我漏掉了最重要的关键。”凌逸叹了一口气。“香港能挺过亚洲金融风暴，主要是因为政府有足够的外汇储备，而狙击香港的资金虽然不少，但毕竟只是来自于民间。反观北境市和东摩沙的现况，不仅外汇储备不足，而且狙击行动是来自国家资本加上民间投机的合击。”

“所以你觉得方案本身没有问题，问题是出在外汇储备和资金流向吗？”黎倩眼中闪出一道光芒。

“是的。”凌逸好奇地看着黎倩。“资金流向？你是不是想到了什么方法？”

“外汇储备是短期无法改变的事实，但是我们有没有办法可以改变资金的流向呢？”

“好主意！”柯鲁随即附和。“这次狙击的资金主要是来自天阙城、西瓦尔和南帝城。天阙城和南帝城听命于黎尔图，我们恐怕无法在短期内做出影响，但是如果我们能说服菲霖的话，或许能够化解这场危机。菲霖重利轻义，只要我们让他从中获利，应该就有机会。凌兄弟，你有没有什么想法？”

“我们现在就加强与北境市的合作，将外汇储备买入北圆和东币，先守住汇率，然后运用买入的北圆和东币购买两地的股票。根据香港过去的经验，在资金持续进场的情况下，股市便会上涨，而投机者就会停损出场。”凌逸似乎看见一道曙光，越讲越兴奋。“如果我们把过程和进场的时间点告诉菲霖，让他配合我们买入北圆和东币，并同时做多两地的股票，他绝对能在股汇市大赚一笔，而资金的转向将使天阙城和南帝城产生损失，放弃货币的狙击。”

“听起来可行耶！伯爵，你觉得呢？”黎倩的声音因兴奋而略微颤抖。

“我认为值得一试。虽然菲霖可以靠这样的操作赚到不少钱，不过他也会考虑到得罪黎尔图的代价。老实说，真的很难猜到他会怎么做，我们先和他谈谈再说。”

“我想我有个让他难以拒绝的方法！”黎倩移动了一下她的目光。

“这……”柯鲁顺着黎倩的目光望去，似乎明白了她的计划。“如果不得已的话，也只好如此了！”

菲霖收到黎倩的密会要求之后，立即召集一些商人到他的府邸讨论。经过几番密集的争论，会面的地点敲定在西瓦尔都和北境市的边界。黎倩带着凌逸和柯鲁派出的侍卫前往，在罗三武的批准之下，一行人骑着凤凰和翼手龙越过了有着禁飞令的北境市。在同一时间，罗三武将船舰和精锐部队集结在会面地点的附近。西瓦尔都的人马则是乘坐着包满金属的小恐龙，和天阙城相比，西瓦尔都的金属小恐龙散发着冷冰冰的阴森感。双方在互传讯号之后，相会在边界的荒野之中。

“请菲霖子爵出来说话。”黎倩在身分曝光后，按照传统戴着面纱。从面纱后传出来的声音依然动人，为荒野之地注入一股生气。

“公主殿下，您好。我是子爵的特使，名叫胡晏。”一个肥头大耳的人，向黎倩作了个揖。

“不是说好了，子爵要亲自前来会面的吗?”黎倩的口吻略显不满。

“子爵要我向您赔罪，他授权我来做会谈。”胡晏淡淡地说着。

“你能代表子爵做决定吗?”

“不！我只能决定要不要把您的话转告给子爵。”

“好，很好!”黎倩抑制心中的怒火，盘算着该不该这么快就把底牌掀开来。但如果没有直接和菲霖见面，成功的机会似乎很渺茫，而时间的压力让她没办法考虑太多。“请你转告子爵，我们希望和他合作，一方面尽快结束我们所面临的危机，另一方面也让西瓦尔从中获利。这条手链就代表我的诚意!”黎倩按下了手链上的机关，一颗光彩夺目的赤丹珠完整地出现在眼前，让在场的人个个看得目瞪口呆。

“真是太美了！太美了!”一个长相猥琐、头发稀疏的人，从胡晏的后方走了出来。正当众人诧异地看着这个人的时候，只见他将脸上的人皮面具撕下，露出了一张精明干练的脸孔。

“公主殿下，这是我见过最美的赤丹珠，看得我连脸上的皮都脱了一层下来。”说话的人正是菲霖。

“子爵，许久不见，多谢你肯出来见面。”黎倩面对菲霖的无礼，将不悦之情隐忍不发。

“不敢，不敢！实在很抱歉！我其实是个很怕死的人，罗三武的军队就集结在附近，我很怕这个会谈一旦谈不拢，他会立刻杀过来。不过为了仔细瞧瞧这颗赤丹珠，被砍个一两刀也无所谓。”菲霖大笑着应答。

“只要子爵答应和我们合作，这条手链就是我的见面礼。”

“公主真是够直爽！老实讲，我明白您想要我做什么，而我也很想答应，但是我总不能为了自己的喜好，而不顾我西瓦尔朋友们的想法吧!”

“我知道子爵一向重视朋友，因此，我特别请凌先生提出一项方案，让大家都能受益。”黎倩笑望着身边的凌逸，而菲霖似乎看出了这个笑容的意义。

“哦，原来您身旁这位就是名震肯恩斯的凌大臣啊！”

凌逸有点懒得和菲霖应酬，随便敷衍了他几句，便直接讲述方案的内容。菲霖和胡晏很专心地听着，虽然当中问了几个尖锐的问题，但最后似乎感到很满意。

“听起来还不错！但是我需要几天的时间和我的朋友们谈谈。”菲霖使出拖延战术，试探着能否得到更好的条件。

“子爵，我们的时间有限，明天同一时间在这里见。如果没有办法合作的话，我只好带着手链，直接和黎尔图谈了。明天见了！”黎倩不等菲霖回答，便转身离开。

当天夜晚，菲霖府邸灯火通明，只见西瓦尔都的商人进进出出他的书房。

“胡老板，你看这事该怎么办？”菲霖苦恼地望着胡晏。

“公主的赤丹珠对我们来说，可是个极佳的筹码啊！黎尔图不知道就算了，假使被他知道，未来我们想要什么，他怎么会不乖乖奉上呢？”胡晏看得出菲霖对手链上的赤丹珠很着迷。

“话是没错！而且透过凌逸这小毛头的方案，大家还可以海捞一票。可是，我已经答应了要放空两地的股汇市，如果突然转向操作，恐怕黎尔图那老小子不会放过我们吧！”

“子爵，黎尔图放不放过我们是早晚的问题。等他控制住东摩沙和北境市后，我们就是他的下一个目标。”胡晏的眼珠不停转动，好像有千万个主意出现在他的脑海中。“如果凌逸的方案能够成功，天阙城的经济必然受创，而且我们还可以大赚一笔，敌消我长，黎尔图更不至于轻举妄动。况且，我们可以用我们在其他城邦的机构来操作，只要资金移转不要太明显，就算被黎尔图察觉有异，我们还可以来个抵死不认。”

“只怕他发现之后，不会想这么多，直接攻打我们。”

“如果我们最终不同意统一，攻打我们也是迟早的事。如果统一的话，天阙城一定会干预西瓦尔的运作模式，这是大家所不愿意见到的。在这个时刻，和黎尔图的敌人合作，是维持肯恩斯势力平衡最好的方式。”

“好吧，只好如此……”

“那我再去把大家叫进来，请子爵统筹该怎么行动。”

“唉！我们只要有所行动，一定会让整个局势逆转。这样的话，一定瞒不过何司曼的……黎尔图恐怕会抑制不住怒气……”菲霖起身走来走去，像在自言自语。“不行，我得买个保险。”

“子爵……”胡晏在等待菲霖的指示。

“胡老板！我需要你帮我跑一趟境外。”菲霖走到胡晏的耳边，低声和他做交代。

只见胡晏脸色凝重，又带着几分诧异，对菲霖的吩咐欲言又止。他从没见过菲霖这么严肃地命令他做事，胡晏只好勉强地点了点头，走出书房，将聚集在外面的商人都请了进来。

隔天的同一个时间，双方人马再度会面。菲霖骑着金属小恐龙，亲自带领着队伍，黎倩注意到胡晏并不在其中。

“公主，我们大致上同意你们的方案，不过……”菲霖装出有些为难的模样。“你应该明白我的处境吧！”

“子爵，有话请直说，你还想要什么呢？”

“爽快！爽快！那我就直说了。我希望凌大臣跟我回去住一阵子，这样如果西瓦尔受到天阙城攻击的话，公主才会全力确保我们的安全。”菲霖露出暧昧的笑容。

“这是不可能的！”黎倩脸上泛起微微的红晕，没想到菲霖会提出这种要求。

“您先想一想，我们可以改天再谈。”菲霖笑了一下，确认了之前的臆测，接着转身作势要走。

“等一下！只要子爵答应合作，我愿意跟你走。”凌逸叫住菲霖后，随即和黎倩低声交谈，只见黎倩眉头深锁。

“那好，请公主送上手链之后，我们就开始调度资金吧！”菲霖咧嘴而笑。

“等你将凌逸送回东摩沙的时候，我自然会将手链交给你。”黎倩的语气十分坚定。

“公主！这不是我们当初所讲好的条件。”

“子爵！你要带凌逸走，也不是我们当初所讲好的条件。你放心吧！事成之后，我一定会交给你。”

“好吧！请不要忘了，北境市和东摩沙的命运可是随时掌握在我们的手上。”菲霖命令身旁的人拉出一只金属小恐龙。“凌大臣就跟我走吧！请公主稍晚用通讯器和我联络，告诉我们该怎么做。有凌大臣在西瓦尔，我们应该能配合得更好吧！”

黎倩没有留意菲霖最后所说的场面话，只是忧心忡忡地望着凌逸即将远去的背影。

“如果按照我们的计划，只怕黎尔图会气得攻打西瓦尔，那凌逸就有危险了！”黎倩回到东摩沙，立即冲去找柯鲁。

“如果我们没有趁机重挫天阙城，让黎尔图和菲霖翻脸的话，他们随时都有可能再合作。到时候，我们的经济便会再度被狙击，凌逸的处境也不见得安全。”柯鲁推演着未来的发展。“我相信以黎尔图的军力，是不可能同时对付我们和菲霖的。只要确保菲霖不要和黎尔图站在同一阵线，凌逸就可以安全回来。”

“都是我不好，没有想到菲霖会带走凌逸！”

“公主，别自责了！我们赶快结束这场货币战争吧！等到局势稳定下来，就尽快用手链将凌逸换回来。”

仅仅几天的时间，东摩沙都的外汇储备就已经被消耗了一大半，两地的股汇市也都惨跌。突然在一天的午休时间，肯恩斯全境的交易员都收到消息，指出菲霖和西瓦尔都的商人们反手买进北圆和东币，并大举买入两地的股票。几个重量级的交易员，甚至还收到买入机构的成交数据和该机构的股东结构图。说时迟，那时快，交易员们像抓狂似地奔回工作岗位，急忙连络重要的客户。而西瓦尔都的商人们不顾菲霖的千叮万嘱，不但将手上的资金充分运用，还向银行申请贷款，持续加码投入两地的股汇市。原本被压到喘不过气来的股汇市，突然之间，像是被打了强力激素一般，迅速地弹升起来。反观放空两地的投机者，开始感到恐慌，随着股汇市不停上涨，只好将放空的部位买回停损，而平仓的动作又将股汇指数再度推高。何司曼察觉到走势出现反转，一面加大放空力道，一面焦急地联络菲霖，身旁的黎尔图铁青着脸，望着通讯器闪烁无法接通的灯号，额头上爆出一根根青筋。几天过后，天阙城和南帝城逐渐将放空的部位平仓出场，狙击行动造成这两个城邦的巨额损失。北境市和东摩沙都在金融市场恢复正常后，两地的人民都开心地庆贺。在西瓦尔都，商人们个个笑得合不拢嘴，捧着满手的赤丹珠聚集在菲霖的府邸内，只见菲霖笑着收取商人们的谢礼，但内心却暗暗发愁。

第十一回

怒攻西瓦尔

“思汉，召集所有将领，我要毙了菲霖这个混球！”黎尔图双拳重击在木桌上，桌上的杯子被震得像是在发抖一样。

“公爵，请息怒。天阙城在这场货币战中损失不少，如果再加上战争花费的话，恐怕会对经济造成严重的伤害，威胁我们执政的稳定。”何司曼抢在毕思汉回答之前，阻止黎尔图发动战争。

“我再不展现决心和军力的话，将领们会对我失去信心，而肯恩斯的人民也会小看我。”黎尔图越讲越气。“司曼，和平统一的目标在菲霖的背叛之下，已经不可能实现了。他派来的特使讲的屁理由，只是让我更看清楚这个事实罢了！现在，我要火速攻下西瓦尔，到时我就不信东摩沙和北境市不乖乖投降。”

“但是在出兵西瓦尔的同时，公主可能会要求柯鲁和罗三武攻打天阙城。”

“到时我会让唐容容将南帝城的主力部队调来防守。”

“那么南帝城就会变成另一个被攻击的目标。”

“用一个军事上只剩空壳的城市来换强大的西瓦尔，有什么比这个更好的交易？再说，假使他们真的占领了南帝城，就必须驻军来控制当地的反抗势力，而剩余的军力在短期内必定攻不下天阙城。我趁这个空档攻下西瓦尔之后，随即用三地的精锐部队铲除他们，统一肯恩斯的梦想就可以实现了！”

“除非能快速攻下西瓦尔，这样的结局才会发生，但是以菲霖所拥有的军力来看，这场战争恐怕是场持久战。到那个时候，经济和军事上所造成的损失，会让我们受到极大的威胁。”

“司曼，在经济上，我不如你，但是在军事上，你没有我懂得多。西瓦尔那些散漫的杂牌军，怎么会是我们的对手？还有，你不要忘了，国王可是在我们的手上，只要亮出这张牌，我量公主这小女娃也不敢随意攻入天阙城。司曼，你不用再多说了，我心意已决！”

“如果你要发动战争的话，铁血会是不会配合的！”何司曼坚定地看着黎尔图。

“思汉，你这次就不要用铁血会的身分来帮我，去召开紧急军事会议！就现在！”黎尔图不理会何司曼的威胁。

“是，公爵大人。”毕思汉回应之时，心虚地看了何司曼一眼。何司曼冷冷地望着他，露出轻蔑的神情。

“掌首，我还要忙，各走各路吧！”黎尔图作出送客的姿态。

自从凌逸到达西瓦尔都之后，一直被软禁在菲霖的府邸，而且鲜少与人交谈，只有在菲霖和黎倩联络时，才会被带到菲霖的身边，并有机会知道肯恩斯所发生的事情。某日夜里，原本只有商人进出的府邸，突然来了一群全副武装的队伍，从互不理会的态度来看，每个人都像是独当一面的首领。过了一阵子，凌逸被带到菲霖的书房，书房内十分拥挤，一边站着几个仪容整齐的军人，另一边则坐着一群状似佣兵的人。从他们的言谈之中，凌逸大致明白了西瓦尔都的军力分配。西瓦尔都平时只有基本的守备军队，并没有投入大型战争的常规部队，但为了因应天阙城和蛮族的威胁，从菲霖当权以来，西瓦尔都持续地雇用各式各样的佣兵军团。

在一阵吵杂声中，菲霖走进房里，简单打了个招呼，随即启动通讯器，不一会儿，黎倩、柯鲁和罗三武的影像就出现了。双方都收到了黎尔图即将出兵西瓦尔都的情报，所以这场会议便是在讨论有关军事上的合作。黎倩不愿意肯恩斯展开全面性的战争，并且担忧国王的安危，所以只答应菲霖会派兵佯攻天阙城，来牵制黎尔图的军队，并在西瓦尔都的边境驻军，在有需要的情况之下，才会进入西瓦尔都协防。在会议之中，各个佣兵首领都摆出消极的模样，看得出来他们各怀鬼胎，并不想陷入这场战争的泥淖。菲霖看出了他们内心的想法，在通讯结束后，将凌逸请了出去，继续和这群佣兵会谈。凌逸走了一段路之后，突然远远地听到了笑声和一阵阵支持菲霖的呐喊声。深夜的西瓦尔都特别宁静，凌逸躺在床上，脑海里想的不是战争的输赢，而是黎倩在会议结束前，凝望着他的一双大眼睛，眼神中充满着内疚与不舍。

黎尔图将所掌控的军队一分为二，分为攻打西瓦尔都的攻击部队和留守天阙城的防御部队，而武装薄弱的警备部队则调往南帝城协防。柯鲁看出了黎尔图不顾南帝城的意图，于是联合罗三武，将军队部署在天阙城的边界，做出准备进攻的阵势，黎尔图只好再多留下一些防御部队。在攻击部队方面，黎尔图首先派出毕思汉，率领士兵骑乘武装翼手龙担任前锋，以迅雷不及掩耳的速度抵达西瓦尔都的边境。天空中满是翼手龙，背上绑着螺旋状的武器，透过士兵们的操作，不间断地发射出密密麻麻的钢箭，只是一眨眼的时间，地面上的佣兵军团就血流成河，慌慌张张地退回到西瓦尔都的中心。在西瓦尔都的中心周围，围绕着高低起伏的碉堡，碉堡上架设着许多长型炮筒，每个炮筒都能在瞬间射出巨型的炮弹，而每颗炮弹在飞行一段距离后，就会炸出数十片锐利的水芯片，这对于来自天上的攻击，有着极大的吓阻作用。黎尔图知道这些炮筒的厉害，因此，将边境的佣兵击退之后，便把进攻主力放回地面部队。他将部队重整为三层阵形，第一层为身材高大的士兵，手持巨型盾，用来抵挡炮弹的攻击。第二层为翼手龙部队，躲在巨型盾的后面，在抵达碉堡的前方时，便可利用炮筒的死角，伺机冲上碉堡破坏。第三层为武装小恐龙部队，随时待命攻击或防守。他的盘算是将炮筒破坏之后，翼手龙可以再度升空，加上地面部队的配合，以天上和地面的双重火力来攻下西瓦尔都。碉堡上的军队在黎尔图的部队靠近之时，发射出一颗颗的炮弹，一时之间炮声隆隆，炸出的水芯片被巨型盾挡下，碎片散落一地。在炮弹攻击失效之后，西瓦尔都的部队从碉堡中出来冲撞手持巨型盾的士兵。此时，第三层的小恐龙部队快速地从盾牌后窜出，采用跳跃式的攻击，一下子就让西瓦尔都的部队狼狈地退回碉堡。正当黎尔图自觉胜利在望之际，远方突然扬起一片尘土，只见朦胧中几十个庞然大物冲了过来，一声声的惨叫此起彼落，士兵们东倒西歪地躺在地上呻吟。黎尔图不敢相信自己的眼睛，一只只巨型恐龙从四面八方呼啸而过，坐在恐龙上的是一个个蓬头垢面、奇装异服的人。西瓦尔都的部队眼看机不可失，趁着第一层防护网松动之际，从炮筒中射出数不尽的炮弹，打得黎尔图的军队顿时溃不成军。

是蛮族的部队！黎尔图回过神来，定睛望着眼前的景象。此时，手边的通讯器响了起来，他无意识地按下了传送键，眼前出现了胡晏的影像。

“公爵大人，多多得罪，请见谅！”胡晏向黎尔图连声道歉。

“胡晏，你们居然敢勾结蛮族，这是与肯恩斯的人民为敌，你知道吗？”黎尔图对着胡晏咆哮。

“如果我们不这样做的话，今天西瓦尔恐怕早就被天阙城的军队血洗了吧？”胡晏顿了一顿。“另外，在指责我们的同时，我建议公爵大人应该要关心一下天阙城的边境状况。”

“你这是什么意思？”

“我担心有另一支蛮族的部队，趁着我们开战之际，即将入侵天阙城。”

“你们到底勾结了多少蛮族啊？”黎尔图正要发怒之际，毕思汉走到他的身边，向他证实胡晏所言非虚。“你们想要怎么样？叫菲霖出来和我谈。”

“子爵不想再惹公爵大人生气。日后有机会，他一定会亲自上门赔罪。现在，我们希望与公爵大人和谈，不要再继续打下去了。”

“好，你们先叫蛮族都退回境外，我再和你们谈。”

“那可不成！没了他们，西瓦尔马上就沦陷了！子爵要我转告您，明天天亮以前，如果公爵大人的军队还在西瓦尔境内的话，恐怕我们就无法控制这些蛮族的作为了！”胡晏客气地向黎尔图下了最后通牒。

黎尔图和毕思汉经过一夜的推演，明白再打下去只是两败俱伤，结果就会如同何司曼所言，造成天阙城经济上和军事上的重创。为了避免敌人趁机攻击天阙城，黎尔图只好悻悻然地在天亮前撤回所有部队。

大战方歇，菲霖随即用凌逸向黎倩换来了梦寐以求的赤丹珠。虽然菲霖对于得罪黎尔图不时感到懊悔，但每当把玩着手链上的赤丹珠时，这份担忧马上就被抛到九霄云外。西瓦尔都的商人们在货币战中个个荷包赚得满满的，但在西瓦尔都一战之后，却失去了不少来自天阙城的买卖合同。商人们不断对菲霖施压，希望他尽速和黎尔图重修旧好，恢复他们与天阙城的贸易往来，而菲霖把希望放在何司曼的身上，特别派了一个密使去寻找他。何司曼和黎尔图不欢而散之后，派出云森将所有铁血会的重要成员召集到他的秘密庄园内，何司曼和每一个人单独面谈，测试这些人对他的忠诚度，以防类似毕思汉的事件再度重演。黎尔图在西瓦尔都一战之后，透过毕思汉的协助，继续巩固了在军队中的地位，但少了何司曼的策画，他不禁对未来感到茫然。他不断派人召见何司曼，但次次都碰了个软钉子。最后，黎尔图终于按捺不住，只好拉下脸来，带着长袖善舞的妻子，一同去拜访何司曼。公爵夫人的交际手腕十分高明，不一会便将尴尬的气氛一扫而空。眼看何司曼似乎放下戒心，黎尔图跟妻子使了个眼色，公爵夫人借故先行离去。

“公爵夫人一直都没变，还是一样乐观开朗。”何司曼笑着对黎尔图说。

“天塌下来她都不怕，但我对未来却是很担心啊！”黎尔图话锋一转，忧心忡忡地望着何司曼。“我很懊恼之前没听你的话，以至于现在不知该如何是好。”

“公爵，别这么说，我能体会你的愤怒和沮丧。这期间，我一直在苦思如何和你继续合作，一起将肯恩斯推往统一的方向。”

“那你有没有想出什么办法？”黎尔图精神一振，像是在即将溺毙之际，突然抓到一块浮木。

“办法是有的，但是天阙城近来在经济和军事上都损失不少，需要时间来恢复。所以，这次要请公爵多点耐心。另外，还要请公爵控制住愤怒的情绪，因为我们要成功，还是需要菲霖的帮助。”

“你不怕又被那个混球背叛吗？”

“这一次，我们不用怕他背叛，因为他将会被自己的贪婪给摧毁。”何司曼详尽地和黎尔图讲述他的计划。

“嗯，听起来相当可行，但是这个计划恐怕要花上好几年的时间。”

“没错！是得花上几年的时间，但是，公爵将会以国王的身分等待。我相信这样的等待，对你来说，一点也不漫长。”何司曼补充说明他的计划。

黎尔图听完之后，满意地笑了。

“司曼老朋友，谢谢你跑一趟过来。”菲霖亲自来到西瓦尔都的边境，将何司曼带到他的府邸。

“子爵，你实在太客气了，还大老远跑到边境来接我。”

“哪儿的话，能请到你来，即使要我到天阙城去接你也不成问题，就怕公爵不想见到我罢了！”菲霖刻意提到了黎尔图。

“子爵，我很喜欢来这里欣赏你的建筑和摆饰。”何司曼避谈菲霖想说的话题。

“你如果喜欢的话，我可以帮你在天阙城打造一座类似的府邸。如果公爵也想要的话，我一定尽我所能地做到。”

“那倒不必，有空我多来走走就可以了。”

“司曼，这次请你来，其实是想请你帮个忙。”菲霖见何司曼顾左右而言他，只好直接切入主题。

“请说。”

“我们想跟你和公爵道个歉，因为西瓦尔内有些人没遵守协议，导致天阙城在货币战中遭受损失。不过，西瓦尔在战争中也损失惨重。为了避免双方的损失继续扩大，我们希望能与公爵谈和，不要在经济和贸易上抵制西瓦尔。”

“如果未来能好好合作的话，我是可以不计较之前所发生的事。可是对于公爵来说，这次伤害实在太大了，恐怕不容易平息他心中的怒火，而且蛮族的出现，又让整件事变得更复杂了。你要公爵在这种情况下与你们谈和，似乎对他自己和肯恩斯的人民都交代不过去。”

“我明白，所以我们苦思了很久，也想了很多有诚意的方法。”菲霖摸着额头，露出为难的神情。“首先，对于天阙城和西瓦尔边境的蛮族，由我们负责来拉拢和分化他们，公爵可以派人来监督我们的计划。再来，西瓦尔愿意奉上部分储备的赤丹珠，弥补天阙城在货币战争中的损失。希望这些补偿方案能让公爵平息怒气。”

“赤丹珠是公爵想要的，但是他只要一颗，公主手链上的那一颗。你同意的话，我马上代表公爵答应你的求和。”

“这……不太可能吧！”菲霖得到手链的事，早就众人皆知。虽然他知道何司曼会做此要求，但还是装出惊讶的模样。

“子爵，为了‘那颗赤丹珠’，我们知道你费尽苦心，我可以向你保证，你的辛苦绝对不会白费。”

“不只是我的问题，为了那颗赤丹珠，整个西瓦尔都遭受了极大的损失！”

“或许我没办法估计你们损失了多少，但是我知道有样东西绝对可以让你们赚回更多。”

“什么东西？”

“中央银行的股份。”何司曼顿了一顿，观察了一下菲霖的反应。“我指的是天阙城政府所持有的股份。”

“政府的所有股份？公爵会同意吗？”

“只要你交出手链，他一定会同意的。子爵，两个城邦的经贸正常化，再加上中央银行股份的收益，这对西瓦尔来说，可是很大的利益！”

“这……让我想一想。”菲霖对于这个提议颇感意外，不禁陷入沉思。“除此之外，我还希望天阙城放弃中央银行主席的任命权，主席和理事需由股东投票选出，而所有西瓦尔的股东都要有投票权。”

“这恐怕就让我为难了。”何司曼早就想到菲霖会提出这项要求，但为了和菲霖谈判，只好演场戏。“除非能加上一些条件，否则很难获得天阙城朝野的支持。”

“什么条件？”

“这……我也得想一想。”过了一会儿，何司曼才缓缓地开口。“如果要这样做的话，你必须同意统一天阙城和西瓦尔的货币，也就是都使用天元，而两地只会有一个中央银行。当两个城邦的利益绑在一起，西瓦尔在操作货币政策的时候，才不会伤害到天阙城。另外，统一的货币可以使两地的交易成本更低，促进双方的贸易往来。”

“这点很合理。”

“而且，你们仍然需要定期和天阙城的议会做报告。”

“这也没有问题，只要议会尊重中央银行的独立性，不要随意干预就好了。”

“只要你们的政策是为了经济发展，我相信议员们也不会有什么借口来干预。最后，为了减少股权转移的阻碍和朝野的反对，西瓦尔的股东要将获利的八成上缴给天阙城政府。”

“这太不合理了！现在我们持有中央银行近五成的股份，只有缴交少部分的税款。如果照你所说的方式，扣除天阙城贵族商人们所持有的股份，我们的持股只有八成左右，但是却要缴交大部分的获利，这样我们实际拿到的岂不是比之前还少！”

“子爵，你别开玩笑了！拥有中央银行的主导权之后，你们要赚多少是由你们自己决定。只要对议会有合理的解释，你们可以自由地买进公债，倍数地扩充中央银行的资产，像印钱一般将资金导入市场，引导市场利率下降，降低经商的成本。既然能以倍数扩充资产，获利自然以倍数来计算，即使缴回获利的八成，仍然赚得比以前更多。此外，能主导货币政策，你们不但能享有低利的贷款，还能比别人早一步在金融市场获利。最后，别忘了，中央银行的职责是维护金融秩序，同时还是各个银行的监管及融资机构。这不需要我再明讲了吧？”

“嗯……”菲霖忍不住频频点头，笑得合不拢嘴，听到最后一点时，差点放声大笑。他明白中央银行对于各银行的影响力，作为各银行的监管机构，拥有让银行服从的威势。如此一来，可以确保西瓦尔的商人们在和银行打交道时，能拿到较好的条件。另外，在监管方面，可以采取宽松的方式，以方便他们在金融市场做杠杆操作和钻营漏洞来谋取暴利。“这似乎行得通！但是我有一个疑问，就是当我们买入公债、扩充中央银行资产的同时，天阙城是不是也应该发行天元公债？不然，我们哪有那么多的公债可以买？”

“天阙城正打算大量发债，用来应付近来的种种损失，并且扩大财政支出来维持经济的稳定发展。”

“但是，如果由我们来掌控中央银行，为了避免通货膨胀的发生，我们不会在短时间内买入太多的公债。这种情形一旦发生，公债的标售发行没有相对应的需求，必定造成债券价格下跌和市场利率上升的负面效果。”

“这个不需要担心！肯恩斯各个城邦都拥有不少的天元储备，而最安全的天元投资便是天阙城所发行的公债。在货币战之后，东摩沙和北境市必定会想尽办法来增加天元的储备，以免自身的货币再度遭到狙击。所以，我一点也不担心公债的需求问题。”

“这样下来，天阙城的债务岂不是会越变越多？”

“天阙城发行的公债越多，不是可以让你们有更多的获利来源，又何必担心呢？”

“难道各个城邦不会担心天阙城的债务问题，不购买所发行的公债？甚至放弃以天元作为储备和交易的工具吗？”

“我们这几年来，连手让天元在肯恩斯成为主导性的货币，现在各个城邦不论在贸易报价和结算上都以天元为主，外汇储备也大多是天元，如果不购买天元公债的话，他们的天元要放在哪里才可以兼顾安全、收息和保持流动性呢？如果放弃天元，他们是否能承受卖出天元所造成的负面效果呢？在贸易方面，又该选择用什么货币来交易？会不会造成贸易的衰退和经济的萧条呢？”何司曼一口气问了菲霖几个问题，问得菲霖哑口无言。“子爵，天元就像水一样，人们已经习惯它，离不开它了。如果全世界的水都遭受污染，人们有疑虑，难道我们就不用了吗？马上就能找到其他替代品吗？更何况天元现在还没让人产生疑虑，就算到了那个时候，大家顶多只能边骂边用天元，你说不是吗？”

“这倒也是！”菲霖低头想了一想。“司曼，我想你说服我了！但是我还有一个简单的要求，我希望中央银行买进的标的物不限于公债，这样可以给我们的操作多一些弹性。”

“我不懂你所说的弹性是指什么？”何司曼隐隐觉得菲霖之前的疑问，是在为这项要求做铺陈。

“我们在压低市场利率的时候，除了买进公债之外，有时也需要对于特定的标的物来做刺激，才可以让经济更快速地发展。例如，房地产的发展对于经济来讲很重要，我们可以将银行的房贷证券化，并透过中央银行来买进。这样一来，不但可以压低房贷的利率，还可活络银行的资金和放贷，用房地产来带动经济的成长。所以，我希望中央银行买进的标的物不应该只限于公债，要保持更大的弹性。”

“我想这点没有问题。”何司曼一方面佩服菲霖在短时间内就想到这么多细节，另一方面暗自窃喜菲霖的贪婪程度远超过他的想象。银行房贷的证券化和中央银行的注资，正是吹起房地产泡沫的重要利器，假使再加上宽松的监管和杠杆的操作，菲霖很快就会倒台了。或许菲霖有想到泡沫爆破之后，可以将手上握有的不良资产卖给中央银行，才会提出最后的这项要求。如果是这样的话，菲霖又为自己的未来多挖了个坟墓！何司曼忍不住笑了，而菲霖将这个笑容当做协议的达成，开心地握着何司曼的手。

第十二回

拉拢南帝城

……除了复杂的城市结构之外，南帝城最诡谲的地方，莫过于它的政治局势。南帝城之所以称为南帝城，是因为过去许多肯恩斯的国王都是出身于此的贵族。可惜曾经叱咤风云的家族，由于后人的挥霍和经营不善，几乎都负债累累，唯有唐容容家族一脉，因为务实勤奋和理财严谨，成为南帝城内少数财力雄厚的大家族。由于想要统合各家族，支持南帝城经济的一致性发展，所以，唐容容的父辈积极融资给陷入财困的家族，并藉此操控他们。唐容容虽为女儿身，但巾帼不让须眉，在成为家族的族长后，将家族打理得比过去更好。先人的经营，再加上自身的努力，唐容容顺理成章成为南帝城的城主。近年来，许多家族不思振作，反而食髓知味，伸手向唐容容越借越多。面对日益扩大的融资需求，唐容容逐渐无力招架。为了巩固领导的地位，唐容容只好向天阙城求助。黎尔图公爵一直想借机控制南帝城，眼看机不可失，极力将这件差事揽在身上。几年下来，频繁的往来加上刻意的操弄，唐容容不知不觉坠入情网，成为黎尔图公爵的情妇，而南帝城也自然而然地成为他的禁脔。唐容容个性好强，一生精明干练，却栽在一个情字上头，面对内心的矛盾和挣扎，常年以泪洗面。

拟把疏狂图一醉，对酒当歌，强乐还无味。衣带渐宽终不悔，为伊消得人憔悴！我想这就是唐容容的悲哀吧……

在狙击东摩沙都和北境市的货币战之中，南帝城各家族为了配合天阙城，造成不少的损失，后来虽获得天阙城用债务作为抵减，但在抵减的金额上仍有争议。另外，在西瓦尔都一战的期间，南帝城的精锐部队被唐容容陆续调往天阙城支持，而天阙城只派出武装薄弱的警备部队来防守南帝城，此举更激发南帝城各家族的怒气，各个族长还假装不期而遇地聚集在唐容容的家中，虽然不敢公开向她叫嚣，但不满之情溢于言表。柯鲁抓准这个时机，向各家族释放和平及提供融资的意愿，族长们也很有默契地派出家族成员前往东摩沙都，并邀请黎倩到南帝城来和谈。在黎尔图战败后，天阙城的财政变得更为拮据，对南帝城提供的金援逐渐减少。在这个情况之下，唐容容对于各族长力邀黎倩一事，只好装出视若无睹的模样。虽有南帝城的家族成员在东摩沙都作为筹码，但柯鲁为了防范唐容容对黎倩不利，除了派出武艺高超的侍卫随行，还将重兵部署在南帝城的边界。

“凌逸，谢谢你陪我来，这一趟到南帝城的行程可能会很危险喔！”黎倩在凌逸回到东摩沙都后，不顾众人的目光，开心地整天和他腻在一起。

“我知道很危险，所以才要来保护你啊！”凌逸在了解南帝城的局势之后，还是坚持陪黎倩前往。

“那你要怎么保护我呢？是不是要用美男计迷惑唐容容啊？”黎倩扮了个色迷迷的鬼脸望着凌逸。

“我虽然不敢说是一表人才，但总胜过黎尔图吧！”

“未必！未必！”黎倩一副很认真的样子，惹得凌逸作势要搔她痒，黎倩笑着躲开，但过了一会儿，表情突然变得有点凝重。

“小倩，你怎么了？”

“还好，没事啦！只是听你提到黎尔图，又想到伯爵跟我们讲的一些事情。”

“你是指西瓦尔和天阙城统一货币，还有天阙城将中央银行交给西瓦尔主导这两件事吗？”

“嗯，不知道何司曼又有什么阴谋？”

“我这次一点头绪也没有，真不知道他究竟想做什么?”

“对了，你以前不是说要教我经济学的学派和理论吗? 这一阵子从你身上学到的，好像是遇到什么学什么，如果你可以告诉我经济学派的演变和过去经济的大事件，或许我们可以从中找到答案耶!”

“好主意! 我来想想从哪里开始说起。”凌逸低头沉思了好一会儿。“要讲经济史，我真的不知道自己够不够格，只好以我所认知的来说了。”

“没关系! 你乱讲一通，我也不知道。”黎倩俏皮地吐了吐舌头。

“你放心，我可是个认真的好学生，不会乱讲的!”凌逸看着黎倩顽皮的模样，忍不住笑了一笑。“经济学早期的学派是重商主义，盛行于我们那个世界的十六到十八世纪。在当时，欧洲各国透过在殖民地的掠夺和贸易，累积了不少金银财货，并认为国家强弱的关键是拥有黄金白银的多寡。在这样的时代背景之下，重商主义应运而生。它的主要观点是认为政府应该尽力达到贸易上的出超来累积黄金白银，所以鼓励运用保护主义，像是关税等手段，来促进出口并抑制进口。同时，重商主义将国家间的贸易关系视为零和游戏，也就是说一个国家透过贸易而得利，必定造成另一个国家的损失。”

“这在实际上似乎说不通。肯恩斯自从贸易开始往来频繁之后，各个城邦的经济都因此受益，怎么会是零和游戏呢? 再来，运用出超来累积黄金白银和促进出口，这两个目标好像相互矛盾。在累积越来越多的黄金白银之后，货币供给就会相对应地增加，所以出超国的物价便会随着货币的增加而上涨。在这种情况之下，出超国的商品价格变贵，贸易的竞争条件就变差了，这对出口应该是不利的吧?”

“你说得很对! 但是你记不记得我曾经说过，经济理论往往是因应当时的经济背景而产生的。在十六到十八世纪，殖民主义兴盛，欧洲列强在新大陆殖民和掠夺资源，并以优势的武力做后盾来进行对他们有利的贸易。在这种不对等的关系之下，累积黄金白银的都是欧洲列强，损失的都是殖民地国家。贸易在武力的干涉之下，出超国可以同时累积黄金白银和促进出口。重商主义的观点在当时并不矛盾，但是在十八世纪工业革命以后，大环境的改变促使古典学派活跃了起来，重商主义便开始逐渐没落。”

“哇！终于讲到了之前想听的古典学派！”黎倩开心地拍了拍手。

“没想到你听得这么有兴趣。”

“才不是咧！就是因为太无聊了，而且可能会讲很久，所以我想让气氛热络一点。”

“你真是个鬼灵精！我已经算讲得很棒了。不然，你去默林苑上一堂经济史的课，包准你睡到昏死过去。”

“好啦！好啦！我知道你很棒啦！跟你闹着玩的。古典学派，请继续说。”

“在介绍古典学派之前，我先简单提一下重农主义，这样有助于你理解古典学派的思想起源。重农主义是十八世纪在法国发展出来的，主要的思想是认为国家的财富来自于农业生产，因此注重土地发展和农业劳动力。在运作方面，重农主义主张自由放任，认为政府应该减少干预，让经济以自然的方式来运转。重农主义在法国之所以能够风光一时，原因是对重商主义的反弹。重商主义过度强调累积金银对国家的好处，尤其在法国，为了促进商业来达到目的，订立了许多管制和税则，此举引起民间极大的反弹声浪。在这样的背景环境下，法国就孕育出了崇尚自由放任的重农主义。”

“你之前有跟我说过，你在北境市采取刺激方案的时候，曾经遭遇祭司团的反对，理由是要让经济自然调节到正常的状态，反对以人为的方式来干预。这样看起来，北境市的祭司团应该是重农主义的支持者。”

“不全然正确，因为北境市是以渔业为主，所以他们应该是重渔主义。”

“哈哈，不好笑！我看笑话由我来说，你还是负责讲课吧！”黎倩向凌逸吐了吐舌头。

“我自己越讲越觉得无聊，所以也想活跃一下气氛。既然如此，我就继续讲了，看谁先睡着。”

“应该是我们的侍卫吧！你看，他们都不见了，是不是听到你讲经济史，全部都在路上昏睡了?”

“我还以为是你故意把他们支开，好让我们单独相处!”

“先生，你未免想太多了吧！我是担心有铁血会的奸细混在其中，偷听我们讲话，才叫他们不要跟得太近。”话虽如此，黎倩脸颊还是微微地红了一下。

“好吧！那我就继续讲下去了。”凌逸不想让黎倩尴尬，赶紧言归正传。“古典学派是凯因斯理论出现之前的思想主流，背景是发生在十八世纪的工业革命。工业革命带来到处林立的工厂和大规模的生产，让新兴的资本家逐渐主导经济的运作。我认为从英国孕育出的古典学派，不仅为资本家建构了资本主义的完整体系，也为他们提供了强而有力的理论基础。提到古典学派，一定要介绍三位古典学派的大师，我们也可以从他们的思想来了解古典学派。”

“首先，第一位是亚当斯密，他被称作经济学之父，主要的著作为《国富论》。《国富论》主张政府不应该干预自由市场的运作，因为市场上会有一只看不见的手，来引导市场产出适合的产品和数量。举个例子，如果一项产品缺货，就会造成价格上涨，而利润的增加会吸引更多的生产者加入生产，结果供应的增加会让价格和产出逐渐达到一个平衡点。简单来说，就是透过自由市场所决定的价格，会使资源做最有效的分配，达成社会最大的利益。这种自由放任的思想源自于重农主义，所以在国际贸易方面，亚当斯密也反对重商主义有关累积金银和关税等主张，但是对于重农主义，亚当斯密并不认同它对于农业和土地的过度重视。”凌逸见黎倩听得入神，似乎没有注意到前方蜿蜒的坡道，于是想要伸手搀扶她。

“男女授受不亲喔!”黎倩笑着避到一旁。

“我本来想伸出一只看不见的手来扶你，没想到还是被你看见了。”

“没想到你还可以用经济学来吃女孩子的豆腐！如果亚当斯密复

活的话，一定对你甘拜下风。”

“嗯……”凌逸一时语塞，答不出话来。

“不闹你了！问你一个问题，除了自由市场的主张之外，亚当斯密还有什么观点，是有利于资本家的兴起呢？”

“这个嘛……《国富论》中有提到对于利润追求的正当性。亚当斯密是这么说的，我们的晚餐并不是来自于肉贩、啤酒商和面包师傅的慈悲心，而是出于他们想要获利的自利心。这种对于自身利益的追求，结果会促进整个社会的利益。你可以想象看看，当时的资本家听到了这种论调，是如何的欢欣鼓舞啊！”

“亚当斯密的论述，的确对于资本主义的兴起帮助很大。那另外两位古典学派的大师是谁呢？”

“第二位要提到的是李嘉图，他提出有关贸易的比较利益理论，强调自由贸易的好处。理论的内容说道，即使一个国家在所有生产上都比其他国家更有优势，它仍然可以专注在生产相对擅长的商品，透过和其他国家的贸易，来获取更大的利益。”

“譬如，东摩沙制作一件长袍需要两名人力，铸造一把剑需要三名人力，而南帝城制作一件长袍需要三名人力，铸造一把剑需要七名人力。看起来，东摩沙在长袍和剑的生产上都有绝对的优势，但是如果东摩沙和南帝城运用相对优势，也就是东摩沙用六个人生产两把剑，而南帝城用九个人生产三件长袍，然后东摩沙用一把剑和南帝城换两件长袍。原本东摩沙生产两件长袍和一把剑，需要七名人力，但是透过和南帝城的贸易，用六名人力就可以做到了。反观南帝城，也可以从中受惠，因为原本生产一件长袍和一把剑，需要十名人力，现在只要九名就够了。多出来的人力可以释放出来，从事更多的生产，推升经济的成长，所以李嘉图的理论对贸易的发展很有贡献。”

“除了比较利益理论之外，李嘉图对于工资和所得分配的见解，也是古典学派中很重要的思想。他认为产品的所得主要透过地租、利润和工资分给地主、资本家和工人，利润的高低则取决于工资，如果工资上涨，就会导致利润降低。在工资方面，他认为工人阶级不知节育而多生小孩，就算工资上涨，实质的工资还是会长期处于维持最低生活所需的水平，这就是工资铁律。”

“可能是因为李嘉图的名字和黎尔图听起来很像，让我产生反感，尤其你讲到他的工资和所得分配理论，让我对他的观感又更差，而且觉得好像哪里出了问题。”黎倩忍不住插话。

“的确，他的工资和所得分配理论，后来被共产主义的支持者攻击和利用。第一个争议点是，如果总所得没有增长的话，而所得在三个阶级之中做分配，当一个阶级的收益提升时，必定造成另外一个或两个阶级的损失，所以被解读为阶级间对立和斗争的需要。再来，工人被描述成悲惨而且难以翻身的一群人，这使得工人阶级更令人同情，也更容易被煽动。接下来，跟你介绍第三位古典学派的经济学家，他的名字叫马尔萨斯。听完他的理论之后，你将会更明白共产主义兴起的背景。马尔萨斯以人口论而闻名，他认为人口的增长速度会超越食物的供应，只有饥荒、战争、禁欲和犯罪等手段可以抑制人口的增长，才不至于让食物供不应求，而他个人是倾向以禁欲和道德的方式来控制人口的增长。”

“好悲观的看法喔！他似乎没有把生产技术的进步考虑进去，才会得出这种结论。”

“是啊！以我们现在的观点来看，就会觉得他的想法很不对。”

“这种悲观的预测，难道不会让人担忧古典学派的论点和资本主义的发展吗?”

“古典经济学发展到这里，已经存在许多理论上的漏洞，再加上马尔萨斯的悲观言论，确实让人对于资本主义的发展感到忧心。共产主义的精神导师马克思，就在这个时候写出了著名的《资本论》。《资本论》提到资本家最关心的就是利润的极大化，而要提高利润就需要压低劳工的成本，所以即使产品的价值远超过工资，资本家却只付给工人足以存活的工资水平，马克思将产品价值超出工资的部分，称做剩余价值，并认为是资本家对于工人阶级的剥削。马克思对于古典经济学没有解释清楚的分配问题，或者有利于资本家的看法，提出深刻的批判。可以想见，他的说法激化了工人阶级反抗资本家的情绪，再加上他认为阶级斗争是人类历史发展的推动力量，而共产社会就是最终的目的地，这造就了共产主义在十九世纪末到二十世纪初的蓬勃发展，许多国家发生了革命，并成为共产国家。”

“所以这样说来，这段时期应该是古典经济学失宠的年代啰！”

“没错！古典经济学假设充分就业，所有供给都有相对应的需求，所以没有失业或生产过剩的情形。价格和产出透过看不见的手来决定均衡的水平，所以古典学派着重在如何分配，而不是解决供需失衡的问题。在货币方面，古典学派认为货币具有中立性，是遮盖在实体经济上的一层面纱，对实体经济没有实质的影响，也就是说，货币的增加或减少，长期来讲，只会造成物价相对应的上涨或降低，并不影响到实质的产出。在认为货币政策无效，又不相信干预市场的财政政策，面对当时经济萧条和共产主义兴盛的情况下，你可以想象，古典学派的经济学家是多么无助啊！”

“我现在也觉得很无助！听经济史听得很累，又不得不听下去。”黎倩嘟着嘴，揉着眼睛。

“没想到我的功力这么高深，让你产生无助感。这样看来，如果有机会在黎尔图的军队前演讲，我应该可以让他们意志消沉，士气低落。”

“搞不好还会集体咬舌自尽，那我们就不费吹灰之力，摧毁掉他的大军！”黎倩开心地拍着手。

“那我就讲到你咬舌为止！”凌逸假装瞪了一下黎倩。“之前提到的马尔萨斯，除了人口论之外，他还曾经提出过生产过剩和需求短缺的状况，但是在赛伊法则盛行的年代，他的这项观点并不受到重视。直到 20 世纪 30 年代发生美国经济大萧条，凯因斯的理论兴起，才使得经济学家认同他的论点。”

“经济萧条到底是怎么产生的呢？”

“经济萧条是由很多不同原因所引发的，而且不容易事先预防。

在经济情况不好的时候，古典学派主张透过价格的自动调节来解决供需失衡，但是凯因斯则认为价格有僵固性，短时间内不会自由调整，也就是说需求不足的情形是会存在的。所以，如果商品价格没有因应需求下降而马上调整，商品就会滞销，企业的获利便会衰退，公司开始裁员，致使失业人口增加，进一步又让消费需求下降，形成恶性循环。除此之外，需求不足的情形，也和流动性偏好有关。流动性偏好是指人们倾向持有货币的偏好，当景气不好的时候，人们会持有较多的货币而不愿意投资。30 年代的美国就面临投资和消费需求不足的情形，衰退持续了很长的一段时间，所以凯因斯就主张用政府的支出来拉动总需求。在经历罗斯福的新政和第二次世界大战，美国政府的支出逐渐扩大，失业率随着降低了下来，经济的复苏证明了凯因斯的理论。之后，经济学把研究如何稳定失业和价格的问题，归类为总体经济学，而把古典经济学中讨论竞争和分配的部分，归类为个体经济学。”

“哇！我们已经到南帝城了耶！”黎倩突然大叫一声。

“真的吗？”凌逸看到前方只是布满着巨型的碗状物，但丝毫没有一座城市的影子。“你不是又在活跃气氛了吧？这里哪有什么城市，连个人影都没有！”

“真的啦！我没有骗你。之前忘了告诉你，南帝城是个地下城市。你看，入口就在那儿！”黎倩指着右前方的一个洞口。

此时，侍卫们不知从哪里跑了出来，逐渐聚集到两人身边。

“公主殿下，欢迎来到南帝城！我是列登家族的族长，龙源。我身边是南帝城一些家族的族长。”一个又高又瘦的男子领着一群人，从洞口中走了出来。只见这群人个个身穿剪裁时尚的长袍，谈吐间带着些许的傲气，一点都不像需要金援的样子。

“龙族长，幸会。好久没有来到南帝城了，烦请你们带路。”黎倩客气地和每个人寒暄，并介绍了身旁的凌逸。族长们好奇地打量着凌逸，似乎更想了解这个改变肯恩斯的年轻人。

龙源带领众人走入南帝城，一座规模庞大的地下之城。城内光线明亮，透过地表上的巨型碗状物，将光与热均匀地分布在每个角落。奇花异草，绿意盎然，穿插着素白色的蝴蝶翩翩飞舞，宛如人间仙境一般。每片绿地的缝隙间埋着细长的轨道，运送着状似玻璃制成的交通工具。一行人搭上了造型特殊的玻璃车，慢慢地朝着城市的中央前进。凌逸一面欣赏沿途的景物，一面回答族长们的问题。南帝城的生活步调看起来十分缓慢，让凌逸近来紧绷的心情稍稍获得舒缓。玻璃车越靠近城市的中心，地势越显低洼，而建筑物的造型就越细致。玻璃车在指引之下，开进了一栋圆形建筑之中。龙源向族长们使了个眼色，示意他们不需要跟进，并取得黎倩的同意，将侍卫留在大厅之内，随即将黎倩和凌逸带到了一间隐密的会议室。会议室内的空间相当狭小，仅能容纳四、五个人而已，但看得出来隔音效果良好，置身在房内，有种与世隔绝的感觉。

“公主殿下，请您稍坐。”龙源在他们坐定之后，便急着退出会议室。

“龙族长，你不是要代表南帝城来和我会谈的吗?”黎倩对龙源的举动有点诧异。

“有一位族长想代表我们来谈，请稍等一下。”龙源走出门后，将门紧紧地关上。

“小倩，会不会有诈?”凌逸对龙源的行径有点担忧。

“应该不会吧！南帝城各个家族的重要成员都在东摩沙，我想他们不敢怎么样的。”

突然间，一阵机关声传了出来，只见一面墙朝两边分开，从墙中走进了一个身穿斗篷的人。

“唐容容!”黎倩惊讶地望着脱下斗篷的女子。

“公主殿下，好久不见了！从前叫你师倩小妹子，现在改口真有点不习惯。”唐容容穿着紧身连身裙，脱下斗篷后，显露出丰腴的身材。“这位想必就是凌逸小兄弟吧!”唐容容媚眼如丝，虽然已届中年，却有着让人想多看几眼的魅力。她缓缓坐下，客气地招呼着面有疑虑的两个人。

“唐城主用这种迂回的方式来见我们，不怕黎尔图知道了会不高兴吗?”黎倩试探地问。

“低调一点总比敲锣打鼓好得多吧!”唐容容不冷不热地笑着。“南帝城的各个家族在最需要我的时候，如果我还置身事外的话，以后恐怕没有人会听我的话。到那个时候，公爵对我的态度，应该不是用高不高兴来形容吧!”

“容容姐，从前我都是这么叫你的……”黎倩不由地有点感伤。“你是这么能干、这么贴心的好女人，为什么要帮着黎尔图对付我的父王呢？父王对你就像对亲生妹妹一样照顾……你知道父王现在过得还好吗?”黎倩越讲越伤心，把近来思念国王的情感，化成眼泪释放了出来。

“小妹……公主，我真的很抱歉！我最近有到天阙城探望过国王，他的身体比较差一点，但是有专人照料，一切都还好，你不用担心。”唐容容愧疚地低下了头。“对不起，我真的被感情冲昏了头，我很挣扎，很想逃脱出来，但真的很难很难……”

“你有这么多的追求者，为什么偏偏要选个有妇之夫呢?”

“在感情的世界里，我没那么能干和坚强，一再地上演着失望和被欺骗的戏码。在空虚之中，只有公爵能给我一种不安定的稳定吧。”

突然间，房内的空气像被抽干一样，被一阵又一阵的寂静所取代。两个女人相对无言，只是泪眼婆娑地低头沉思，各自想着自己的心事。凌逸在这个诡异的气氛之中，感到有点尴尬，想要说些什么，却欲言又止。

“唐城主，我们送来的方案，请问你看过了吗?”凌逸终于打破沉默，直接与唐容容对话。

“我看过了，没有什么问题，就照这样办吧!”唐容容收起悲伤的情绪，瞬间变成一个果断的女人。

“这对南帝城来说，会是一个很好的合作计划。”凌逸对于唐容容爽快的响应，有种不踏实的感觉。“除了由东摩沙和北境市直接提供贷款之外，双方的重点机构还可以相互换股，当这些南帝城的机构在发债时，等于有了我们的隐含保证，可以大幅降低发债的成本，也让各个家族有多点时间来改善财务状况。"

"小兄弟只会讲漂亮的一面。向南帝城提供贷款，是要拉拢我们。换股发债的隐含保证，也是让天阙城有所顾忌的隐含保证。因为当天阙城攻打你们的时候，战争的伤害便会转移到各家族的股份之上。"唐容容咄咄逼人的语气，和见面时的模样判若两人。"小兄弟，刚刚应该见好就收，再讲下去，我恐怕会改变心意。"

"容容姐，我相信这些细节你都很清楚，凌逸只是再阐述一次方案的好处，没有别的意思。"黎倩了解唐容容的个性，及时打了个圆场。

"小兄弟，公主相当袒护你，你可要好好珍惜！"唐容容似笑非笑地望着两个人，望到他们都觉得不好意思。"公主，你先休息一下，今天应该很累了吧！稍晚，龙源会为你安排一桌酒席，但恕我不能参加。"

"容容姐，关于合作方案……"

"你放心，就这么说定了！为了沉重的债务，南帝城必须保持中立才能符合各个家族的利益。"唐容容对黎倩笑了一笑。"唉！也许肯恩斯的混乱才是解决我情感上混乱的答案。"唐容容喃喃自语地走向墙中的密道，消失在黎倩和凌逸的眼前。

龙源代表唐容容将方案送交各家族签字，并宴请各族长与黎倩一行人。晚宴过后，黎倩在侍卫的保护之下，带着凌逸来到一条小河旁边，河边停靠着几艘细细长长的小船，船主们坐在船上，在冷清的街道旁等待生意上门。

"你会划船吗？"黎倩带着凌逸走向小船，并示意侍卫们在岸边等候。

"当然会啊！但要我划回东摩沙的话，我可没办法。"

"我才不会这么残忍呢！我只是好久没来到这里，想要坐着小船，划到河中央，享受一下城中悠闲的气氛。"

凌逸从一位船主手中接过船桨，划着小船，载着黎倩，欣赏河岸旁充满艺术气息的建筑。城市上方的巨型碗状物随着夜晚的到来，也将光线逐渐调暗，最后只剩下小小的光点。乍看之下，像是繁星布满了天空，这样的氛围为夜晚更增添了几许浪漫。黎倩静静地看着凌逸划船，沉浸在宁静的甜蜜之中。

“嘻嘻!”黎倩突然噗哧一笑。

“怎么了？我划船的样子很怪吗?”凌逸笑着。

“不是啦！我刚刚想到今天你和唐容容的互动，就觉得很好笑。”

“唉！没想到我的翩翩风采，居然不对她的口味!”凌逸装得一副很苦恼的样子。

“哈哈!”黎倩笑得弯下了腰。

“有这么好笑吗?”

“超级好笑的!”黎倩擦拭着笑到流出来的眼泪。“这应该是你来到肯恩斯之后，最大的挫败。虽然你这次来，没帮到我什么忙，但是你船划得真不错，还是要赞赏你一下。”

“你还真会安慰人!”

“好啦！别难过了。我们这次来，可是有很大的收获喔！唐容容愿意让南帝城保持中立，这可是大大削弱了天阙城的战力，我相信肯恩斯短期内不会再有战争了!”

“只可惜我们还没想出何司曼的阴谋!”

“虽然我很不愿意在小船上听经济史，但是现在没有人在我们的身边，似乎是个很好讨论的时机。”黎倩露出无奈的神情。

“说得也是，我们就继续从凯因斯讲起吧!”凌逸明白黎倩心中对于国王和肯恩斯的担忧。“凯因斯的理论在第二次世界大战之后，主导了经济学界二、三十年的时间，才逐渐没落。没落的原因是因为工资逐渐提高，以及石油输出国组织引发油价大涨，造成严重的通货膨胀，进而形成经济成长停滞和失业率高涨的局面，但是凯因斯的理论之中，却没有提到如何处理这种停滞性通货膨胀的答案。”

“我在默林苑的研讨会上，有听过经济的产出和物价水平是由总供给和总需求所决定的。在总需求不变的情况下，总供给的增加，会让产出增加和物价下跌。总供给减少，则造成相反的结果。如果是总供给不变的情况下，总需求的增加，会让产出增加和物价上涨。总需求减少，就会让产出减少和物价下跌。既然凯因斯强调在总需求方面的管理，为什么在面对通货膨胀的时候，不能引导总需求减少来抑制物价呢？"

"你问得很好！当总供给的线形是正斜率，而总需求是负斜率时，就会产生你所说的情形。凯因斯理论的兴盛是经济大萧条时的产物，透过政府的介入，提高总需求来对抗失业和通货紧缩，而政府在提高总需求的做法上，主要是运用扩大财政支出和减税。逻辑上来讲，当通膨发生的时候，可以按照你所说的，减少总需求来抑制物价，所以政府用的方法就是减少财政支出和加税。但是你想一想，这样的做法有没有什么问题？"

"嗯……"黎倩沉吟了一下。"当通膨很严重的时候，如果政府想要缩减支出和加税的话，规模也要很大才行。你的意思是不是说凯因斯的理论在处理通膨时，会遭受到很大的阻力。"

"没错！扩大财政支出和减税是很容易推行的，但是政府要缩减支出和向人民加税的时候，在政治操作上，是很难做到的。还有，在凯因斯学派兴起的年代，没有遭遇过高通膨的问题，自然也没有讨论到处理的方法。"

"那在这场危机之中，是不是又产生了一个新的学派？"

"是的，接下来就为你介绍货币学派。货币学派的代表人物是傅利曼，他认为货币供给对于经济和物价有绝对的影响力。短期来说，货币的供给会影响产出与就业水平，但长期来说，只会影响到物价水平。另外，傅利曼主张货币供给要保持一定的速度，让人们对通货膨胀有所预期。在停滞型通货膨胀发生之前，傅利曼的说法便一直在挑战凯因斯的论点，他甚至认为经济大萧条发生的原因，是由于货币供给在之前几年减少 1/3 所致，而不是总需求的不足。还有，傅利曼和凯因斯最大的不同就是，他反对政府对于经济的过度干预和管制。”

“所以傅利曼认为对抗高通膨的方法，就是透过货币供给的控制来达成啰!”

“是的，而且这个方法在当时也是政治阻力最小的一个选择。英国在 1980 年采取货币学派的主张并获得成功之后，货币学派逐渐受到各国的重视，进而取代了凯因斯学派的地位。所以从那个时候开始，各国掌管货币供给的中央银行，在经济上就扮演了非常重要的角色。”

“嗯……”黎倩低着头沉思了好一会儿。“我觉得你已经快要讲到何司曼想做的事了！在货币学派取得主导的地位之后，接下来有没有发生过什么经济危机呢?”

“我想想……主要有美国股灾、亚洲金融风暴、因特网泡沫，还有……”凌逸突然像被电击了一下，双眼圆睁。

“还有……还有什么?”黎倩看着凌逸的神情，知道他已经找到答案了。

“2008 年的金融海啸……”

第十三回

弃逃西瓦尔

……西瓦尔都，早期是一块位于肯恩斯王国和蛮族间的荒芜之地，在一群胆大且精明的商人经营下，逐渐成为贸易的集散地。蛮族透过商人取得日常用品，而商人则从蛮族手里换得赤丹珠。随着贸易的畅旺，越来越多的商人聚集至此，将这个地方发展为颇具规模的大城市。为了应付日趋复杂的商业活动和管理事务，商人们建立了一个庞大的商会组织，称作西瓦尔商会。商会的主席除了打理自己的生意之外，还要肩负治理城市的责任，所以在这座城市之中，商会就等同于政府。长期以来，历任的肯恩斯国王大多觊觎这座城市的繁荣和收益，屡屡想将它纳入自己的版图之中，但都遭到商会的回绝。之后，由于蛮族的所在地逐渐缺乏赤丹珠，蛮族在得不到日常用品的情况下，开始抢夺商人的财货，而商会所雇用的佣兵又无力招架，这才迫使商会同意国王的统治，以换取肯恩斯王国的保护。国王用商会的名称，将此城市命名为西瓦尔都，并让商会主席的当选人拥有子爵的爵位。西瓦尔都在并入肯恩斯王国之后，每一任的商会主席皆致力于发展经济，到了菲霖子爵掌权时，西瓦尔都已经成为天阙城之外，最富庶的城市。

菲霖子爵，一个谜一般的人物，突然出现在西瓦尔都，凭借着雄厚的财力和高明的交际手腕，在商会中迅速窜起。有人说他的生母来自蛮族，也有人说他是蛮族派来的间谍，但他担任商会主席之后，率众对肯恩斯王国抗税，并雇用了火力强大的佣兵军团，城里的居民开始心生畏惧，关于他的各种传言因此渐渐消失在街头巷尾之中。在西瓦尔都独立之后，菲霖子爵更醉心于累积自身的财富。他和一群效忠他的商人成天只想着发财，鲜少在意城里居民的需要。

顺风激靡草，富贵者称贤，文籍虽满腹，不如一囊钱。让人感叹的，这就是菲霖子爵所营造出来的风气啊……

“金融海啸……”柯鲁来回踱步，一方面为南帝城的成果感到欣慰，一方面为凌逸提到的危机感到忧心。

“这场金融危机曾经发生在凌逸的世界里，一个叫做美国的国家。凌逸，请你向伯爵说明这件事的起因。”黎倩在凌逸猜到何司曼的阴谋后，就火速地将一行人带回东摩沙都。

“金融海啸发生的主因是由于长期的低利率政策，促使房地产长时间的上涨，还有房贷管制的宽松，也助长了房地产的泡沫，最后再加上金融监管的不足，导致金融机构不当的投资、包装证券和高度杠杆化。当房地产价格开始下跌，意味着民众开始蒙受损失，许多金融机构也因为过度持有房地产的投资，产生了巨额亏损，甚至面临倒闭。金融海啸发生的时候，金融机构减少放款，彼此之间也不愿往来交易，资金的流动几至停顿，金融体系产生了流动性和信贷的危机。”

“低利率和宽松的监管，这很符合菲霖掌控中央银行的风格。”柯鲁抬起头来边说边想。

“低利率让买房子的成本降低，导致房价上涨，这个我懂，但是房贷管制宽松这一点，可以再多说明一下吗?”黎倩好奇地问着凌逸。

“金融海啸是由次级房贷危机所引发的。所谓次级房贷，是指对信用较差或还款能力不符合一般标准的人所提供的贷款，虽然这类房贷违约率较高，但是银行因此可以收取较高的利息，赚取更多的利润。在危机发生之前，政府的管制不严格，让贷款人买房只需要极少的头期款，而银行方面也很积极放款，甚至有些机构还会帮贷款人伪造文件来取得房贷。房地产不断上涨的荣景，让所有人都忽略了风险，买房的人不怕缴不出房贷，因为认为随时可以将房子获利卖出，银行也不怕产生坏账。”

“我还有一个问题。”黎倩举起手来，像小学生一样发问。

“请说。”凌逸笑了一笑。

“房地产的上涨应该会带动经济成长和推升通货膨胀，难道当时的中央银行没有提高利率来应对吗？”

“有的，当时的联准会，也就是美国的中央银行，的确有因此而升息。”

“那在升息的期间，就算其他人没有注意到危机即将发生，难道政府和银行也都没有警觉性吗？”

“当时的经济思想以货币学派为主流，而货币学派的主张就是降低政府对经济的干预，既然联准会已经采取升息的手段，政府也就不插手了。至于银行方面，由于升息之后，房地产仍然继续上涨，再加上房贷证券化的盛行，源源不绝的资金活水涌向银行，不断攀升的获利，淡化了银行的风险意识。”

“房贷证券化？请凌兄弟解释一下这个名词。”柯鲁提出疑问。

“房贷证券化是指银行将房贷卖给其他金融机构，而金融机构用这些房贷作为担保，发行不动产抵押债券卖给投资人。透过房贷证券化的过程，银行将债权转换为现金，然后又可以继续承作新的房贷。”凌逸停了一下，确认自己的回答是否清楚。“小倩刚刚有提到，中央银行可以提高利率来抑制房地产的上涨。在美国，联准会主要透过调整短期利率，也就是银行间的隔夜拆款利率，来因应经济的变化，但房贷利率却是长达十五年或三十年的长天期利率。一般来说，当联准会升息的时候，会引导中长期利率的上升，可是房贷证券化带来源源不绝的现金活水，不仅推高了房地产的价格，也浇熄了长天期利率的上升动力。”

“所以说，房贷证券化的过程，让金融体系产生了更多的负债，因此发生危机？”

“没错！而且在房地产价格越涨越高的期间，次级房贷在整体房贷的比率成长得更快。当房地产价格下跌的时候，次级房贷的违约率快速提升，所以用次级房贷作为抵押的投资，都蒙受了极大的损失。”

“你之前提到金融机构产生巨额亏损，甚至面临倒闭，是不是因为投资了与次级房贷相关的金融商品呢?”黎倩抢在柯鲁之前发问。

“不只是次级房贷，还有其他房贷和贷款等证券化的投资，其中让金融机构损失相当惨重的，就是 CDO，也就是债务担保证券，以及 CDS，也就是信用违约掉期。债务担保证券是一种结构化的资产抵押证券，在金融海啸之前，许多债务担保证券以次级房贷抵押债券作为标的物，透过结构化之后，按照不同的信用等级来发行，这等于将已经证券化的商品再次证券化。”

“好复杂喔！可以举个例子解释一下吗?”

“没问题！比方说，有三个投资者向发行机构买了总共 1000 元的债务担保证券，而操作债务担保证券的经理人就拿这 1000 元去投资次级房贷抵押债券。我们假设次级房贷抵押债券的年息为 8%，所以经理人就会拿到年配息 80 元。刚刚提到债务担保证券会按不同的等级来发行，我们假设第一个投资者买了 500 元的高评等信用债券，年息为 6%，第二个投资者买了 400 元的中评等信用债券，年息为 7%，而第三个投资者买了 100 元的权益性证券。权益性证券在债务担保证券的结构中是等级最低的，而风险和潜在报酬是最高的。当这个结构产生盈余或亏损的时候，都由权益性证券来做吸收。在这个例子之中，如果次级房贷没有发生违约的情形，而且先不考虑经理人的管理费，那么将经理人从次级房贷抵押债券所拿到的 80 元配息分给投资者。第一个投资者会拿到年配息 30 元，第二个投资者拿到年配息 28 元，剩下的 22 元就属于第三个投资者。”

“22 元除以 100 元。哇！那年息不就等于 22% 吗?”

“没错，但是当次级房贷违约率到达 20% 的时候，次级房贷抵押债券的年配息就只剩 64 元。这时，高评等信用债券和中评等信用债券仍然会正常配息，可是，权益性证券的年息就只剩下 6%。如果违约率再继续升高的话，不仅权益性证券可能不配息，就连较高评等的债券也会受到影响。另外，由于违约情况严重，次级房贷抵押债券的价格必然大跌，我们假设原本1000元的价值跌到只剩600元。当债务担保证券到期的时候，第一个投资者还可拿回本金500元，第二个投资者只能拿回100元，而第三个投资者就血本无归了！”

“没想到原本高报酬的投资会跌到什么都没有！那信用违约掉期又是什么呢？”

“信用违约掉期是卖家向买家提供的一种保险。当买家持有债券又担心债券发行者违约，或者买家出于投机的需要，都可以向卖家购买信用违约掉期。如果债券的发行者违约，卖家就要支付买家的损失，这等于买家将违约风险转移到卖家的身上。当时的金融机构为了提高获利，过度地卖出信用违约掉期，在金融海啸发生的时候，越来越多的债券发行者出现了违约的情形，信用违约掉期的卖家因此产生了巨额损失，甚至无力向买家赔偿。”

“所以，何司曼让菲霖掌管中央银行，就是想要看到这种结果吗？可是这样的话，不仅西瓦尔会损失惨重，天阙城的经济应该也会受害。”柯鲁感到有点疑惑。

“伯爵说得没错。在我的世界之中，美国和天阙城一样，在经济上握有主导的地位。美国正在经历金融海啸的时候，全世界的经济也同样受到海啸的袭击。当时的美国，除了推行量化宽松的货币政策之外，还实施扩张性的财政政策，并接管了许多金融机构，但在一段时间的调整过后，经济很快就恢复增长了。”

“凌兄弟的意思是说，当何司曼掀起金融风暴的时候，肯恩斯的各个城邦都将受害，而他将借此机会接管西瓦尔的各大机构，进而掌控西瓦尔。在此之后，他并不需要花太长的时间，就能让天阙城的经济恢复成长。”

“我猜是这样没错。让菲霖管理中央银行，采取降息和宽松的货币政策让房地产上涨，再大力推动房贷的证券化，在宽松的金融监管之下，透过衍生性金融商品的发行，鼓励金融机构追求高风险和杠杆操作，催化房地产泡沫的爆破。接下来，金融机构便会开始出现违约和倒闭的浪潮，结果将导致金融机构的资本缩减，无力对企业和个人进行放款，而金融机构之间，也会害怕对方违约或倒闭，以致于不敢借贷和往来，所有的信贷市场终将停滞。如此一来，将会有更多的企业和个人宣告破产，金融机构又会有更多的坏账，导致资本更进一步地缩减，经济将掉入恶性循环之中，结果可以用经济崩溃来形容。”凌逸这席惊心动魄的描述，让黎倩和柯鲁听得面面相觑。

“那我们得赶快想办法阻止何司曼！”黎倩急着说。

“不！”柯鲁一瞬间又恢复了冷静。“就让它发生吧！”

“为什么？”凌逸和黎倩几乎不敢相信自己的耳朵，异口同声地问着。

“这是天阙城想要控制西瓦尔的阴谋，但也是我们可以将西瓦尔拉拢过来的大好机会。如果我们可以在这段期间保存经济实力，到了金融风暴发生的时候，用更好的条件来吸引西瓦尔的合作，那么我们就掌握了三个城邦。在南帝城保持中立的情况之下，要拿下天阙城，就不是一件难事了！”柯鲁眼中闪烁着胜利的光芒。

“可是……可是整个肯恩斯都将遭受到严重的经济损失！”凌逸对柯鲁的好感不觉地改观了。“小倩，你觉得呢？”

“我可能需要好好地想一想，但是我真的很想赶快结束这一切，赶快救出父王……”黎倩说着说着，眼眶微微泛红。

“如果这次我们阻止了他们，何司曼一定还会再想其他办法，而黎尔图也有可能像上次一样，再度发动战争。”柯鲁努力说服凌逸和黎倩。“这次我们推测出他们的意图，并可以借机改变肯恩斯的未来，但如果我们阻止了他们的话，那么凌兄弟下一次还有把握猜出他们的阴谋吗？”

凌逸摇了摇头，不觉地叹了一口气。

虽然，柯鲁最终说服了凌逸和黎倩，但是，凌逸实在不愿意眼睁睁地看着灾难发生，尤其是一场可以避免的风暴。凌逸决定回到学校，研读有关金融海啸的应对策略。除了有时难耐相思之情而回到东摩沙都之外，凌逸大部分的时间都与黎倩在默林苑相会。

黎尔图在何司曼拿到手链后，随即登基为王，而菲霖则主导了中央银行的投票，顺利当上主席。之后的发展，正如凌逸所预料的，菲霖实施宽松的货币政策，并推动各种贷款的证券化，尤其以不动产抵押债券为主。在这段期间，何司曼一方面劝说持有中央银行股份的天阙城贵族支持菲霖的决策，一方面运用铁血会的各个机构推波助澜，将房地产的泡沫吹得更大。一些和铁血会友好的金融机构，不约而同地创造出了债务担保证券和信用违约掉期等金融商品。随着房地产市场日趋热络，不动产抵押债券的发行量屡创新高，各种创新的金融商品也开始交易频繁。铁血会在何司曼的命令下，掏出所有的身家来投资房地产和相关证券，而且总是能够在中央银行的决策宣布之前，看准进出市场的时机来获利，因此累积了庞大的财富。经过一段长时间的操作，铁血会逐渐减持手中的房地产和高风险的投资，房地产的价格因而下跌。一开始，没什么人注意到这个现象，长时间的荣景让人觉得房价只是暂时性的调整，很快又会恢复涨势，但随着下跌的趋势越来越明显，不动产抵押债券和债务担保证券的价格开始大跌，过度持有房地产投资的金融机构，发生了资金调度上的困难。房地产买卖的成交量骤减，房贷的违约率突然间飙升，这对资金调度困难的金融机构来说更是雪上加霜。除了无法将手中的投资变现之外，还面临跌价所造成的资本亏损，结果不但降低了本身的放贷能力，也引发投资人的不信任，更影响了筹资的管道和成本。不久之后，一家历史悠久的西瓦尔都银行，终于支撑不住而宣布破产。菲霖为了化解连锁反应，迅速地用自己旗下的机构收购了这家银行，才让危机暂时解除。但是好景不长，越来越多的金融机构出现了类似的处境，而菲霖本身也遭遇到了财务困难，因此，他紧急召开了中央银行的临时会议。

“感谢各位在这么短的时间内就赶来开会，尤其是司曼大臣，特地为了西瓦尔的危机而来。”菲霖皮笑肉不笑地看着面无表情的何司曼，对于这位第一次代表天阙城贵族来开会的不速之客，内心着实忐忑不安。“我想大家都了解我们现在所面临的危机吧！为了不让这场危机扩大到无法收拾的地步，中央银行一定要有所行动，大家有什么建议？”

“我建议修改中央银行的规章，准许中央银行扩大买进公债以外的证券。”胡晏抢着发言。“如果中央银行能够加码买进不动产抵押债券和债务担保证券的话，西瓦尔和天阙城的金融机构就不会面临倒闭的危机，金融体系才能维持稳定，大家的生意才不会受到影响。”胡晏的建议引起一些亲近菲霖人士们的发言附和，这群人就像排练过一般，将操作的细节讲解得巨细靡遗。

“我有一些疑问。”何司曼淡淡地说出了这几个字，但对菲霖来讲，这几个字犹如千金锤一般，重击在他的胸口。

“司曼大臣代表天阙城的贵族，有什么疑问，我们都可以来讨论解决。”菲霖极力地用笑容来掩饰内心的不安。

“我的疑问不仅代表天阙城，也有关西瓦尔的未来。”何司曼的语气逐渐坚定起来。“不是所有两地的金融机构都拥有过多的不动产抵押债券和债务担保证券，应该说这是少数金融机构的问题。如果将中央银行的资金拿来救助没做好风险控管的经营者，那岂不是变相惩罚谨慎经营的人？这是不是违背了西瓦尔商会尊重市场和反对干预的原则呢？另外，将那些不断跌价的有毒资产转移给中央银行，让市场产生不信任感，那以后谁会相信中央银行发行的货币和采取的货币政策呢？最后，扩大买进公债以外的证券，如果造成巨额的损失，谁来对中央银行的股东负责呢？”何司曼的提问引发了反菲霖派的共鸣，这群人也像排练过一般，将每个疑问反复地问了好几遍。

“我了解中央银行的非常规做法，会对市场造成若干程度的干预，但是这几年来，大家都赚到了以前所想象不到的财富，这不也是我们共同运作的中央银行，因为不死守规定，才创造出来的荣景吗？”菲霖舌粲莲花，试图说服在场的所有人。“房地产和相关证券的下跌只是暂时的，中央银行的积极介入只是为了稳定市场。等到危机解除之后，相关证券的价格必然回升，到时中央银行不但借由稳定市场而获得认同，还会从救市中获取暴利。相反地，如果我们任由危机继续发展下去，所形成的连锁效应会让大家都面临破产的危机。我们都是坐同一条船的，犯了错下次改进就是了，何必把整艘船都弄翻呢？”

“我不是要放任危机的发展，而是要避免道德风险对将来造成更大的危害。如果这次救了不该救的机构，未来就没有人会在意风险的控管，到时所产生的危机便会不可收拾。”何司曼铁了心，直接向菲霖摊牌。“子爵，你不该让中央银行帮你吸收亏损，这不仅对所有人都不公平，还会造成市场的混乱。在这场危机之中，中央银行该做的是借由公开市场操作，将资金适度地释放到市场上，以避免信贷市场冻结。另外，还可以透过贴现窗口，将资金借给有需要的银行，但这些银行不能是没做好风险管控的机构。如果是资不抵债而该破产的银行，就该让它们破产，中央银行顶多做到保障存户的权益，并协助银行重整或寻求并购。”

“何司曼，按照你这种做法，到时所有的金融机构都得宣布破产了！天阙城就可以低价收购西瓦尔的所有资产了，你说对不对？”菲霖语气急促，说话像连珠炮一般，并不打算给何司曼任何反驳的机会。“多说无益，我们直接就胡老板的提议表决。赞成修改中央银行的规章，扩大买进不动产抵押债券和债务担保证券的，请举手！”

在菲霖担任中央银行主席的几年间，纵然有反对的意见，但在会议中毕竟是少数，因此，他对于各项议案的操作都显得自信满满。然而这一次，当他提议表决的时候，看到一群人将眼神转向何司曼，其中还包含许多平时和他称兄道弟的商人们，他突然有种被人甩了好几个耳光的感觉。在脑袋昏昏沉沉、视线模糊之中，菲霖只见到胡晏等零星几个人举起手来，就连一些原本附和胡晏提议的人，都以低头当做回应。

“散会……”菲霖像一只斗败的公鸡，有气无力地说着。

“等一下。”何司曼缓缓地站起身来。“以子爵现在的财务状况，在担任中央银行主席的角色上，似乎存在了很大的矛盾冲突。我担心子爵为了自己而不顾中央银行其他股东的利益，既然大部分的股东都在现场，所代表的股份也到达人事改组的门坎，我现在提议罢免菲霖子爵，重选中央银行主席。”

菲霖不敢相信自己的眼睛，一只只赞成罢免他的手几乎布满了整个会场，接着这些手又将何司曼推往主席的宝座。他没想到自己苦心经营的关系，和盘根错节的利益分配，竟然不敌一场金融风暴，让何司曼轻轻松松就瓦解了自己绵密的人脉。不！应该说这些商人都太现实、太精明了，看清了只有何司曼才能帮助他们度过难关！菲霖逐渐从气愤和绝望中恢复理智，向胡晏等支持他的人点了点头，独自一人离开了会场，一个不欢迎且唾弃他的会场。

几天过后，胡晏来到了西瓦尔都边境的一间小酒馆。酒馆内除了一个老人正在擦拭酒瓶之外，只有一位头发稀疏的酒客趴睡在桌子上，身穿粗麻织成的带帽斗篷。

“子爵，是你吗?”胡晏压低着声音，轻拍酒客的背膀。

“胡老板，你来了啊!”菲霖抬起头来，一副憔悴的模样放在一张精明干练的脸孔上，产生了一种诡异的不协调感。

“子爵，你还好吗?我一收到你的讯息，就马上赶了过来。”

“我实在不知道该怎么谢谢你，只有你在这个时候还愿意来见我。”

“快别这么说，我能有今天，都是你一手提拔的，我绝对不会像那群见利忘义的小人一样。”

“唉！我不怪他们，只怪我自己大意，中了何司曼这个阴险小人的诡计!”菲霖向老人多要了几瓶酒和一个杯子。“胡老板，平常我们好酒喝惯了，委屈你喝一喝这间小酒馆的廉价酒。”

“子爵，很抱歉，我现在实在没有心情喝酒。我们这几个挺你的兄弟们，最近在资金调度上也开始出现了困难。何司曼透过中央银行的力量，只让银行借钱给那些支持他的人，对于我们的贷款需求，西瓦尔和天阙城没有一家银行愿意跟我们谈，更不用说其他城邦那些没有往来的银行了！”

“唉！这些年来，只怪我自己贪心，除了做高风险的投资之外，还向外面借了不少钱。房地产价格大跌之后，大部分的资金都被卡住了，搞到现在到处被追债，还不出钱来，而唯一的活路又被何司曼给断了。这个何司曼实在太有心机了，为了扳倒我，布局布了这么多年。”菲霖倒了一杯酒，随即一饮而尽。“不过，你放心！兄弟一场，我不会弃你们不顾的。”

“请子爵指引我们一条明路。”

“这几天，我散尽了最后的家产，买到了不少有用的消息。”菲霖又喝了一杯酒。“何司曼一方面金援利诱我们的商人，一方面挟议会对中央银行的监督权来威胁他们，并在我召开会议的时候就迅速和他们谈妥一切。由于时间紧迫，而筹钱的事情又让我忙昏了头，竟然没有事先察觉到他的阴谋。唉！现在想一想，我实在有点天真，一直想在肯恩斯中维持第三方的势力，但最后西瓦尔的命运还是掌握在天阙城或东摩沙的手上。你们要的明路，就是去求助柯鲁！”

“柯鲁会愿意帮我们吗？”

“下个月就是西瓦尔商会的年度会议，何司曼一定会要求某个商会成员推派他做代表，并在年度会议上重演几天前的戏码，来取得商会主席的位子。你们要做的，就是将一个会议出席权让给柯鲁，我相信他会派凌逸来做代表。接着，运用你代理主席的权力，在议程中安排一场辩论会，主题是有关如何处理西瓦尔的危机，并在辩论完之后，当场举行投票表决。我已经看过商会的章程了，你的这项决定是不会被驳回的。”菲霖仰着头，若有所思地看着天花板。“何司曼只想着如何让我们倒台，他的方案一定不是对西瓦尔最有利的，而凌逸应该能提出较好的解决方法。所谓的辩论会，就是他们两个人的角力赛，辩论的结果代表着哪个势力将入主西瓦尔。”

“但是，我想何司曼已经掌握大部分商会成员的支持，我们该怎么帮助凌逸来赢得辩论呢？”

“你把这迭东西抽出一部分，先拿给柯鲁看一看。”菲霖从桌子底下拿出一迭厚厚的资料。“你告诉他，从何司曼手中抢到商会成员的支持是不可能的事，但如果他愿意借钱给你们的话，你们除了安排辩论会之外，也会用手上的数据确保凌逸在辩论中获胜。”

“这些资料……”胡晏不停地翻读着，口中念念有词，越看越兴奋。“子爵，真的万分感激！”

“胡老板是聪明人，这些资料只有在你的手上，才会发挥最大的效果，这样我才可以放心地离开西瓦尔！”

“子爵，你要去哪里？”

“我从哪里来，就回到哪里去。这间小酒馆是我以前抵达西瓦尔的第一站，现在也成了我离开时的最后一站。”

“你的家人呢？”

“都已经安排好，离开西瓦尔了。”

“子爵，还有没有什么事情，我可以帮得上忙的？”

“当然有，现在就陪我好好地大醉一场吧！”菲霖将杯子斟满了酒，递给了胡晏。

第十四回

争夺西瓦尔

历经在肯恩斯成为经济顾问的经验，凌逸回到默林苑后，立定学而优则仕的人生方向，希望在多充实经济的知识后，能在政府单位任职，发挥所长并贡献一己之心力。在西瓦尔都正在酝酿金融风暴的期间，他完成了硕士课程，并拿到了经济学博士班的入学许可。办理博士班入学程序的时节，默林苑大学正逢酷暑，学生们大多躲到室内，鲜少在外走动，校园内看起来冷冷清清。但凌逸却顶着烈日在校园之中来回穿梭，想要早点完成一些恼人的行政手续。暑气蒸人，让凌逸顿时汗如雨下，没办几件事，就忍不住跑到湖边的凉亭乘凉。凌逸手中拿着数据袋，不停地往脸上搧着风，脑袋呈现放空的状态。突然，身后出现两只手，将他紧紧抱住。

“大祸临头了！怎么还躲在这里偷懒？”背后传来刻意压低但仍然甜美的声音。

“我是大汗淋头了，我的公主！”凌逸转过身来，将头甩一甩，作势把汗洒在黎倩的身上。

“好恶心喔！”黎倩笑着躲开。

“你怎么知道我在这里？”凌逸牵起黎倩的小手。

“今天校园内也没几个人，而你活动的范围就只有这几个地方，走过来就刚好看到你，顺便跟踪了一下，看你有没有乖呀？”黎倩拿起手帕，细心地帮凌逸擦拭脸上的汗珠。

“在你这个鬼灵精面前，谁敢不乖？你看，这是什么啊？”凌逸挥舞着手中的入学许可证。

“恭喜你！我就知道这对你来讲是件轻而易举的事。”黎倩搂着凌逸的脖子。

“对了，你最近好久没来找我了，肯恩斯的情况还好吗？”

“不太好，我想你所说的金融海啸，已经降临肯恩斯了！”

“怎么说呢？”

“胡晏昨天来找我和伯爵，告诉我们何司曼已经取代菲霖，掌握了天阙城和西瓦尔的中央银行，并且还想进一步控制西瓦尔商会。菲霖失势之后，便逃离了西瓦尔，现在菲霖的党羽们都陷入了财务困境。为了阻止何司曼并获得我们的援助，胡晏愿意将一席商会年度会议的出席权交给我们，并安排一场辩论会，用来决定如何解决西瓦尔的危机。我们希望由你去参加辩论，而对手应该会是何司曼。”

“何司曼一定知道金融海啸的解决方法，我和他提出的方案会不会一样呢？胡晏有没有说到他可能提出的观点？”

“有啊！根据他的了解，何司曼想让菲霖的势力彻底瓦解，所以不让银行提供贷款，并借此牢牢地控制住西瓦尔。我想这应该不是美国解决金融海啸的方法吧？”

“你说得没错！如果是这样的话，他的做法恐怕会引发更大的金融危机，我得好好准备，和他在年度会议上辩论。”凌逸有点紧张但也感到些许兴奋。“何司曼是不是掌握了大部分商会成员的支持呢？”

“很不幸，是的！我们希望你在辩论会上，为西瓦尔提出一套可行的方案。在辩论获胜之后，就帮他们执行这套方案，并开启我们和西瓦尔的结盟。”黎倩从身上拿出一迭资料。“这是胡晏交给我们的，他说他手中有更完整的数据，足以让你在辩论中获胜，你说呢？”

“我先看一下。”凌逸翻阅着黎倩递给他的资料。“嗯，他说得没错，我们准备出发吧！”

黎尔图当上国王之后，将经济问题交给何司曼，自己则和毕思汉积极练兵，而柯鲁为了准备和天阙城一战，开始强化联系各个城邦的管道，并小心确认敌友关系。从默林苑抵达东摩沙后，凌逸随即被胡晏带往西瓦尔都。同一时间，柯鲁则由罗三武陪同，拜访北境市的议会和祭司团成员，而黎倩则将龙源请到东摩沙都，了解南帝城各家族的资金需求。凌逸再次造访西瓦尔都，不同于跟随菲霖的高调排场，这次走的是拥挤又散发着恶臭的贫民窟。凌逸没想到印象中繁华的西瓦尔都，竟然有如此黑暗的一面，悬殊的贫富差距让他忍不住边走边摇头。胡晏领着凌逸，身穿朴素的便服，默默朝着西瓦尔都的中心迈进。穿过贫民窟，两人来到了一家不起眼的旅店，店里的几个人一看到胡晏走进来，就马上张罗饭菜和安排房间。凌逸在这家旅店住了几天，与胡晏不断推演在年度会议上的各种状况。在这段期间内，胡晏还安排了几个朋友来访，帮忙出谋划策。

到了年度会议的那一天，商会成员们从四面八方涌进了会场。虽然处在金融危机之中，商人们的排场仍旧奢华，锦衣华服、姬妾簇拥，个个一副财力雄厚的模样。会场的布置也是美轮美奂，金碧辉煌，极尽奢华之能事。每张椅子上镶满了大大小小的赤丹珠，扶手上还有个看似高科技的黑盒子，投射出有关会议的全部资料。科技与美学的结合，让凌逸看得目不暇接。胡晏却没心思欣赏会场的设计，只顾带着凌逸在场上来回穿梭，和各个商会成员套交情。身为商会的第一副主席，胡晏以往在会场没走两步，就会有一大群人抢着和他寒暄。但是今天，看到他的人，不是避而远之，就是视若无睹。避不开他的人，也只是淡淡敷衍几句，只有一些没见过凌逸的商人出于好奇，和他们多聊了一会儿。人情冷暖，世态炎凉！胡晏内心感叹着商场上的现实，但肥肥的大脸上，仍然堆满着笑意，继续找寻可以拉拢的对象。突然之间，只见何司曼优雅地走进会场，一群人就像饿了好几天的鲨鱼，忽然闻到血水的味道，飞快地朝他扑了过去。何司曼谈笑风生，围在他身旁的人越来越多，胡晏感到十分无趣，安排好凌逸的座位之后，径自走向主席台。几个支持胡晏的人，在得到指示后，随即回到自己的座位上，等待会议揭开序幕。

“烦请各位坐好，我们开始今天的议程。”胡晏坐在主席的位子，主持着这场西瓦尔商会的年度会议。听到他的要求，只有少数人回到座位上，其余的人将他的话当做耳边风，继续和何司曼聊天。眼看会场只有不到一半的成员坐下，胡晏强忍怒气，将会场的维安卫兵召集到主席台前。“烦请各位坐好！如果不愿意坐下的人，我会将多余的椅子搬到会场外，请你们到外面去聊。”

“你凭什么坐在主席的位子？你们这群菲霖帮的人，把西瓦尔搞成现在这个样子，没有资格主持会议，我提议更换大会主席！”一个讲话粗声粗气的商人，站在何司曼的身边，大声地朝胡晏叫嚣，而会场随即一片吵闹，不少人发声附和。

“根据商会章程，主席不在的情况下，我有权以第一副主席的身分主持会议，并在会议结束前，让大家投票选出西瓦尔商会的新任主席。”胡晏镇定凝望那群对他怒目而视的商人。“由于西瓦尔的金融危机越来越严重，所以我提前几天召开了年度会议，而今天的议程只有辩论和改选主席。各位是要等到改选完再轰我下台？还是我们先花个几天的时间，来好好研究一下商会的章程？”

“胡副主席，就请你开始今天的议程吧！”何司曼微笑地坐了下来。其他人一听到何司曼的回答，也只好乖乖回到座位上。

“今天第一个议程是辩论会，主题是辩论西瓦尔金融危机的解决方法。辩论双方分别是代表东摩沙的凌逸先生，以及代表天阙城的何司曼大臣。我就不说什么场面话了！简单来说，大家听完之后，就要决定接受哪一方的援助。”胡晏将两人请上了台中央，并简单讲解了辩论的流程。

“在座都是西瓦尔的成功人士，应该知道如何面对这场危机，因此天阙城所要做的，只是在旁提供协助，不会干涉各位做生意的方式。”何司曼为天阙城的提案先定调。“如果各位愿意接受天阙城的帮助，我会让中央银行降息和采用宽松的货币政策，并透过西瓦尔和天阙城的银行借贷给有需要的机构，但如同我在中央银行会议上所强调的，为了避免道德危机，没做好风险管控而面临破产的机构，我建议放手让它们破产。之后，中央银行和天阙城便可以全力协助西瓦尔的融资需求了。”

“‘之后’！如果照何大臣的这种做法，恐怕就没有‘之后’了！由破产所引发的连锁效应，全部的机构都会受到牵连而陷入危机。”凌逸明白这场辩论会的重要性，因此火力全开。“我同意中央银行需要降息和采用宽松的货币政策来抵御危机，但是政府，也就是西瓦尔商会，也需要挽救重要的机构，并运用扩张的财政政策，避免失控的系统性风险造成金融和经济的崩溃。所以，我认为如果破产会造成金融失序的机构，就要赶快救。至于道德危机的问题，等到风暴稍稍平息之后，再立下规矩来避免也不迟。”

“哪些机构的破产会造成金融失序，很难有一个合理的评估标准。在救援的过程之中，各位的生意必定会受到东摩沙的干涉。讲得实在一点，你们的机构恐怕会被东摩沙逐步接管。”何司曼的话引起台下一阵骚动。

“请安静，不要干扰辩论的进行。”胡晏示意维安卫兵维持现场的秩序。

“这个评估标准，自然由商会的成员一起来判断。”凌逸没受到台下的干扰，继续与何司曼辩论。“反倒是你所提到的，让该破产的机构破产，这个标准更加难以评估。现在各个机构往来密切，直接或间接的借贷关系都难以在短时间内厘清。举例来讲，一间财务健全的银行和一间快破产的工厂没有往来，但是工厂却向另一个金融机构借款，而这个金融机构仍有款项未还给前述的银行。你让这间工厂破产，导致金融机构无法还款给银行，这间所谓‘财务健全’的银行因此陷入困境，那何大臣是不是也认为这间银行没有做好风险管控呢？是不是该让它破产？会不会因此引发连锁倒闭潮？天阙城是不是要等到整个西瓦尔的机构都倒完时，再来全力救助呢？”凌逸的这番话，引起不少商会成员的动容。

“该不该……该不该破产的标准，有没有做好风险管控，自然也由商会成员来判断。”何司曼没想到平时温和的凌逸，竟然变得如此咄咄逼人，一时之间感到语塞。“我再次强调，天阙城虽然是站在协助的立场，但是一定会全力以赴，而这个小兄弟的做法，不但让东摩沙干涉了各位的生意，还提到要用扩张的财政政策，这岂不是要商会在这个时候掏出更多的钱来?”

“没错！商会必须拿出钱来，除了救助面临破产的机构，也要用来购买抵押债券，另外还需规划减税、扩大基础建设、增加投资计划和救济等纾困措施……”

“这要多么庞大的支出啊！商会要举多少的债啊?”何司曼眼见机不可失，赶紧插话。“现在各位只是碰到暂时性的困难，天阙城可以协助西瓦尔恢复正常的运作，而东摩沙却是要各位背负更多的债务，将钱投在难以回收的项目上。这样一来，商会的债务规模急速膨胀，西瓦尔的经济绝对会受到永久性的伤害。”台下的听众听着何司曼的分析，频频点头称是。

“我知道当我这样说的时候，大家会有所疑虑。我曾经目睹过类似西瓦尔的危机，我有把握，我们提出的方案是真正的解决方案。”凌逸明白自己所提的财政政策会被质疑，因此特别做好准备。“大家应该都知道，GDP是由民间消费、投资、政府支出及净出口所组成的。在金融风暴的袭击之下，资产价值缩减，加上失业率攀升，民间的消费必然减少。各个机构面临亏损以及大环境的不确定性，也不敢增加投资。另外，在不景气的情况下，净出口的增幅更难以乐观期待。如果在这个时候，商会还不赶快扩大财政支出，经济势必衰退。面临大规模的破产和经济的衰退，西瓦尔的经济才会受到永久性的伤害。还有，回到何大臣所说的协助，我想指的是对特定人士的贷款，但是谁能拿到贷款，应该还得看何大臣的脸色吧！就算获得了来自天阙城的贷款，难道大家的生意就会好吗？在经济衰退的情形下，何大臣又要如何让西瓦尔恢复正常的运作？当大家生意都不好的时候，将来要如何偿还天阙城的贷款呢？几年过后，西瓦尔的各个机构就等着被天阙城接管吧！”凌逸眼看自己的观点似乎打动了一些人，紧接着继续论述。“反观东摩沙的援助方案，主要是提供贷款给商会，由商会来扩大财政支出，并帮助有需要的机构。另外，所有货币政策和财政政策的具体实施方式，我会留在这里，一步一步地给予建议。采用我们的建议，西瓦尔的经济才能恢复正常，才有能力偿还贷款，生意的经营才不会受到他人的干涉。”

“如果举债过多而又无法刺激经济的话，后果就会让危机加倍。另外，要商会拿钱来购买不断跌价的抵押债券，这岂不是造成商会的损失？万一商会赔到资不抵债，岂不是让最大的债主，也就是东摩沙，称心如意呢？”

“我所提到的财政政策是着重于实质面，而购买抵押债券则是属于信心面。当商会持续买入抵押债券后，债券的价格便会止跌，变现性便会增加，各个机构才不会面临资金调度的困难。最重要的是，稳住市场的信心，信贷市场才不会产生冻结的情形。大家试想一下，当一个接着一个的机构破产倒闭，民众就不敢投资用来长期融资的债券和短期融通的商业票据。你们没有了融资的管道，银行也不敢放贷，大家能撑得了多久？就像一个大量失血的人，不输血给他，他马上就会死，但是当我们从血库中拿血输给他，恢复健康之后，他就能捐出更多的血存回血库。”凌逸瞄了一下听众的反应。“老实说，在购买抵押债券方面，我不敢保证会不会造成商会的损失，但是我敢保证，商会买入抵押债券的动作，所带给市场的信心，是西瓦尔能否度过危机的关键。”

“各位，两方的意见，我想大家应该都很清楚了。”胡晏眼看凌逸占了上风，赶紧见缝插针。“请问两位还有没有什么要再补充的？”

凌逸本想再解说一些细节，但看到胡晏向他使了个眼色，就会意地摇了摇头，而何司曼不置可否地带着微笑，一副胜券在握的模样。

“既然两方都没有补充说明，我就简单地总结一下，然后进行投票。首先，在降息和货币政策方面，双方都有共识。然后，在财政政策和举债方面，凌先生建议采取扩张的手段，而何大臣则是反对。

最后，对于面临破产机构的处理方式，凌先生认为要积极救援，何大臣还是反对。”胡晏的思路相当清晰，将两方的主要论点做出比较。“如果没有什么问题的话，我们就开始投票。”

“等一下！”一名亲近胡晏的商人举起手来。“主席，我手上有一份数据，可以证明何司曼对付西瓦尔的阴谋。在投票之前，请在座各位先看一看。”

胡晏状似讶异地从商人手中拿到了一片晶状物，然后将它放进了座位上的黑盒子里。台下的商人看着投射出来的资料，脸上的神情越来越凝重。突然之间，只见会场一片大乱，与会者彼此交换意见，有些人还将秘书从会场外叫进来，开始对外联络并确认数据的可靠性。胡晏不动声色地坐在主席台上，将吵杂声当做是胜利的序曲。何司曼好奇地走下台去，认真看着自己座位上的资料。过了一会儿，他才慢慢走回辩论台，但脸上似乎笼罩着一片乌云。

“请各位回到座位上，大家应该都想听听何大臣的解释吧！”随着台下的杂音越来越少，胡晏知道时机成熟了。“何大臣，这份数据显示铁血会所拥有的金融机构，近来大举买入西瓦尔各个机构的信用违约掉期。如果我的认知没错的话，当这些机构破产的时候，铁血会将可以狠赚一票，我这样说对不对？”

“铁血会所属的金融机构和所有金融机构一样，都是以营利为目的，西瓦尔的朋友们也在交易一样的信用违约掉期。还有，我们并不是买进所有西瓦尔机构的信用违约掉期，而是将标的物分为两个部分，一部分是买进风险控管没做好的机构，另一部分的配置则是当作避险用途，我想这是每个金融机构都会做的，不是吗？”

“我的解读并非如此！”胡晏露出凶狠的眼神，决心要为菲霖报仇。“你和黎尔图从来就不打算掏出钱来帮助我们，你们只想让西瓦尔大部分的机构破产，然后拿信用违约掉期所赚的钱，救助那些抱着你们大腿的人，再用他们来控制西瓦尔。你所买入有关信用违约掉期的标的物，我刚刚整理出三类，第一类是亲近菲霖子爵的机构、第二类是没对你们效忠的，而第三类是会让你们花大钱救助的。我已经把我所说的粗略数据输进会议纪录里面，请各位看一下。”胡晏虽说是粗略的资料，但将铁血会潜在的获利情形，分析得清清楚楚，并透过各种设备投射在会场上，效果更让人印象深刻。

“胡副主席编故事的功力真是惊人啊！”何司曼语带讽刺地说着。

“和何大臣颠覆西瓦尔的阴谋来比，我这又算得了什么呢！”胡晏对何司曼积压已久的怒气，几乎快要喷了出来。“我看我们也没什么好说的，投票吧！赞成凌先生方案的，请按紫灯。赞成何司曼的，请按绿灯。”

过了一阵子，紫色灯光渐渐布满会场，而绿色灯光只有零零星星地闪烁着，少到几乎被紫光给盖过。胡晏对于结果感到有点吃惊，原本以为自己所掌握的支持，再加上阴谋揭发的效应，只会让凌逸以些微之差来获胜，没想到居然是压倒性的胜利。这背后代表的意义是，凌逸已经获得商会成员的信任。

“结果很明显，我们决定接受凌先生的方案，以及东摩沙的援助。”在胡晏微笑的脸上，闪过了些许的苦涩。“下一个议程是选举商会的主席，也就是西瓦尔都的子爵，请各位提名。”

“我提议由胡晏来担任商会的主席，他是最熟悉商会事务的人。”之前拿出资料的商人站起身来，在会场上大声表达自己对胡晏的支持。

“不，不可以！我提议由凌逸先生来担任，他是最了解如何处理这次危机的人。”胡晏此言一出，众人都吓了一跳。胡晏原本的盘算是将自己塑造为对抗天阙城的领袖，如果凌逸在辩论中能小胜何司曼的话，自己的支持者再加上一些对天阙城反感的人，票数应该足以让他当选商会的主席，主导和东摩沙都的合作，但投票的结果却显示，大部分人居然变成凌逸的支持者。胡晏掌握的铁票仅约三成，如果他不提名凌逸的话，这群凌逸的支持者还是会将凌逸的名字提出来，或者从他们之中推出人选。胡晏率先支持凌逸，不仅能挡下其他竞争者，自己还能得到黎倩和柯鲁的信任，结果依然可以成为西瓦尔都内最有实权的人。

"这……"凌逸想要说些什么，但又觉得说了似乎不妥。

正当所有人将目光投向凌逸的时候，何司曼默默地从长袍中拿出了一个小方盒。

"除了凌逸先生以外，还有没有其他的候选人？"胡晏静静地等了一下，果然不出所料，没人敢向凌逸挑战，尤其是在获得东摩沙都的援助之前。"既然没有其他的候选人，请各位鼓掌确认凌逸先生成为商会的主席，并一起为他欢呼吧！"

"凌逸子爵！凌逸子爵！凌逸子爵……"现场的商人们鼓掌呐喊着。

"多谢大家的支持，我一定会尽力而为！"凌逸仍然不敢相信眼前所发生的事情。

"请各位先安静一下。"胡晏挥了挥手，朝凌逸恭敬地鞠了个躬。"在子爵下达其他指示之前，我建议先请子爵立即逮捕何司曼，彻底查清楚他的阴谋。"

说时迟，那时快，何司曼在维安卫兵还没有动作之前，迅速打开手中的小方盒，按下盒内的圆形按钮。突然之间，会场的屋顶被炸出一个大洞，云森率领一群黑衣人，骑着武装翼手龙，冲到何司曼的身边。

"凌兄弟，你将会引发另一场危机！"何司曼说罢，带着诡异的笑容，飞离了西瓦尔都。

第十五回

失算南帝城

“唐城主，感谢你抽空接见我。”何司曼离开西瓦尔都后，随即和唐容容联络，造访南帝城。

“司曼，我这个人是有情有义的。我不会在你输给凌逸那个小朋友后，还残忍地拒绝你。”唐容容笑得花枝乱颤。

“唐城主的消息真灵通，只怪我自己口才不好!”何司曼淡淡地笑着。

“你输的原因应该与口才无关吧!”唐容容眯着眼，望着何司曼。“好了，不笑你了！你在来的路上说南帝城即将面临债务危机，这是怎么一回事?”

“西瓦尔所发生的金融风暴，将会影响到肯恩斯各个城邦的经济，而凌逸提供给西瓦尔的解决方法之一，就是要举债来增加财政支出，借此刺激经济。在短期内，这种方式容易获得认同，所以我相信各城邦都会这么做。”

“南帝城绝对不会采用这种方式！各个家族的负债已经够多了，我绝不允许他们再继续扩大。”

“恕我直言，在财政上，唐城主似乎很难约束各个家族。”

“当初在南帝城的家族条约上，我很后悔没有坚持将财政权集中在我的手中。”唐容容蹙眉叹了口气。“几年前，每个家族都使用自己发行的货币，在你的建议之下，我们一起说服了他们统一货币，并成立中央银行来管理货币政策，透过利率的调整来控制通膨。这几年来，南元的统一不见得让所有家族都得到好处，但是我们家族的生意却因此越做越好，所以我个人是很感谢你的。”

“你太客气了！讲到财政权，当初没能统一，也是一个不得已的决定。我们说服所有家族采用南元，都已经费尽心力了，要他们再交出财政权，在当时根本是不可能的事。我记得在家族条约上放进了有关财政纪律的条款，不知道后来执行得怎么样？”

“你指的是每年的财政赤字不得超过 GDP 的 3%，以及各个家族的债务水平不得超过 GDP 的 60%？”

“没错！”

“讲到这个就有气，跟他们讲了好几次，不遵守纪律会危害南元的稳定性。讲了等于没讲，很多家族没遵守规定就算了，还有家族怕我生气，居然给我做假账，真是存心想要气死我！”

“这么说来，大部分家族的财政状况都不太好吧！在统一货币之后，金融市场的参与者将每个家族的发债信用，都视为你们家族的信用，因为所有人都认为，当他们有危机的时候，你不可能不救，这大大降低了他们的发债成本。在天阙城和东摩沙开始提供贷款后，各家族更像上了瘾一般，享受着廉价的资金成本，以致负债水平越来越高。”

“司曼，这件事你也有责任。这几年来，你放任菲霖实施宽松的货币政策，逼得其他城邦为了稳住汇率，只好降息来应对，而低利率的环境诱使各家族借贷更多。”

“关于这件事，唐城主更应该感谢我才对。这几年低利率的环境，让你们家族的生意更加兴旺，拉大了与其他家族之间的差距。我敢说，现在他们对你的向心力，一定超越从前。”

“话是没错，但是当我要他们交出财政权和银行监管权，他们可是态度强硬、丝毫不让的。”

“看样子，这场即将发生的债务危机应该避免不了了！”

“司曼，你是因为刚刚被我嘲笑了一下，所以现在就不告诉我解决的办法，准备来看我的笑话吗？”

“不敢，不敢！唐城主，从我们认识以来，哪一次你有困难，我会冷眼旁观，不理会你呢？”

“这倒也是！那你现在打算怎么做呢？”

“既然难以避免，我们就什么也不做，让债务危机帮这群不守规矩的族长们，上一堂财政纪律的课吧！”

“嗯，这倒也不失为一个长久之计！”唐容容沉吟了一下。“那危机来临的时候，我该怎么处理呢？”

“到时候，东摩沙一定会积极介入，拉拢南帝城。我相信凌逸又会有一套解决方案，你就好好跟他讨论，朝着严守财政纪律的脉络来处理吧！”

“咦，真有趣！你是不是跟凌逸辩论完之后，输得心服口服，开始成为他的信徒了？”

“当然不是！这场债务危机是他间接引起的，就让他直接面对各个家族，你千万不要主导解决方案。到时候，我会出面帮你收拾残局，达到你所想要的结果。唐城主，请你记住，要坚持财政纪律。还有，有人要你出钱纾困的时候，请量力而为，不要答应任何你做不到的数字。”

“司曼，你帮过我很多次忙，这一次就不问你细节了。我只问你一句，我还可以相信你吗？”

“我从来没有让你失望过，你就放心交给我来办吧！”

“谢谢！司曼，你是不是要赶回天阙城了？帮我……”唐容容嗫嚅了一下。“……帮我和公爵，喔，不……他已经是国王了，帮我问候一声。”

“国王很想念你，几次想和你连络，但是都被你回绝了。”

“唉……现在的生活虽然不怎么快乐，但是多了份平静。我想我还要多一点时间，冷静地想想……”唐容容的脸上浮现一股哀愁，瞬间抹去了她的精明果断。她心不在焉地陪着何司曼，前往南帝城的进出洞口。

“你将会引发另一场危机！”凌逸的脑海不时浮现何司曼这句话，

但是他没有太多时间来思考这个问题。担任商会主席之后，先是处理金融危机的问题就已经让他焦头烂额了，不仅要执行方案的细节，还要花时间和商会成员沟通，化解过程中的质疑和阻碍。首先，为了避免何司曼在货币政策上的干扰，凌逸说服商人将天阙城中央银行的股份卖出，并成立属于西瓦尔自己的中央银行，恢复西币的发行。此外，为了让市场对西币的流通产生信心，凌逸还争取东摩沙都和北境市的支持，将西币成为贸易结算和外汇储备的货币之一。同一时间，他也要求商会执行买进抵押债券的计划，并成立评估小组，迅速决定需要被拯救的机构。然后，他透过黎倩与柯鲁的联系，协调东摩沙都和北境市提供贷款给商会。最后，为了使货币政策和财政政策密切配合，他花了很大的功夫与商会成员沟通，力保胡晏担任中央银行主席，而胡晏也很识时务地听从凌逸的指示，准备量化宽松货币政策的工作。得到柯鲁和罗三武的支持，凌逸摆脱温和的形象，强硬地执行每一项计划，尤其在拯救方案和刺激经济的预算上，面临不少人的顽强抵抗，但在部分计划获得成效后，反对的声音渐渐软化。西瓦尔的金融危机趋近平息，信贷停滞的状况也开始解冻，更重要的是恢复了金融市场的信心。商会成员从担心、疑惧、反抗到阻挠，慢慢转变成对凌逸的信任。在这段期间，胡晏忠实地协助凌逸处理大小事务，虽然遭遇不少批评，质疑他担任中央银行主席的独立性，但处于非常时期，大部分的人还是给予肯定。

稳住危机之后，经济的恢复需要一系列的刺激方案，凌逸采用美国处理金融海啸的方法，一方面扩大财政支出，稳定消费与就业。另一方面，除了将隔夜拆款利率降到接近于零之外，还开始高速运转中央银行这台印钞机，透过买入公债和抵押债券，扩充中央银行的资产负债表，将资金流入市场和金融机构，以期用廉价而大量的资金，鼓励借贷、消费和投资，刺激经济成长。量化宽松货币政策的施行，美国联准会总共做了四次。凌逸没有告诉任何人有关次数的问题，因为这要视通货膨胀率和失业率的状况而定。如果通货膨胀率太高的话，就不能继续执行量化宽松的货币政策，以免造成恶性通膨的危机。如果失业率降得很低，代表经济已经加快成长，为了避免将来泡沫的发生，也要逐步退出量化宽松的货币政策。另外一个不能说的原因是，当人们预期将有更多量化宽松的货币政策时，预期的效应会立即产生结果，扭曲了当下的目标，而未来施行时，更会造成政策无效的后果。

在这段期间当中，凌逸专心处理西瓦尔都的危机，日夜操劳，少有机会和黎倩联络。在西瓦尔都的经济逐渐好转之后，黎倩迫不急待地启程前往，名义上是加强与西瓦尔商会的关系，实际上是为一解相思之苦。西瓦尔商会原本想摆出奢华的排场来迎接这位贵客，但是被凌逸给阻挡了下来。黎倩没将太多心思放在虚情假意的宴席上，一吃完饭，就开心跟着凌逸回到他的府邸，那座原本属于菲霖的府邸。

“子爵，你现在住的地方，比我这个公主还好耶！”黎倩嘟着嘴，装出一副可怜样。

“公主殿下，您不介意的话可以随时搬过来住。我的床很大，只可惜床垫很小。”凌逸逗着黎倩，开怀大笑。

“没想到你来了西瓦尔之后，变得和这些商人一样，讲话流里流气的。那你有没有学他们妻妾成群啊？”

“我的公主，我怎么敢呢？我是见到你太开心了，所以才乱讲一通。”

“那你是不想我搬过来啰？”黎倩扁着嘴，鼓起双颊，十足可爱的模样。

“我恨不得每天将你黏在我的身上！”凌逸搂着黎倩纤细的身躯，亲吻着她娇嫩的脸颊。

“你一定很累很累吧！”黎倩看着凌逸疲惫的脸，拨弄着几根变白的头发。“你要好好地休息一下，不要每天工作到那么晚，好吗？”

“以前还是大学生的时候，很不理解美国政府处理金融海啸的方式。现在自己面对，就明白为什么要救那些大到不能倒的机构，以及为什么要推出规模庞大的计划，原来都是为了稳住市场的信心，防止经济的崩溃。但是，最难的部分却不是计划本身，而是要努力说服大部分的人，同意计划的内容和相关的数字。这个痛苦的沟通过程，让我有神的双眼生出了眼袋，青丝变成了白发!”

“这个沟通的过程，让你变成一个厚脸皮才对!”黎倩笑着捏住凌逸的双颊。

“小倩，这阵子我一直很想透过通讯器多看看你，但是每次要联络的时候，常常会有些不识相的人冲进来，对于我的计划，又是要挟又是央求的。好不容易找到你，伯爵那颗大电灯泡又站在你旁边，闪闪发亮。现在你来了，那就好了!”

“伯爵听到你这样讲，一定气死了!”黎倩笑到弯下腰来。“太好笑了！不过，话说回来，我刚刚在宴席上，看到每个人对你讲话都毕恭毕敬的，应该没有人敢对你不礼貌吧?”

“其实他们还算理性，对事不对人，更何况现在经济好转，我的辛苦也换来了他们对我的尊重。”

“是啊，你现在可是雄霸一方的凌逸子爵!”

“不，我是拜倒在公主石榴裙下的凌逸子爵。”

“嘻嘻，算你会说话。唉！我看你很累了，早点休息，我明天再来找你，好吗?”

“当然好。喔！对了，先等一下，我这两天一直想问你和伯爵，何司曼最近有没有什么动作?”

“自从辩论输给你之后，听说他有去找过唐容容，然后就再也没听到他的消息了。我和伯爵也有点纳闷，他怎么都一直无声无息呢?”

“他曾经说过，我提供给西瓦尔的方案，将会引发另一场危机。当时我不以为意，但是昨晚我看到了商会的负债情形，又调阅了东摩沙和北境市的数据，发觉三个城邦的负债规模都放大了许多，而天阙城和南帝城为了刺激经济，我猜应该也不例外。所以，何司曼没有骗我，他不需要做任何事情，危机自然就会发生，而且他还可以宣称这场危机是由我所引发的。”

“危机会在哪里发生呢？”

“南帝城，那里将会发生欧债危机的翻版。”

“听起来好像很严重的样子，欧债危机是怎么一回事呢？”

“的确是一场严重的危机！”凌逸顿了一下。“欧债危机的起因，是由于欧洲一些国家的财政赤字和负债规模膨胀，使市场对于它们的偿债能力失去信心，进而加深了这些国家还款和融资的困难。”

“为什么会产生财政赤字和负债规模膨胀呢？”

“欧债危机之中，主要有五个出问题的国家。希腊是由于社会福利浮滥和逃漏税严重等问题，拖累了财政收支。爱尔兰则是银行过度曝险于房地产，在房地产泡沫化之后，政府为了救助银行，使得负债的规模暴增。西班牙也是因为房地产泡沫化，造成财政赤字快速恶化。另外，葡萄牙方面，在金融海啸之后，经济受到较大的冲击，政府的债务才迅速扩大。至于意大利则是因为长期经济不振，再加上政治纷扰，导致政府债务对于 GDP 的比率升高，在五国之中列居第二位，仅次于希腊。总的来说，也有分析指出，这些国家的竞争力不够强，导致长期产生贸易逆差，引发财政赤字恶化和负债规模膨胀。”

“所以，就是这五个国家引爆了欧债危机吗？”

“没错！在无法顺利发债融资的情况下，这些国家面临了违约的信用危机，而欧洲各国大多拥有它们的债券，持有的数量可以说是相当多，所以一旦发生倒债的情形，后果不仅伤害欧洲的经济，更影响到欧元的稳定，并可能会让好不容易成立的欧元区解体。”

“南帝城和欧元区的发展是不是很类似呢？原本使用自己货币的家族，后来改采统一的货币？”

“是的，当年欧洲许多国家签订条约，创立了欧元区，并成立欧洲央行。欧洲央行的主要任务是维持物价的稳定，并统一欧元区的货币政策。为了维持欧元的稳定，条约中规定成员国要满足一系列严格的标准，例如，每年的财政赤字不得超过 GDP 的 3%，以及债务水平不得超过 GDP 的 60%，等等。”

“还要有这些规定喔！是不是各国的经济差异很大，才需要这样规定呢？”

“你说得没错！”

“既然经济有所差异，那还可以套用相同的货币政策吗？如果一部分国家出现经济放缓，而另一部分国家发生通膨的话，那欧洲央行是该降息？还是升息呢？假使欧洲央行担心通膨而不降息，那出现经济放缓的国家，是不是就很难恢复经济成长呢？”

“唉！这是欧元区制度先天上的缺陷。欧洲央行注重物价的稳定，对于经济不振的国家来说，由于缺乏货币政策可供运用，只能大举扩张财政政策来刺激经济，而违反有关财政赤字和债务规模的要求，似乎成了这些国家的宿命。另外，欧洲央行在货币政策的操作上，主要是透过对欧元区银行的借贷，但却不能直接融资给成员国的政府，或者购买成员国的公债，这也加大了处理欧债危机的困难度。”

“为什么不能直接融资或购买成员国的公债呢？”黎倩感到不解。

“因为欧元区的成立是一个货币联盟，并不包含财政联盟在内，成员国基于主权的考虑，不愿意交出财政权。由于没有财政联盟，所以才要用条约来约束各国的财政，但是，这样的安排依旧为欧元的稳定性埋下了危机。另外，同样是主权的考虑，欧元区也没有一个银行联盟，这代表欧洲央行没有监管成员国银行的权力。这些制度上的缺失，让欧债危机的处理远较金融海啸困难。”

“所以你不能将金融海啸的解决方案套用在南帝城啰？”

“我只能说，短期内是不太可能做到的，因为南帝城的状况和欧元区很像，各个家族都是一个主权实体。在欧元区内，货币政策、财政政策和银行监管是三股难以相互配合的力量。不像美国发生金融海啸的时候，联准会掌控货币政策和银行监管的权力，并和掌管财政政策的财政部合作无间，才能迅速阻止危机的蔓延。”

“那你打算怎么建议唐容容呢？如果我们可以帮她解决危机的话，南帝城和我们的关系将更加紧密。”

“欧债危机的解决方案？我想我们又得回默林苑一趟了！”

欧债危机果然在南帝城上演了。在龙源的陪同下，黎倩搭着玻璃车前往会见唐容容。从默林苑回来后，凌逸仍然为了西瓦尔都的经济局势操劳。为了防止有什么重大的变化，柯鲁建议凌逸留在西瓦尔都，由黎倩带着东摩沙都和北境市的财政大臣来到南帝城，与唐容容讨论凌逸所提供的方案。黎倩看着窗外的景色，内心在比较欧元区和南帝城的政经情势。在经济上，南帝城和欧元区相同，都设有一个中央银行，发行统一的货币，而各家族就跟欧州各国一样不愿交出财政权和银行的监管权。军事上则不同于欧元区，南帝城各家族并没有自己的军队，由于不愿意负担军费的支出，所以在很早之前，军队就交给唐容容家族来统一管理。简单来说，南帝城的各家族只在意自己的财务问题，而将其他事务都委由唐容容来处理。

玻璃车的速度渐渐放慢，不久之后，停在一座雅致的建筑物前面。

“公主殿下，劳烦你过来一趟。”唐容容穿着花俏的连身裙，在家族的会议厅中，招待这群远道而来的客人。

“容容姐，你太客气了，还准备这么多茶点给我们。”黎倩笑着和唐容容及各家族代表寒暄，她留意到参与会议的人数不多，而且似乎都是不需纾困的家族。

“公主，不要客气，请尽情享用。”唐容容请在场的所有人都坐下，并直接切入正题。“这几年来，南帝城很感谢东摩沙和北境市所提供的贷款，但是有些家族的财务状况却没有藉此改善，反而越变越差，以致于引起债务的危机。由于各个家族之间彼此都有借贷关系，或是持有对方所发行的债券，所以，一旦这些家族发生倒债的情形，每个家族都会被连累，南帝城的经济也会受到重创。”

“公主殿下，我也代表我的家族感激你们的帮忙。”龙源起身发言。“凌逸子爵在肯恩斯是个极获肯定的经济专家，他解决经济问题的方式，向来为各个城邦所仿效。这次，他在西瓦尔提出的方案，是用举债来扩大财政支出和拯救面临破产的机构，而几乎在同一时问，南帝城内大部分的家族也都采用了这个方式，但由于原本的负债已经不少了，再加上新增的债务，所以就让人担心某些家族的偿债能力，引发了这场危机。我想问的是，子爵这次提供给我们的方案，是不是和西瓦尔不同？有没有针对南帝城的情况？”龙源的疑问，引起了其他家族代表的附和。

“当然是的，这点请各位放心。”黎倩很有耐心地听完龙源的话，知道他暗指凌逸造成了南帝城的危机。“关于凌逸子爵提供给西瓦尔的方案，龙族长的分析很有条理，但是我请各位想一想，如果子爵不采取现行的方案，那西瓦尔各机构的破产和经济的萧条，会不会造成南帝城的投资损失呢？还有，肯恩斯的贸易所受到的影响，会不会伤害到南帝城的经济呢？到时候，为了要刺激经济，南帝城不需要加大支出吗？难道负债规模会比现在少吗？”

“各位，过去永远不会重来，我们就专心讨论眼前的危机吧！”唐容容务实地将讨论的主轴拉了回来。

“我们知道南帝城的中央银行不能直接融资给各家族，为了不浪费时间修改条约，凌逸子爵建议先用比较容易的方式来做。”黎倩看了各家族代表一眼，确认没有反对的声音。“首先，中央银行持续向各个银行融资、延长融资期限，并放宽银行提供的担保品内容，避免银行倒闭和信贷冻结。另外，融资利率要尽量压低，促使银行借贷给个人和企业，同时鼓励银行买进各家族发行的债券，尤其是陷入财困的家族。接着，中央银行要通过一个证券购买计划，允许中央银行在次级市场上，购买陷入财困的家族所发行的债券，目的是要稳住市场的信心，以及压低这些家族的发债利率。”

“刚才不是才提到，中央银行不可以融资给各家族吗？”一位家族族长困惑地问着。

“家族条约的规定是不可以直接融资，但是次级市场有别于初级市场，买卖交易的证券是已经发行的，所以中央银行从次级市场买入他们发行的债券，不能定义为直接融资。”

“这样说很有道理。”龙源随即赞同黎倩的说法，似乎在为之前的质疑做补偿。

“谢谢，那我继续说下去了。”黎倩向龙源点了点头。“然后，我们建议南帝城要成立一个金融稳定基金，直接对有需要的家族纾困，或者直接在初级市场和次级市场买入他们发行的债券。金融稳定基金的资金来源，可以按各家族在中央银行的股权比率来分担。如果有不足的部分，东摩沙和北境市也可以考虑贷款的可行性。”

“在这个非常时期，要我们再掏出钱来，也是一个不得不做的决定，但是这些出了事的家族可不能乱花我们的钱啊！”唐容容面有难色，毕竟她的家族在中央银行的股权比率是最高的。“要从金融稳定基金拿钱的时候，我们得拟定一些细节，让他们缩减浮滥的开支，把钱用在拯救危机和刺激经济方面。”唐容容将拯救行动导向财政纪律的要求，由于参加的代表都是来自财务状况较好的家族，所以相当支持唐容容的提议。

“唐城主的忧虑，我很能体会。”黎倩想到这次回到默林苑时，凌逸特别和她提到欧洲撙节政策的副作用。“我也同意要缩减浮滥的开支，但是内容需要好好审视，并在财政支出的总量上，小心掌控。如果财政支出一下子减少过多的话，经济衰退将会更加严重，拉长了财政赤字和债务增加的时间。所以，除了要求撙节之外，维持一定的财政支出来刺激经济，也相当重要。”

“如果不削减财政支出来降低负债的话，那这些出问题的家族，债务不是会越背越多吗？我们是不是要一直提供贷款？到时我们本来没事的家族，迟早也会出问题。”又一位家族代表望着黎倩，质疑她的说法。

“按照我们的方案，债务的增加只是短暂的，等到经济恢复成长之后，所带来的税收就可以用来改进赤字和债务。如果给予资金纾困，但又不让他们用财政政策来刺激经济，就好比一个人在海中已经快游不动了，我们在丢几片浮木给他之前，还规定他拿到浮木后，要把脚绑起来继续游一样。”

“如果可以的话，我是想把浮木直接砸在这个人的头上，叫他不用游了。”唐容容语毕，引起一阵哄堂大笑，也道出了在座家族的心声。“公主，你说得也有道理，但是不大幅削减支出的话，我们势必要拿出不少钱来借给他们。我担心我们的能力有限，除非你们愿意提供更多的资金，注入到你所说的金融稳定基金。我们可以现场估算一下所需的金额，各位认为如何？”唐容容一反常态，不强势主导会议的进行。

在座的家族代表同意了唐容容的提议，并将掌管家族财务的人员叫进会场。黎倩也将数字计算的部分，交由东摩沙都和北境市的财政大臣来跟各家族讨论。看来似乎是个漫长的会议，黎倩明白了唐容容准备满桌茶点的原因。经过了好几个时辰的磋商，东摩沙都的财政大臣告诉了黎倩一系列的数字，一系列会拖垮东摩沙都和北境市财政的数字。黎倩听完之后，决定要与凌逸和柯鲁商量对策，于是，要求唐容容隔天再次举行会议，而唐容容则通知了所有南帝城的族长前来参加。

“我觉得这是何司曼的诡计！”凌逸从通讯器听完了黎倩的陈述后，做出这个结论。“他在和我辩论之后，随即见了唐容容，应该就是在暗中安排这场危机。如果我们答应他们所说的数字，东摩沙和北境市的财政必定难以支撑，而且也会排挤我们对西瓦尔的援助。”

“你说得没错！”柯鲁从另一头的通讯器表示赞同。“由我们再提供贷款，南帝城的危机不一定能够化解，而且我们还冒着失去西瓦尔，以及自己面临债务危机的风险。”

“可是，如果我们不答应的话，唐容容一定会放弃中立的承诺，转往天阙城求助，那我们该怎么办呢？”黎倩忧虑地问着。

“我想我们在南帝城的布局是失算了！”柯鲁有点懊恼。“唐容容的心还是向着黎尔图的。她刻意安排了财务状况较好的家族在今天和我们开会，坚持将财政纪律放进纾困方案里面。明天又将所有的族长召集过来，让我们直接面对需要援助的家族，并将纾困与否的决定放在我们的身上。答应救的话，我们自己就会陷入更大的危机，而不救的话，南帝城就会重回天阙城的控制。”

“有没有可能在救和不救之间，找个妥协点，先稳住南帝城的中立立场呢?”黎倩提出建议。“我们可以提供少许的贷款注入金融稳定基金，并同时要求受援助的家族采取适当的撙节措施。”

“这么做有一定程度的风险，而且何司曼可能也希望我们这么做。”凌逸继续解释着。“当初欧元区的成员国，像希腊和西班牙等，由于实施了撙节政策，人民上街激烈抗议，造成严重的社会动荡。如果由我们要求他们这样做的话，到时发生大规模的抗争，他们一定把帐算在我们的头上，而且我们拨出的少许贷款，恐怕也阻止不了他们转投天阙城。”

“嗯，有道理，那我们到底该怎么办呢?”黎倩似乎有点急了。

“公主，我知道你内心很焦急，但是，为了巩固好不容易争取到的局面，我想我们必须放弃南帝城了!”柯鲁叹了一口气。“明天的会议，我会交代两位财政大臣去参加，让他们以贷款额度过大为由，拒绝南帝城的要求。为了避免族长们当场翻脸，我建议公主向唐容容编个理由，今晚就带着侍卫离开南帝城。”

“嗯，也只好如此了!”黎倩勉强同意了。

“小倩，别难过，我们再好好想想下一步该怎么做。”凌逸安慰着黎倩。

又是个繁星布满天空的夜晚，黎倩告诉唐容容，今晚将前往西瓦尔都会见凌逸和商会成员，讨论商会的财政状况，以决定对南帝城的贷款额度，并承诺在会议开始前赶回来。唐容容不疑有他，派人陪同黎倩等人到达城外。黎倩感到十分沮丧，控制住西瓦尔都后，就只差南帝城，便能以包围天阙城的气势来逼降黎尔图。望着点点闪烁的星星，更增添她内心的愁苦。在同一个夜晚，何司曼则站在他的庄园内，仰望星空，微笑着响应星星对他的祝贺。

第十六回

决战东摩沙

“国王陛下，现在局势对我们越来越不利，我们应该趁黎倩这小女娃在南帝城的时候，把她给绑过来。”毕思汉在黎尔图的寝宫内，激动地陈述他的意见。

“千万不可！”何司曼立即反对。“如果贸然这样做的话，恐怕会招致唐容容和其他族长的反弹，不利我们重新掌控南帝城。”

“掌首，恕我直言，你的温和作风让我们一再陷入险境！本来我们还握有天阙城和南帝城，而其他城邦是一盘散沙，结果现在南帝城动向不明，另外三个城邦则是合作结盟。我们再不积极行动的话，不久之后，就会被其他城邦围攻了！”毕思汉从西瓦尔都一战后，与何司曼产生龃龉，屡屡在黎尔图面前跟他针锋相对。

“司曼，思汉的顾虑是有道理的，你怎么说？”黎尔图对于当前的局势，也是越来越没有耐心了。

“在南帝城动向未明的情况之下，绑走黎倩恐怕才会引起其他城邦的围攻。”何司曼冷静地回答，不受毕思汉的挑衅干扰。“凌逸在西瓦尔提出的举债方案，让他们无法再对南帝城继续金援。我已经收到消息，相信近日之内，唐容容就会请求我们的援助。到时候，南帝城就可以重回国王陛下的掌控。”

“我们的财政状况能够应付她的要求吗？”

“为了保存天阙城的经济实力，南帝城的贷款可以由铁血会来负责。”

“不，这点我反对。”毕思汉没等何司曼说完，立刻插嘴。“各家族过去一向和天阙城借款，彼此有很好的沟通和默契，如果改由铁血会来做的话，族长们必然会有疑虑，不利我们掌控南帝城。”

“这点我赞同思汉！”黎尔图知道毕思汉了解他，不愿意透过铁血会来掌控南帝城。

“没问题，有需要的时候再告诉我，铁血会随时是天阙城的后援。”何司曼对此表现出一副无所谓的模样。

“那就好！司曼，我会告诉唐容容，借款的条件是要给我南帝城的军队，我想她应该不会拒绝。那接下来，我们该怎么做？”黎尔图的心中似乎早有定见，但还是表现尊重何司曼的样子。

“局势发展至此，我想我也要面对最不愿意，却又必须做的选择——准备一战吧！”何司曼面带无奈地说出最后一句话，让黎尔图和毕思汉都感到相当地惊讶。

“太好了！为了统一大业，你终于想开了！”黎尔图非常高兴，紧紧握着何司曼的双手。获得铁血会的支持，让他更有信心打赢这场战。“我和思汉等这一刻，等了好久啊！”

“国王陛下，为了尽快结束战争，减少伤亡，我还有一个提议。”

“司曼，你请说，请说。”黎尔图还是难掩兴奋的情绪。

“在唐容容来天阙城的时候，我想去会见胡晏。我很了解他，他当了商会副主席那么久的时间，现在还屈居在一个年轻人之下，一定很不甘心。西瓦尔的经济已经渐趋稳定，凌逸也没什么必要继续待在西瓦尔。我相信只要对胡晏诱之以利，西瓦尔也可以被我们掌控。”

“好主意，但是要给胡晏什么好处呢？”

“我建议买下天阙城中央银行过半的股份，并全部交给胡晏。这样做的话，胡晏可以借由利益的分配和我们的协助，获得支持来改选商会主席，借此逼迫凌逸离开西瓦尔。而我们要求他回报的条件，就是当我们全力攻打东摩沙的时候，他要派兵牵制北境市的军队。攻下东摩沙之后，北境市就只好投降了。另外，胡晏和部分蛮族一向有交情，在战争爆发期间，我们也需要有人阻止蛮族趁机作乱。”

“这真是一个完美的计划啊！司曼，你真是一个天才！”黎尔图越听越开心，笑得合不拢嘴。

“美中不足的是，我们必须牺牲货币政策，交由西瓦尔商会来掌控！”

“这对统一来说，只是一个小小的瑕疵罢了！”

“国王陛下，我也有个提议。”毕思汉眼见何司曼抢走了关爱的眼神，感到非常不是滋味。

“思汉，你说。”

“据我所知，胡晏因为菲霖的遭遇和西瓦尔的危机，非常憎恨掌首。我认为由掌首和他会谈，并不适合。我见过胡晏几次面，也认识一些佣兵军团的首领。我相信，由我去见胡晏的话，一定能把任务完成。”

“司曼，你说呢？”

“我同意。当唐容容有求于我们的时候，就是思汉启程去见胡晏的时候。”

“太好了！”黎尔图叫人拿来一瓶珍藏多年的好酒，斟满了酒杯。

“干杯！为肯恩斯的统一干杯！”

何司曼笑着举杯，内心盘算着另一个不同的布局。

唐容容得知黎倩不再返回南帝城的时候，就猜到了第二次会议的结果。在会议不欢而散之后，她听从族长们的建议，软禁了东摩沙都和北境市的财政大臣，并随即和黎尔图取得联系，相约在天阙城会面。在黎尔图苦苦的哀求下，唐容容比预计的行程提早一天出发，前往天阙城外的国王行宫。同一时间，毕思汉也启程前往西瓦尔都的边境与胡晏密会，而何司曼则暗中派人与一名宫女互通消息，这名宫女长期服侍着黎尔图夫人，也就是当今肯恩斯王国的皇后。黎尔图假借巡视边境为由，告诉皇后将会在城外住一晚，但实则去跟唐容容私会。他派人在唐容容的房间放满了各式各样的花瓣，并摆上造型圆润的烛台，点上闻之令人酥软的香油。唐容容抵达之后，要婢女们退出房外，换上了贴身的薄纱，坐在柔软的床垫上，内心不觉感到一阵懊悔。正要走向衣橱，披上一件衣服的时候，身旁的一面墙突然朝两边分开，黎尔图一身军装出现在面前。

“容容，我想你想得好苦啊！”黎尔图从背后抱住唐容容。

“国王陛下，你——”唐容容正想挣脱，但黎尔图的双手在她的胸口搓揉，让她瞬间感到全身瘫软，口中发出微微的娇喘。

“你怎么忍心这么久都不见我呢？”黎尔图一边在唐容容的耳边呢喃，一边双手不停地在她的薄纱内外游走。

“先等一下——”唐容容在快要失去理智的时候，奋力将黎尔图推开。

“这么久没见，也不先关心人家的近况，讲没两句话，就不守规矩。”唐容容在黎尔图面前，一点都不像能干的女强人，反而像个娇羞的小女生。

“好嘛！我的小宝贝，你最近好吗？”黎尔图一讲完，迫不及待地把唐容容推倒在床上，顺势将她身上的薄纱脱下，同时解开了自己的钮扣。

“你真的很不正经耶！”唐容容边笑边捶打着黎尔图。

突然间，房外一阵喧闹。不一会儿，房门被一名禁卫军装扮的士兵踹开，门外的守卫居然不抓住这名士兵，反而双膝朝地一跪，不停向黎尔图磕头赔罪。

“混帐，跪在地上干什么？还不赶快把这个混蛋给我拿下。”黎尔图盛怒咆哮，而床上的唐容容则赶紧用被单罩住了一丝不挂的身躯。

“国王陛下，你巡视边境巡到了南帝城城主的床上啊！”一名身穿斗篷的妇人走了进来，脱下了头上的斗篷帽，此人正是皇后。

“你……你……”黎尔图惊慌得讲不出话来。

“跟我回去。”皇后喜怒不形于色，淡淡地说出了这句话。

黎尔图不敢再说任何一句话，乖乖地跟着皇后，头也不回地返回宫中。皇后出身天阙城的将军世家，家族大部分的人在军中位居要职，这也是黎尔图当初追求皇后的原因。结为夫妻之后，这位成为公爵夫人的女人，发挥自己长袖善舞的交际手腕以及家族的影响力，帮助黎尔图树立军中的地位，所以黎尔图对于自己的妻子，可以说是又敬又怕。皇后知道黎尔图与唐容容之间的奸情，早已多次告诫过黎尔图，但重视婚姻关系的她，也选择一而再、再而三地容忍黎尔图的出轨。好些日子不曾听闻他们在一起，皇后内心好不容易慢慢平复下来，但没想到这次又从宫女的口中听到他们俩私下幽会，而且还看到了如此不堪的场景。不过，皇后了解肯恩斯当前的局势，也明白南帝城对于黎尔图的重要性，所以她当场忍住不发作，但回到宫中后，越想越不甘心，用几乎快要发狂的口吻，命令黎尔图不准再见唐容容，也不准他金援南帝城。何司曼收到消息之后，随即赶往王宫，会见黎尔图和皇后。在皇后的同意下，黎尔图请求铁血会贷款给南帝城，交换唐容容的军队指挥权，并由何司曼亲自统领南帝城的军队。皇后相信以何司曼的为人，不会帮助黎尔图跟唐容容搅和在一起。何司曼假意推辞军队的指挥权，但在皇后的坚持之下，才勉为其难地同意。何司曼在离开王宫后，便前往城外的国王行宫会见唐容容。

“司曼，你是来取笑我的吗？”唐容容的心情经过一两天的沉淀，马上就恢复正常。

“不敢，唐城主的心情看来好多了。”

“现在南帝城的处境，恐怕不容许我自怜自艾吧！”唐容容请何司曼坐下。原本布置浪漫的卧房，在唐容容的要求下，只剩一张床和几张椅子，整个房间显得空空荡荡。“我今天还在想，你不来找我的话，我就冲进城内找你了。”

“我说过，你有事的时候，我不会做个旁观者的。”何司曼微微一笑。“我听说了凌逸所提的方案，我觉得非常的好，也知道没办法进行的原因在于他们无法再提供资金。你放心，这就由铁血会来负责吧！”

“所以我们完全按照凌逸的方案来做吗？”

“除此之外，为了南帝城经济的长久稳定，我会陪你回到南帝城，说服各个族长接受一些配套措施。”

“哪些配套措施？先说来听听。”

“第一点，将金融稳定基金改为永久的机制。还有，南帝城的中央银行要积极降息，不惜一切地维持金融稳定，促进经济增长。”

“积极降息这一点，我有疑虑，我担心将来会造成高通膨。”

“我知道你的家族过去曾经为恶性通膨所困，对于通膨的恐惧远胜于经济衰退，但是你相信我，这次情况不同，如果没处理好的话，通货紧缩所带来的噩梦绝对不亚于通货膨胀。况且，你可以随时监控物价的数据，一有不对劲，可以随时改变货币政策。我要中央银行做的是宣示决心，让金融市场和人民安心，他们才会正常投资和消费，维持经济的稳定。”

“这点我同意，然后呢？”

“第二点，除了利用金融稳定基金来帮助有需要的家族之外，还要让中央银行可以买入各家族新发行的债券。”

“你的意思是让中央银行可以在财政上，对各个家族做直接的融资？”

“没错，至少要能买进三年内到期的新发行债券，也就是直接对各家族做短期的融资。这样做的话，中央银行可以帮助有问题的家族应付债务问题，并压低融资的成本，而你也可以在融资的时候，放上附加条款，要求这些家族遵守财政纪律。”

“这是个挺好的办法，但是需要修改家族条约，我怕他们仍然会拒绝。”

“依目前的状况，只有铁血会可以帮助他们。如果他们不答应的话，恐怕就没有其他选择了。”

“这倒也是，还有其他措施吗？”

“为了帮助你执行财政纪律，我会将注入金融稳定基金的资金直接交给你统筹处理，你就更有权力要求各族长服从命令。最后，我们要一起要求南帝城内的所有银行，不仅要接受原本家族的监管，还要交出监管权给中央银行，避免银行的危机演变成整个南帝城的债务危机。”

“听起来很好，不过铁血会不可能无偿帮助我们。说吧！你要什么？”

“唐城主果然一向很直接！”何司曼观察了一下唐容容的神情。“铁血会要的是南帝城的军队。”

“你要军队的指挥权？”唐容容想了一想，随即会意过来。“你已经跟国王和皇后谈过了吧！”

“是的，那天在这里所发生的事，不会传出去的。我们将带着各个家族期盼的贷款协议，回到南帝城。只要南帝城不被侵略，经济上没有危机，军队对族长们来说，并不是那么重要吧？”

“我可以答应你，但是你也要答应我，不准将战火延烧到南帝城来。”

“我向你保证，永远不会！”

“还有一件事，我有顾虑。当年为了取得东摩沙和北境市的贷款，许多家族和他们都有换股的计划。当战争打到东摩沙和北境市的时候，这些家族必定损失不小，这笔账该怎么算呢？”

“在你们同意我所提出的条件之后，如果族长们担心的话，铁血会可以将你们的股份买下。”

“好，很好，就这么办吧！”唐容容叹了一口气，脸上浮现出了浓浓的哀愁。“司曼，以后有事要见面的话，请你到南帝城来，我想我永远都不会踏进天阙城一步了……”

何司曼告别了唐容容，往自己庄园的路上前进。虽然达到了成功的第一步，但是一路上，他的心情没有想象中的兴奋，似乎在为唐容容感到难过。云森一早就在庄园内待命，等待何司曼的归来。

“云森，叫阿东可以行动了！”何司曼命令云森立即前往东摩沙都。

应柯鲁的请求，黎倩离开了南帝城，随即转向返回东摩沙都。在得知南帝城的情况后，罗三武也抵达东摩沙都，与黎倩和柯鲁再度讨论肯恩斯的局势。由于南帝城重回天阙城的掌控，打破了柯鲁想以四个城邦包围天阙城的战略。在经过军力的评估之后，三个人都觉得战争的代价太高了，况且前国王还在黎尔图的手上，随时可能被他拿来作为要挟。三人正在愁云惨雾之际，管家阿东突然敲门请示进房。

“进来，阿东，有什么事吗?”柯鲁以为发生了什么大事，因为阿东极少在会议中打扰他。

“伯爵大人，我知道各位应该都饿了，所以准备一点吃的东西。另外，我希望能为伯爵分担烦恼。”阿东要婢女们将茶点放在三个人的桌上，并要她们立即退出房外。

“分担什么烦恼?”柯鲁好奇地问着。

“南帝城的事。”阿东左右张望了一下，刻意压低声音。

“你想说什么?”柯鲁眉头微微一皱。

“铁血会有个提议，能解决你们的烦恼。”

“混帐东西，原来你是铁血会的间谍!”罗三武不等柯鲁回应，冲上前揪住阿东的领子，将他举了起来。

“原来之前就是你派人偷拿了我的书!”黎倩也站起身来，忍不住发怒。

“阿东，没想到我居然看走眼，让你在我身边潜伏了这么久!”柯鲁虽然很惊讶，但极力地抑制住自己的情绪。“罗兄，请不要生气，先把他放下来，看他有什么话说。”

“伯爵大人，请您息怒。我所做的一切，都是为了肯恩斯的统一，我从来没有要伤害您的意思。”阿东被罗三武捉放之后，一点都没有惊慌的模样，仍然冷静地看着柯鲁。“掌首交代我向您传话，他希望和凌逸先生见面，地点是在一间学校的图书馆内。凌逸先生到达之后，请伯爵大人告诉我，我会到天阙城通知掌首。”

“那不等于要我放了你?”柯鲁冷冷说道，不等阿东回答，命令门外的侍卫将他关进牢里。

三人就阿东的讲法讨论了许久，猜不透何司曼究竟有何意图。

几乎同一个时间，胡晏正和凌逸报告毕思汉与他会谈的内容。在收到黎倩的通知后，凌逸要求胡晏不动声色，敷衍毕思汉的要求，而自己则带着《城邦游记》，火速赶往东摩沙都。在东摩沙都的会议厅内，凌逸详尽地描述胡晏的报告。凌逸觉得大战即将到来，认为自己应该到默林苑跟何司曼见面，听听他的提议，顺便一探虚实。黎倩则怀疑何司曼的动机，担心他会伤害凌逸。最后，在凌逸的坚持之下，柯鲁将阿东放回天阙城，并限制何司曼到达默林苑的时间，而凌逸便回到默林苑的图书馆，在上次见到何司曼的楼层中等待。

“凌兄弟，别来无恙？”何司曼来到了图书馆内。

“何司曼，为什么要约我在这里见面？有话直说吧！”凌逸向四周望了一眼，确定身旁没有其他人。

“我之所以约你在这里见面，是怕在肯恩斯会走漏消息。”何司曼顿了一下。“你应该很了解肯恩斯的现状吧！你们掌控着东摩沙、北境市和西瓦尔的军队，而黎尔图则控制着天阙城和南帝城。双方在军力上都没有绝对的优势，战争一旦爆发，必定死伤惨重。尽管如此，黎尔图也没有耐心再等下去了，我想他无论如何都会发动战争，而这是我不愿意见到的。”

“你的意思是……”

“铁血会的目标是要追求肯恩斯的和平统一，这是总理大人在生前一再告诫我的事，我从来就没有忘记，也从来没有放弃过。”何司曼讲到白眉，不觉有点哽咽。“当初，黎尔图对于统一的看法和我一致，但是西瓦尔都一战之后，我已经渐渐不信任他了。后来，在商会的辩论中，我被你击败，更让我感受到黎尔图不惜一战的决心。因此，为了和平统一，我决定和你们合作。”

“你想怎么合作？”凌逸对于何司曼的回答，感到既惊讶又兴奋。

“黎尔图计划在近期亲赴战场，他已经派出毕思汉联络胡晏，想利用西瓦尔商会控制的佣兵军团，牵制北境市的军队，好让他倾全力攻下东摩沙。胡晏有和你提到毕思汉来找他的事情吗？”

“有，但是毕思汉只有提出好处要收买他，并没有讲到军事的部署。”

“很好，那代表胡晏对你还算忠心。你让胡晏假装再多要点好处后，就答应毕思汉的要求，毕思汉自然就会把胡晏取代你的事，以及军事的部署告诉他。到了战争爆发的那一刻，你就叫胡晏派出最信得过的佣兵军团。不过前提是，你们要确定胡晏到时会服从命令。”

“这个你不用担心，我在意的是你所指挥的南帝城军队！”

“你们的消息也很灵通！”何司曼笑了一笑。“我会亲自率领南帝城的军队，跟在黎尔图的部队后面。到时候，四个城邦的军队就围住了天阙城的部队。”

“但是黎尔图仍然可能顽强抵抗，况且国王还在他们的手中。”

何司曼早就想好了对策，向凌逸讲述了一个避免伤亡的方法。纵使凌逸非常佩服何司曼的构思，但最大的症结点仍然在于对他的不信任，凌逸不免担心何司曼会不会暗中要什么手段。他跟何司曼约定两天后再见面，接着就回到东摩沙都讨论对策。

“我们还能相信这个奸诈小人吗？”黎倩听完凌逸的陈述后，提出疑问。

“当然不能相信他！”罗三武随即回答。

“和平统一是铁血会的目标，他会这样做还算合理。大家不妨先放下成见，好好思考一下。”柯鲁对于何司曼的提议有点心动。“凌兄弟，你觉得呢？”

“我们可以试着这样想，如果他是骗我们的话，到时南帝城的军队没有倒戈，我们仍然掌握东摩沙、北境市和西瓦尔的军队，拥有军事上的优势。所以我们假设他要要手段，那么最有可能的关键就是胡晏。”

“没错！在战场上，如果胡晏没有命令佣兵军团倒向我们的话，那就换我们完蛋了！”罗三武认同凌逸的分析。“小兄弟，你觉得胡晏可靠吗？”

“他对菲霖十分忠心，所以在菲霖被逼逃亡后，他对于黎尔图和何司曼痛恨到了极点。在商会的辩论上，我击退了何司曼，帮助他稳住西瓦尔第二把交椅的位置，之后我们又对商会提供贷款，让他避免破产，也让西瓦尔度过危机。另外，援助方案至今还没有完全落实，贷款也没有全部拨给商会，我还在继续帮他们恢复经济增长。我认为胡晏背叛我们的几率不高，但是如果何司曼想到方法收买他的话，整场战局就会产生逆转。”

“尤其在天阙城这群人帮胡晏取代凌逸之后，胡晏还会不会听从凌逸的指示呢?”黎倩对胡晏还是感到不放心。

“如果他有反叛之心的话，应该不会告诉凌逸有关毕思汉的事情。”柯鲁抬着头，沉默了一会儿。“凌兄弟，请你回西瓦尔一趟，探探胡晏的口气，但是不要让他知道何司曼会倒戈的事。另外，你也承诺他，我们在统一之后，不会收回天阙城中央银行的股份，会继续支持他领导西瓦尔商会。”

“还有，你跟胡晏一谈完，就赶快回来东摩沙，以免待在那里会有危险喔!”黎倩很关心凌逸的安危。“最后，我们是不是该要求何司曼做点事情，让我们相信他想合作的诚意呢?”

“就叫他把铁血会在北境市的巢穴告诉我，这几年实在让我找得很光火!”罗三武提议，其他人都表示同意。

“公主，如果胡晏和何司曼都能让我们放心的话，你愿意与何司曼合作吗?”柯鲁似乎倾向赞成。

“虽然不太愿意，但是与西瓦尔商会同盟的不稳定性，也让我很担心。”黎倩叹一口气。“先看看他们两人的反应再说吧!希望他是真心想合作，让我们早日救出父王，恢复肯恩斯的平静!”

何司曼再次与凌逸会面之后，将铁血会在北境市的人员逐渐撤出，并把秘密基地和武器存放地点告知罗三武，以表现诚意。胡晏也遵照凌逸的指示，答应了毕思汉的条件，并当选西瓦尔商会的主席。胡晏是个聪明人，懂得凌逸等人的忧虑，因此主动将自己身边的护卫，逐步换为东摩沙都派来的人，并让他们暗中与柯鲁联系。黎倩见到情势朝正面的方向发展，也就同意了何司曼的提议，而黎尔图在一切布局完成后，正摩拳擦掌地准备发动战争。

战争终于爆发了！紧张的氛围撼动了整个肯恩斯，人民都感受到周围的肃杀之气。天阙城城外，排满了武装小恐龙，天空也出现了密密麻麻的翼手龙。步兵和后勤部队在黎尔图和毕思汉的带领下，整齐划一地从天阙城中走了出来。胡晏坐镇西瓦尔都，派出他最信任的佣兵首领，带领着佣兵军团，朝北境市和东摩沙都的边境前进。包覆金属的小恐龙拉着木造的运兵车，载满了各式各样的佣兵，虽然他们的服装极度不协调，身上的武器五花八门，但是战力似乎不输给任何一个城邦的军队。何司曼将云森留在天阙城中，自己则亲自统领南帝城的军队。军队主要由长枪兵、机械弓箭手和持盾牌的部队所构成，擅长远距离攻击和防守的战术。在北境市的湖泊上，渔民暂停捕鱼，因为一艘艘的船舰驶过，将平静的湖泊激起一阵又一阵的浪花。罗三武站在领头的船舰前，命令船队驶进通往东摩沙都的河流，并要求士兵反复检查船上的炮弹装置。柯鲁在东摩沙都，部署了一层层的防御网，采取了全力防守的态势。除此之外，他在边境组织了许许多多的小型部队，随时准备利用环境上的优势，突击入侵的军队，并打乱他们进攻的阵型。凌逸和黎倩则紧盯着军情，接收胡晏与何司曼的通讯器讯号，确认西瓦尔都和南帝城的部队位置。在天阙城部队即将就攻击位置的时候，凌逸向胡晏下达了指令。

“国王陛下，胡晏要求与我们通话。”毕思汉将通讯器拿到黎尔图的面前。

“不是说好，叫他的佣兵首领直接跟我们联络就好了，他想要做什么?”黎尔图看着闪烁的灯号，口头上念了一下，但脸上还是赶紧堆满笑容，让毕思汉将胡晏的影像传送过来。“子爵，我们已经准备展开攻击了，有什么要紧的事吗?”

“国王陛下，商会刚刚做出一项决议，请您先等一等。”胡晏恭敬地鞠了一个躬。

“什么决议?”黎尔图皱着眉头。

“商会在各城邦都有不少的投资，我们很怕战争会造成巨大的损失。在进攻之前，商会成员想请国王陛下与柯鲁等人见面，劝他们投降。”

“开什么玩笑！之前你们不讲，现在都已经杀到边界来了，还谈什么？”黎尔图忍不住发起火来。

“真的很对不起！我刚担任商会主席，对成员的掌握度还不是那么高，突然在攻击前向您提出来，我也觉得很不适当，但是我向您保证，如果见面之后，他们还是不肯投降的话，我会遵守对您的承诺。”胡晏对黎尔图说话十分客气。

“好！就照你的要求，见完面之后，商会可别再有什么问题了！”黎尔图担心胡晏临时变卦，只好耐着性子答应他的要求。

黎尔图吩咐毕思汉试探西瓦尔都的佣兵首领，结果得到相同的答案，所以只好不情愿地与柯鲁联系，安排采用通讯器来会面。在谈话的过程中，柯鲁和何司曼的通讯器相继出现问题，导致影像和声音的传输断断续续。最后，双方协议各派出四个人，在天阙城、东摩沙都和北境市的交界处见面，并将所有部队调离这个会面地点。黎尔图带着毕思汉、何司曼和佣兵首领一起过去，而柯鲁和罗三武方面，则提出要各带一名军官前往，但是黎尔图坚持双方要派出两文两武的人员。黎尔图认为自己、何司曼和柯鲁不懂打斗，因此要求柯鲁将他要带去的军官换成凌逸。黎倩原本执意反对，但在凌逸的劝说和罗三武的保证下，才勉强同意，但她仍然放心不下，因此把凤凰交给凌逸，要求他在情况有异的时候，就要立即坐上凤凰逃离。协议达成后，双方人马各自骑乘飞行物前往会面地点。到达之后，柯鲁远远发觉对方出现五个人的身影，本来想要下令撤离，但随着景象越发清晰，才看清楚毕思汉押着一个头戴面罩的人，熟悉的身形和穿着出现在眼前。

“是国王陛下吗？”柯鲁望着头戴面罩的人。

戴着面罩的人微微点头。看起来除了双手被捆绑外，嘴巴似乎也被封了起来。

“这个人已经不是国王了，真正的国王陛下在那边。”毕思汉指着黎尔图。

“伪国王，再加上一群无耻的大臣，比我们北境市的水怪还恶心！”罗三武痛斥眼前的这群人。

“罗市长，讲话别那么冲！为了肯恩斯的和平，我们希望能好好谈谈。”何司曼试图缓和场面。

“何司曼，你最好别讲话，看到你就生气。你们那群铁血会的混帐东西，在北境市骚扰了我好几年。”

“罗市长，你到底想不想谈投降的事？”黎尔图被罗三武搞得十分不耐。

“没心情谈投降！”罗三武似乎故意激怒黎尔图。

黎尔图暴怒，一脚把戴着面罩的人踹倒在地，毕思汉从背后拿出预藏的伸缩型长枪，作势将枪头刺往倒在地上的人。罗三武见状向前冲了过去，拿出腰间的圆形物一转，瞬间化成一支狼牙棒，拨开毕思汉的长枪，展开激烈的打斗。

“把国王扶起来！”柯鲁指示身旁罗三武带来的军官。

军官奔向前去，扶起戴着面罩的人。突然间，军官发出一声惨叫，他的背后出现了尖状物，是由身体前面所穿透过去的。戴着面罩的人站起身来，拿着充满鲜血的剑，捆绑双手的绳索掉落在地，他扯下了脸上的面罩，满脸凶狠的模样，一点也不像前国王。他举起沾着鲜血的剑，朝柯鲁的方向走了过去。罗三武听到叫声后，用力挥舞着狼牙棒，将毕思汉逼退了几步，随即冲回来要保护柯鲁。毕思汉眼见机不可失，死命追奔，将长枪指向罗三武。现场的空气像被抽干似的，所有人都屏住呼吸。凌逸本想说些什么，但突然眼前闪过一个身影，毕思汉遭到快拳攻击，长枪瞬间被夺下，庞大的身躯被甩飞了出去。毕思汉躺在地上，还搞不清楚发生了什么事情，正想起身反击，只见何司曼手持长枪指着他的咽喉。事情似乎发生得太快了，除了正在激战中的罗三武等两人外，何司曼的武功让其他人都看傻了眼。

“何司曼，你在做什么？”毕思汉呆了半晌，才吐出这几个字。

“没想到你们还埋下假国王这个暗桩，逼得我不得不出手!”何司曼冷冷地望着毕思汉。

“司曼，有话好说，不要误了统一大事。”黎尔图也吓了一跳，但马上恢复理智，安抚着何司曼。

“黎尔图，我一再跟你说要和平统一，你都不理会，现在的我也没有耐心了!”

“抓住柯鲁!”黎尔图知道难以改变何司曼的心意，随即命令身旁的佣兵首领。

“抓住黎尔图!”凌逸向佣兵首领下令。

佣兵首领立刻掏出一把小刀，架在黎尔图的脖子上。还在与罗三武缠斗的人，眼见情势不妙，趁机飞奔跳上翼手龙，头也不回地逃离现场。

“黎尔图，我已经命令云森在天阙城救出国王，而四个城邦的军队已经围住了天阙城的部队!”何司曼露出微笑。

“一切都结束了，你就投降吧!”柯鲁望着垂头丧气的黎尔图，脸上忍不住浮现出胜利的骄傲。

天阙城的将领们在收到消息后，随即下令投降，投降的部队由罗三武领军看管，佣兵军团则回到西瓦尔都。黎倩得知自己的父亲获救且重登王位后，喜极而泣，开心的泪水布满了双颊，激动的情绪久久难以平复。柯鲁带着凌逸和黎倩，率领东摩沙都的军队进入天阙城中，受到民众夹道欢迎。至于何司曼，他在带领南帝城军队折返的途中，突然消失得无影无踪，而云森在完成任务后，也不知去向。

第十七回

心碎天阙城

无言独上西楼，月如钩，寂寞梧桐深院锁清秋。剪不断，理还乱，是离愁。别是一番滋味在心头。

在肯恩斯闯荡多年，我想该是我回到故乡的时候了！离情依依，脑海中不断出现着肯恩斯的回忆。在北境市，游览北国风光，湖天一色，映入眼帘。知己好友把酒言欢，纵声高歌。在东摩沙都，攀登哈布丽山，极目远眺，欣赏无边风月。在南帝城，寻幽访古，感受多元的文化。在西瓦尔都，车水马龙，门庭若市，采购奇珍异宝。在天阙城，感受着盛世的叹息，这也是我最牵挂的城市。不知公主是否寻得能人，帮助她解决天阙城的困境？肯恩斯的未来会往何处走呢？国王、公主、黎尔图、柯鲁、唐容容、菲霖以及罗三武，他们的命运又会如何呢？越想我就越离不开这个地方，但故乡的呼唤却又声声地传来。

别了，肯恩斯！祝福你，肯恩斯！

“小倩，这几年我的身体一直不好。为了肯恩斯王国，父王希望你能接下重任。”国王近来为病痛所困扰，因此在战后，迟迟未能召集各城市的领主，正式宣布统一。

“父王，你好好休养，病很快就能好起来了。以我在王国的资历，恐怕不能服众。”黎倩端着茶水，亲自服侍着国王。

“时间是不等人的，现在是完成统一最好的时刻，柯鲁伯爵和罗市长都有此共识，而西瓦尔商会还在接受他们的援助，所以胡晏子爵也不会拒绝统一的。至于南帝城，在急需贷款的情况下，必须听从铁血会对于统一的要求。就算唐城主气恼何司曼背叛黎尔图，她也不能将南帝城自绝于肯恩斯王国之外。”国王咳了一下，喝了几口水，接着握紧黎倩的手。“小倩，你这几年来的努力，为肯恩斯化解了不少危机，你才是众人期盼的肯恩斯之王。小倩，父王求你！为了肯恩斯王国，为了我们的家族，你不能再等了，赶快筹办登基大典，并召开统一的会议吧！”

“好的，我会的。父王，你好好放心养病吧！”黎倩不情愿地答应了。

“还有一件事！”国王顿了许久，似乎正在思考如何开口。

“什么事？”黎倩不解地看着国王。

“我知道你和凌逸的事情，也知道他帮了我们很多忙。可是……”

“可是什么？”黎倩有点害羞地问着。

“肯恩斯刚浮现统一的契机，但是还有许多危机要解决，而统一之后，王国也需要你专心治理。父王想说的是，希望你能暂时放下和凌逸之间的感情，让肯恩斯的臣民都能放心。”

“这……”黎倩一时之间，无法答应这个要求。

“父王不为难你，你再好好想一想吧！”国王轻抚黎倩的长发，心疼着女儿近年来的辛劳。

黎倩即将登基成为女王，各个城邦都派出高规格的代表团前来观礼。柯鲁、罗三武和胡晏亦亲自前来，而唐容容则称病无法参加，派出龙源做为代表。在登基大典举行之前，黎倩派出袁复与各个城邦的代表讨论有关统一的事宜。一如预期，柯鲁和罗三武都欣然同意，但当袁复分别会见胡晏和龙源的时候，明显感受到两人有难言之隐，似乎对于统一并无异议，可是又好像别有所求。黎倩将两人召见于宫中，一前一后听完他们的要求后，不觉地脸色一沉，内心十分不快。

凌逸连续几天都待在房内，因为知道黎倩近来行程满档，一方面心疼她的辛劳，一方面将自己的时间空出来，以便黎倩有空的时候，可以让她随时找得到。一天夜晚，凌逸正在翻阅肯恩斯各个城邦的经济数据之际，突然响起一阵敲门声，他一个箭步冲去开门，以为黎倩过来找他。不料，一打开门，只见两名禁卫军装扮的士兵站在门口，其中一名士兵将头盔脱下，一张熟悉的脸孔出现在眼前。

“何司曼！”凌逸吃了一惊，没有想到他会来到这里。

“凌兄弟，有空谈一谈吗？”何司曼走向前，并命令另一名士兵退下。

“有什么事？”凌逸不太确定是否该让他进入房内。

“我想代表铁血会，感谢你对于肯恩斯的帮助。”

“只是这样而已吗？”

“还想请你再帮一个忙。”何司曼左右张望了一下。“可以进房再谈吗？你放心，我不会伤害你的。”

“什么忙？”凌逸想了一想，决定让何司曼入内，并将房门稍稍关上。

“我希望你永远都不要再来肯恩斯了！”

“什么？这点我办不到。”凌逸激动地拉高了声调。

“近来公主正在和各城邦讨论统一的事情，而我相信你的存在将会阻碍西瓦尔和南帝城的支持。”

“我知道唐容容对我一向没有什么好感，甚至把黎尔图被关起来一事算在我的头上，但是我不认为胡晏会对我有意见。”

“胡晏在这群商人里算是比较有情有义的，但是你毕竟当过西瓦尔商会的主席，在商会中仍有不少的支持者，你的存在是胡晏心中的一根刺。就算他不反对你继续留在这里，他的党羽们可不乐见如此。西瓦尔的商业和利益关系一向是相当复杂并且环环相扣的，他的党羽们可不希望你突然又回到西瓦尔，让他们的生意受到任何的伤害。听说公主已经见过胡晏和龙源了，我想谈话的内容应该有提到你的去留问题。我相信公主现在一定很为难，不知道要怎么和你说！”

“嗯……那么我可以考虑不待在这里，反正我跟公主也可以在默林苑见面。”

“这种方式我也无法接受！”何司曼认真地看着凌逸。“我之所以没有随着军队回到南帝城，其实是担心唐容容恼羞成怒，对我采取不利的行动。她答应把军队指挥权交给我，但是绝对没有想到我会用来对付黎尔图。唐容容对黎尔图余情未了，而黎尔图在肯恩斯的党羽仍然在逃，必须提防他们连手作乱，趁机营救关在大牢中的他。除此之外，菲霖怀恨逃到境外，或许会勾结蛮族入侵肯恩斯，而难保胡晏到时不会和他里应外合。还有，各个城市的经济和债务危机尚未平息，处理不好的话，又会激发独立的声音。这些林林总总的危机，随便任何一项都不易处理，更何况现在是一起出现。公主成为女王之后，需要好好治理国家，防范这些阴谋。”

“那和我跟公主见不见面有什么关系？”凌逸一说出口，马上就知道自己说错话。

“公主如果常常和你在一起，或者往返默林苑，不能好好专心治国的话，不仅臣民会对她失去信心，分离主义分子也会趁机捣乱，这是铁血会所不愿意见到的。”

“我先好好想想再说！”凌逸明白何司曼的顾虑，也认为他讲得有道理，但是内心却割舍不下这份感情。

“凌兄弟，你帮了肯恩斯一个大忙，我实在很不愿意这样跟你说。”何司曼叹了一口气。“为了避免公主分心，希望你尽快离开肯恩斯。此外，我也不希望萨教授再来打扰公主。所以从今以后，只要你或萨教授再踏进肯恩斯一步，或者公主再去默林苑的话，我就只好亲手解决你和萨教授的性命。请你转告公主，也转告萨教授。为了肯恩斯王国的将来，我绝对说到做到！”

“你……”凌逸顿时语塞。

“你不要忘了，我去得了默林苑，代表我和校园中的某个人产生感应式的连接。除了那个人以外，我在默林苑念了几年的书，也有一些熟识的人，可以帮我注意你们的动态。还有，你应该知道铁血会的成员遍布肯恩斯，你们想做什么，我不可能不知道。你不为了你自己，也该顾及萨教授的性命吧！最后，我要告诉你，公主手中能通往默林苑的书，已经全部在我的手上了！”

“多……多给我一点时间，我想和公主好好道别！”凌逸心如刀割，勉强挤出这句话来。

“好，我给你十天，不要想耍花样！”何司曼拍了拍凌逸的背膀，便转身离去。

何司曼离开之后，凌逸前去探访黎倩。黎倩不断接见着手拿数据的大臣们，直至深夜，彼此才有机会见面。看着黎倩疲倦的神情，凌逸把想说的话缩了回去，但两人毕竟相处久了，相当了解彼此，黎倩明白他有心事。此外，黎倩也发现自己所有通往默林苑的书籍，突然全都不见踪影，她知道此事必定和何司曼有关。禁不住黎倩一再的追问，凌逸只好转述了何司曼的话。两人先是一阵沉默，然后紧紧拥抱在一起。凌逸将黎倩搂在怀中，帮她擦拭眼角的泪水，黎倩则深情地望着他，只想任性地享受这段独处的时光，不愿再提及父亲跟她所说的任何一句话。两天的时间过去了，黎倩将举办登基大典的日子往后推延，并召集各个城邦的代表参与为期多日的经济会议，以便有借口让凌逸陪伴。两人趁着空档，讨论各种私下见面的可行性，但是铁血会的耳目遍布肯恩斯，而他们又不清楚何司曼在默林苑的人际网络，所以每当一谈起这件事情，越说就越感到难过。到了后来，双方都很有默契地避开了这个话题，但随着何司曼所订的期限一天天逼近，两人的心情就越来越沉重。

“小倩，忙到一个段落就要多休息。未来我不在你身边，你要记得吃饭，多保重身体！”凌逸讲着讲着，不觉眼眶微微泛红。

“你不用担心，我的身体好得很。从你来了之后，我从跑腿的，变成公主，又将成为女王，我可不是一般的普通人喔！”黎倩顾左右而言他，露出近来难得一见的俏皮神情。

“的确厉害，而且还是一位经济专家喔！”凌逸轻捏了一下黎倩的脸颊。

“那你说，我这个学生有没有青出于蓝呢？”

“还差一点点！不过，在最近的经济会议上，我看大家都对你投以赞赏的眼光。”

“那不是赞赏的眼光，那是在欣赏我的丰采！”黎倩骄傲地抬起头来。

“哈哈，我看你的厚脸皮才是真的青出于蓝！”

“话说回来，我觉得你用数据治国的方法，真的很有效耶！现在肯恩斯各个城市的实质 GDP、失业率和物价指数都在持续地改善。”

“不过，这几年我又有一些新的想法，那就是在追求量化的数字时，也要注重内容的分析。例如，有的国家为了经济成长，将资源浪费在投资或生产无效率的产品，虽然当年度的实质 GDP 会增加，但是由于资源被错置，对于将来的经济反而造成危害。”

“我懂你的意思！像这几年来，我们运用财政政策和货币政策将经济成长拉升，虽然总体经济数据看起来一直在改进，但是贫富差距的情况却不断恶化，结果可能会造成阶级间的对立，使得社会动荡不安，直接影响到经济的发展。”

“讲到财政政策和货币政策，在运用上也要小心。记得我和你提过，财政政策易放难收，在刺激经济过后，要好好思考如何退场。另外，货币政策也不是万灵丹，除了我们提过的流动性陷阱之外，在政府高负债和财政赤字出现的时候，更要特别谨慎，不要一昧地运用量化宽松货币政策，就以为可以拯救经济。在将来，量化宽松的货币政策会推升通膨，连带地把利率水平也拉高，结果就会造成政府发债成本的上升，使得财政状况更加恶化。人民在知道会有这种后果的时候，货币政策不但失灵，还会不利经济的发展。”

“看来在肯恩斯的历险，让你在实务上有了与别人不同的体会。”

“是啊！这是一个很难得的经验，而且更让我坚定了自己对于经济学的看法。从前我认为经济学是一门经世济民的学问，还被别人嘲笑。笑我的人认为，经济学只是在研究经济行为者在一个资源有限的经济体系中，所做出的行为以及与他人之间的互动，并认为经济学要成为一门科学，必须要让数理计算在经济学中处于主导的地位。但是我认为所有的学问，在广义上来讲，都应该要有一种大格局，更何况是和人民生活息息相关的经济学。将来我毕业之后，也希望能将经济学学以致用。在经济学的领域之中，如果能多些政治家、少些数学家，多些实践者、少些关在象牙塔中的学者，经济学才能更为一般人所认同和接受。"

"所以这是你在肯恩斯最大的收获吗？"

"当然不是，我最大的收获是你！"凌逸紧紧抱着黎倩。

"这还差不多！如果你没这样讲的话，就会被我下令逐出肯恩斯……"黎倩讲到这里，突然声音哽咽，泪水不停地在眼眶内打转，久久说不出一句话来。

"小倩，今天是最后一天了……"凌逸搂着黎倩，只希望时间停留在这一秒。

"我知道……我也该要面对，不能再逃避了……"

十天的时间飞快地过去了，完全不理会两人的哀求和拖延。离情依依，突然发觉时间不够用，该说的话都说不完。黎倩要凌逸再等一下，径自走出房外。即将到达午夜之际，黎倩穿着第一次见到凌逸时的装扮，整理好仪容，回到了房内。

"凌逸，我会想出解决的办法，再穿着这套衣服到默林苑找你的！"黎倩脸上带着灿烂的笑容。"如果不行的话，你要永远记住我的笑容喔！"

"我会的……永远永远！"凌逸再次紧紧抱着黎倩，亲吻着她的双唇。接着，用颤抖的手拿出了《城邦游记》，他忍住不让泪水流下，翻读着将自己带回默林苑的段落。

黎倩的影像渐渐模糊了……凌逸张开眼，两眼呆滞地望着眼前的《城邦游记》。窗外突然吹进一阵阵强风，将桌上的书一页一页地快速翻动着。强劲的风彷佛也吹进了凌逸的心里，将他的心一片一片地慢慢撕裂着。凌逸此刻只感到内心一阵绞痛，痛到感受不到风的存在，感受不到周遭一切一切的存在……

后　序

本书之所以会有这样令人心碎的结局，是因为我想起学生时代，每个人大概都有个难忘的感情历程，也许是刻骨铭心，也许是爱恨交织，抑或只是藏在心中的单恋。曾经令自己心动的对象，有可能在若干年后因缘际会而再度联络。在联络之后，或许感觉已随风而逝，或许内心被激起一阵涟漪，又或许双方能够再续前缘。不管如何，这都是生命中一段动人的旋律，即使不再相见，总会在午夜梦回时跳出几声零星的音符。

凌逸和黎倩是否能够再次相会呢？这个答案就像我们踏出校门后，能否再与心动的对象往来一样不确定！或许读者能与我分享心路历程和内心的期盼，帮助我构思未来凌逸和黎倩的情缘。

最后，感谢大家看完我的经济学小说，衷心盼望诸位能够从中有所收获。经济学有助于我对金融市场的了解和思考逻辑的形成，充实我在银行工作上的专业。然而，在投资理财方面，还需要更多的财经知识来结合。如果各位喜欢我用《肯恩斯城邦》的小说形式来讲解经济学，我也很乐意将我过去所学和工作所获得的经验，在故事中解说投资学与财务管理，希望同样能让读者轻松地学习投资和理财。

漏网花絮　名词解释

为了让小说阅读起来更为流畅和充满乐趣，有些名词在小说中只是轻轻带过，并没有太多钻研解释。小说的最后，我再将这些名词或相关术语用补充剧情的方式来说明，让有兴趣的读者能进一步了解。

第一回
总供给和总需求

师倩在凌逸的长篇大论中，听到了总供给和总需求的用语。告别了凌逸之后，她好奇地走进图书馆，翻阅曾看过有关总供给和总需求的叙述。一篇文章写道：

经济学上的供给是指生产者所生产而提供的商品和劳务，需求则是指消费者对于商品和劳务所产生的需求。在一个经济体之中，将所有生产者所生产的商品和劳务加总，便是总供给，而将所有消费者对于商品和劳务的需求加总，便是总需求。供需法则如以图表来表示，纵轴代表价格，横轴则代表数量。一般来说，供给曲线为正斜率的线，代表价格越高，生产者越愿意产出，而需求曲线为负斜率的曲线，代表价格越低，消费者越愿意消费。这两条曲线的交会点，就决定了价格和产量（或消费量）。总需求的曲线也是负斜率的斜线，但总供给曲线的斜率在经济学上的看法就很不同了。古典学派认为总供给是一条垂直线，因此，不论价格如何改变，供给都是一个固定的数额。然而，凯因斯学派却认为总供给是条趋近水平的线，代表在同一个价格上，生产者愿意无限量生产。总供给曲线和总需求曲线的交会点，就决定了物价水平和总产出（或总所得）。从不同的总供给斜率观点来看，就知道为什凯因斯学派主张拉动总需求的财政政策会促进产出（或所得）增长，而为什么古典学派认为总需求的变动只是影响物价而已。在真实的世界之中，正常的总供给曲线应该是条右上的正斜率曲线。

师倩虽然看不太懂这篇文章，但却反复读了几次，内心想着下次有机会讨论到这个话题时，要是在凌逸面前随口背上几句，应该可以让他目瞪口呆吧！想着想着，师倩的脸上不觉地泛起淘气的笑容。

第二回

国内生产毛额（GDP）·国民生产毛额（GNP）

国王离开之后，何司曼和凌逸继续讨论 GDP 的内容。

“凌兄弟，关于你刚刚提到的 GDP，你能不能再详细地定义一下，以免我们在编制数据时误会你的意思。”何司曼客气地问着。

“没问题！GDP 是指在一定时间内，一个国家或地区在经济活动中所生产出的最终商品和劳务的市场价值总和。我之所以提到最终两个字，是因为一件商品的制造，中间可能会有许多加工和交易的过程。在计算 GDP 的时候，要计算的是最终的商品和劳务，不能把中间的过程重复计算进去。”

“我明白了。另外，当我们在计算天阙城的 GDP 的时候，是否要把天阙城人民在其他城邦工作所产生的价值计算进去？”

“哦，不能算进去！在计算天阙城的 GDP 时，只能计算天阙城境内的总值，这也包含其他城邦人民在天阙城工作时所产生的总值。如果你要计算所有天阙城人民在一定的时间内所生产最终商品和劳务的市场价值总和，这个数据叫做国民生产毛额，也就是 GNP。天阙城的 GNP 包含了天阙城人民在天阙城和其他城邦的生产总值，但不包括其他城邦人民在天阙城的生产总值。简单来说，GDP 是用国家或地区的范围来计算，而 GNP 是以人的定义来计算。”

第三回
边际的概念

天籁村的经济在凌逸的建议下逐渐好转。离开天籁村之前，师倩又带着凌逸，坐着巨型猪在村里走动。

“经济真的很容易忘记耶！”师倩嘟起小嘴。“你讲了几次边际的观念，我听的时候好像都已经懂了，但过了一段时间没去想它，又会忘记。你可以再解释一遍吗？”

“当然没问题！我再换种说法来解释。边际是指每改变一个单位的物品或生产要素，例如劳力、土地、机器等，在实质上或抽象上所造成的额外变化。”

“哇！这是你所做的解释之中，最复杂的一次。”

“好像真的是耶！”凌逸搔了搔头。“还是用例子比较好解释。例如边际成本，就是指生产者每增加一单位的产量所增加的成本。边际报酬就代表在其他条件不变之下，每增加一个单位的生产要素所造成产量的变动量。边际效用代表消费者对商品的消费量，每增加一个单位所获得额外的满足程度。一般说来，边际报酬和边际效用都有递减的效应。边际效用递减的原因，我们之前有提过。边际报酬会递减的原因，是因为商品的产量往往有相对应的生产要素配置，如果其中一个生产要素投入过多而其他生产要素却不变，就会有产出无效率的情况发生，造成边际报酬递减。这样的说明，有没有比较容易记住呢？”

“唉！你每次对我讲解边际的说法，好像越来越难懂，也越说越短。这是不是你对我的边际耐心也呈现递减的效应呢？”师倩装出一副难过的模样，把凌逸逗得哈哈大笑。

第四回
货币供给量 M1 和 M2

凌逸在议事厅内舌战群雄后，晚间由师倩带领到国王私人的宴会厅中。途中，师倩的心情显得特别好，一路上和凌逸说说笑笑。

“对了，你在议事厅有提到要建立货币供给量的数据，在你们的世界中，这个数据是怎么建立的呢?”

“货币供给量的数据，就是所谓的 M1 和 M2。各国对于 M1 和 M2 有不同的定义，我就用美国的定义来告诉你。M1 是流通在外的货币加活期及支票存款，而 M2 则是 M1 加货币市场基金、储蓄存款及小额定期存款。建立 M1 和 M2 的目的是提供中央银行作为调整货币政策的指标。中央银行在操作货币政策的时候，需要随时注意 M1 和 M2 的数据，才不会偏离当初所设定的目标。”

“还好刚刚你没有提到这一大堆专有名词。不然你一讲这些术语，每个人应该都会听到口吐白沫吧!”

“最好是有那么夸张!”

第五回

外汇储备（外汇存底）

在东摩沙都的哈布丽山，凌逸向师倩说明外汇与国际收支的概念。

“听你提到汇率和储备的概念，我想到之前在默林苑，有听过一个叫做外汇存底的名词，那是什么意思呢?”

“外汇存底，也称做外汇储备，是指一个国家的中央银行持有并可以兑换为他国货币的资产。这个资产的组成内容为黄金、他国货币和有价证券等。”

“那外汇存底可以用来刺激经济成长吗?”

“外汇存底代表一个国家在国际上的清偿能力，可以用来稳定汇率，应付国际上的收支和国内的外汇需求。然而，外汇存底不适合拿来刺激经济，因为外汇存底是一国货币供给的来源之一，而现今外汇存底的来源，主要为民间赚进的外汇和国际资金的流入。由于外汇存底在形成的同时，就会有相对应的货币供给产生，所以如果将外汇存底再用于增加货币供给来刺激经济，就会产生通货膨胀的问题。”

第八回
放空和平仓

在猜测何司曼可能狙击北境市的手段之时，凌逸想到了亚洲金融风暴，泰铢被放空的情形，因而立即与黎倩讨论。

“你所说的放空，是什么意思呢？听起来好像懂，但又不是很懂。”黎倩眨着大大的眼睛望着凌逸。

“放空是指投资人在没有标的物的情况下，卖出该项标的物。但因为没有该项标的物，所以必须向他人或金融机构借入该项标的物，或者在一定时间内买回平仓。”凌逸看着黎倩一副若有所思的神情。“小倩，我是不是解释得不清楚？你怎么突然发起呆来了？”

“有点难懂，我现在的脑袋也呈现另一种放空的状态！”

“那我举例来说明。”凌逸笑了一笑。“当投资人看坏泰铢，但是手中没有泰铢而想要卖出的时候，他们可以向银行借入泰铢来卖出。等到泰铢贬值之后，他们可以用较低的汇率买进泰铢，然后还给银行，赚取其中的汇差。另一种方式，他们也可以透过金融机构，卖出泰铢远期外汇或期货，在到期前买回平仓。这些都是看坏一个标的物，放空获利的操作方法。”

“那平仓的定义，你可以解释一下吗？”

“呃，不好意思，我以为平仓是很口语的说法。平仓是指将放空的标的物买回，或是将买入的标的物卖出，来结清放空或买入的标的物。”

第十三回
流动性

“常听你提到‘流动性’这三个字，这是不是代表资产变现的能力？”柯鲁在凌逸讲解金融海啸时提问。

“是的。如果要更能表达流动性的含义，我们可以说流动性是资产能够实时和以合理价格变现的能力。在金融海啸发生的时候，许多资产的变现都要花上很长的时间，而价格也远低于合理的水平。所以，当时的金融机构面临很大的危机，因为资金难以准时到位，或者勉强卖出资产，造成严重的亏损。”

债务担保证券（CDO）

“不只经济容易经常忘记，你上次讲解的债务担保证券的内容，我现在也想不太起来，可以再解释一遍吗？”黎倩笑着对凌逸说。

“可是我上次用举例的方式讲得很生动，应该不容易忘记吧？”

“可能是我现在习惯用比较学术的方式来吸收财经知识，所以请你用比较有深度的定义来告诉我。”黎倩露出一副严肃的模样。

“真拿你没办法！”凌逸捏了捏黎倩的小脸。“债务担保证券是一种结构化的资产抵押证券。它是以有价证券和资产的组合，作为发行和配息的担保。债务担保证券发行时，会按照不同信用评等来发行。越高信用评等的债务担保证券，配发较低的利息，但是拥有较高的受偿顺序。越低信用评等的债务担保证券，配发较高的利息，但是如果整个债务担保证券的组合产生亏损，就要先行吸收损失。债务担保证券刚开始发行的时候，组合是以公司债、新兴市场债和银行贷款为主，后来逐渐被资产抵押债券和次级房贷抵押债券所取代。在金融海啸发生之前，债务担保证券发行者成为各式抵押债券的重要买家，甚而募集大量的资金助长抵押债券的发行，所以债务担保证券被认为是金融海啸的元凶之一。”

“不好意思，你还是举例说明好了！”

黎倩顽皮地吐了吐舌头，被凌逸轻轻地敲了一下头。

信用违约掉期（CDS）

“那信用违约掉期呢？你可以再解释一遍吗？”

“还是要用比较学术化的方式吗？”

“是啊，再给我一次机会嘛！”黎倩撒娇地说着。

“好吧！信用违约掉期是与信贷和保险相关的衍生性金融商品，合约由买卖方来签订和交易。买方是信贷违约时受保障的一方，而卖方则是提供保障的另一方。当买方贷款给第三方或买入第三方所发行的债券时，由于担心违约的风险，此时就可以向信贷违约掉期的提供者，也就是卖方，购买一份关于第三方违约的保障。当合约所订的违约情况发生时，卖方必须赔偿买方的损失。买方购买信贷违约掉期时，可以是出于避险需要，也可以是出于投机目的。当出于投机目的之时，也就是赌所购买的标的物会发生违约的情形。这样还需要再举例吗？”

“我怕被你敲头，改天再问你啦！”

第十四回
道德危机·系统性风险

听着台上凌逸和何司曼的激辩，一位穿着特别华丽的商人满头大汗，显得特别忙碌。由于这几年来，这名商人退居第二线，将所有的生意交给他人代为管理，因此较少吸收财经新知，所以对于台上所出现的专有名词感到陌生。还好座位扶手上的黑盒子贴心提供搜寻名词解释的服务，但一边听讲，一边查询，还是让这个年过半百的商人感到吃力。

商人搜寻了“道德危机”，黑盒子在他眼前投射出：

道德危机，也称做道德风险，原是指签署协议的一方所面临对方为满足自身最大利益而做出损及本方的行为风险。现今，泛指从事经济活动的参与者，只顾满足自身最大的利益而从事损及他人的行为。例如，金融机构为了获利极大化，并认为出事时会受到政府的救助，因而从事高风险的投资或经营。

读完道德危机，商人正庆幸自己宝刀未老，仍然能够理解这些名词和说明时，又听到系统性风险这个名词，他无奈地又搜寻了“系统性风险”。黑盒子投射出：

系统性风险，又称做市场风险，是无法透过投资组合的多样化来分散的风险。一旦发生时，将影响到所有的资产类别，例如天灾、战争、金融风暴等，都会造成系统性风险。

后续又出现了一些不熟悉的名词，这名商人看到其他商会成员专注于聆听两方的辩论，似乎只有自己忙东忙西的，因此，下定决心今后要好好学习财经知识。